JN315207

忍法八犬伝

山田風太郎ベストコレクション

山田風太郎

角川文庫
16607

忍法八犬伝　目　次

忠孝悌仁義礼智信

一

慶長《けいちょう》十八年九月九日の夜である。

伊賀《いが》組頭領服部半蔵《はっとりはんぞう》は、松原小路にある本多佐渡守正信《ほんださどのかみまさのぶ》の邸《やしき》に呼ばれた。

本多佐渡は、将軍秀忠《ひでただ》の補佐役だが、駿府《すんぷ》にある大御所の分身とも目されている人物である。ものにおどろかぬ服部半蔵も、そもいかなる御用であろうと、緊張に顔を蒼《あお》ずませて書院に待っていた。

ややあって、佐渡が出てきた。

「夜中、大儀じゃ」

と、いったが、佐渡守の方がやや疲労した顔色であった。七十六歳という老齢のゆえばかりでなく、その日、柳営《りゅうえい》で重陽《ちょうよう》の賀宴があったので、そのせいもあるらしい。

「今夜、その方を呼んだのは、いささか頼みあってのことじゃ」

半蔵の眼に安堵《あんど》のひかりがさした。彼は或《あ》る事情から、佐渡に召喚されたのは、服部一党にかかわる不吉な用件ではあるまいかという不安を抱いてやって来たのである。

「伊賀組の力を借りたい」

「いかなる御用でも相つとめまする。して、何でござりましょうや」

「それを申すまえに、きかせておく話がある」

と、佐渡は思案にふけりながらいった。

「きょう、柳営にては重陽のお祝いがあった」

「存じておりまする」

「その節、例年通り、諸家の宝物上覧の儀があった」

それも半蔵は知っている。

大名が登城するのは、年頭と、五節句と、月並みの登城日と、これだけが定まった日だが、五節句のうち、この九月九日の重陽のお祝いには、毎年各諸侯が、それぞれのお家に伝わる重宝を持参して、将軍や御台《みだい》さまの上覧をたまわることになっている。それは鎧《よろい》とか、兜《かぶと》とか、刀剣とか、香炉とか、茶器とか、家によって異なるが、ふだんは門外不出の重宝ばかりだ。

この上覧には、柳営の重臣や大奥の老女たちまで陪観の栄に浴するが、いわば当代名品の展覧会ともいうべく、それに各大名から供出させることで、幕府の威を天下に示すのをかねて、ちょっとした芸術鑑賞欲を満足させるための行事であったろう。

「その中に、里見《さとみ》安房《あわ》どのの出された伏姫《ふせひめ》の珠《たま》と申すものがあったと思え」

「伏姫の珠?」

「里見家に重代伝わる八顆《か》の白玉の珠じゃ。里見家の先祖に伏姫なるものあり、その姫が数珠《じゅず》に用いたとのことで、紐《ひも》通しの穴があるが、その八つの珠に一つずつ、忠、孝、悌《てい》、仁、義、礼、智、信の文字がある。それが、刀を以《もっ》て彫ったものでなければ、漆《うるし》でかいたものでもない。しかるにもかかわらず、これらの文字が珠の中に透いて見える。のみならず、その珠の晃《こう》たるひかりは眼をうばい、他家相伝の甲冑《かっちゅう》名剣も影うすう見えるほどじゃ」

「……ほう」

「これをの、竹千代《たけちよ》さまが欲しいと仰《おお》せなされた」

竹千代君《ぎみ》は、ことし九つになる将軍の嫡男《ちゃくなん》である。

「まさかおん数珠にお使いなさるおつもりではあるまいが、その文字の奇態なからくりが、よほどお気に召したとみえる。だだをこねなさるのを見て、里見安房守は笑って、しからば竹千代君に献上つかまつると申しあげた」

腕白を以てきこえた竹千代君の様子が眼にみえるようであった。

「すると、安房のうしろにひかえていた八人の里見家の老臣が、それはなりませぬ、ととめたのじゃ。平生ならば登城はならぬ陪臣じゃが、きょうに限って、重宝のもちはこびとりかたづけのために、特に供をゆるしてある家来どもじゃが、それは安房守を叱《しか》るというより、竹千代君をもつきとばしかねまじき勢いであったから、主人が献上と申すに、なにゆえ左様に物惜しみするか、とわしはいった。するとその八人は異口同音に、これこそは里見家を護《まも》る名宝、たとえ国は売ってもこの珠は売らぬとさえ思うておるほどのものでござるといった」

「…………」

「わしは苦笑して、それほど大事なものならばもらうまい、竹千代さまおあきらめなされというと、安房守も困惑した態《てい》で、ややあって、ならば来年献上つかまつろう、来年は竹千代さまめでたく御元服のおん儀があると承わる、そのお祝いとして、来年同じ重陽の日に、つつしんで奉ろうと申した」

佐渡守はしばらく黙っていたが、やがていった。

「半蔵、伊賀組を使ってその珠を盗め」

「――は？」

やや意外の感にうたれて、服部半蔵は顔をあげた。

「珠が欲しゅうて盗めというのではない。いかに竹千代さまが御所望遊ばそうと、御公儀《ごこうぎ》はそれほど浅ましい所業はなされぬ。げんに安房守は、来年になれば献上仕《つかまつ》ろうと申しておる」

「――では、何ゆえに？」

「安房の誓言《せいごん》が、彼にとって致命のたたりとなる。うかと申したことであろうが、上様、御台《みだい》さまのおんまえでいいきったことじゃ。変改《へんがい》はならぬ。もし来年のきょう、里見家にその八顆の珠がなければ、たとえ里見家にいかなる運命が見舞おうと、向うに一言のいいのがれもないはず。いかにも八人の家来が申した通り、あれは里見家の守護神であったよ。逆に申せば、その守護神を失えば、里見家も失《う》せることになる。――」

「佐渡守さま」

半蔵は息をのみ、おそるおそるいった。

「すりゃ、里見家をお取りつぶしのお心でございますか」

「あれは大久保の一族につながる」

佐渡は鉄槌《てっつい》をうつような声でいった。このとき、この老人の顔は、先刻までの疲れの色はぬぐったように消えて、物凄《ものすご》いまでの意志力にみちていた。

服部半蔵は戦慄《せんりつ》した。――なんとなれば、服部家もまた大久保の一族につながるからだ。

徳川家の重臣に大久保相模守忠隣《さがみのかみただちか》という人物がある。三河以来、大御所とくつわをならべてたたかいぬき、いまの徳川家を築きあげた功臣で、げんに小田原の領主である。見ようによっては、本多佐渡守より幕府に重きをなす存在であった。それだけに、大御所の御意にそむいてすらおのれの所信をのべてはばからない剛直さ、或《ある》いは尊大さをもっていたが、この相模守が、ちかく予想される大坂城との手切れに反対の意向を表明しているということを、半蔵はきいていた。――そして、相模守の孫娘が、里見安房守の奥方という縁なのである。

一方、この大久保相模守の一族に、大久保石見守長安《いわみのかみながやす》という者があった。日本の金山《かなやま》総奉行で、駿府の大御所第一の寵臣《ちょうしん》であったが、この長安がこの夏のはじめに死んだのである。死んでみると、さまざまの容易ならぬ曲事が発見され、ために長安の子ら七人ことごとく誅戮《ちゅうりく》されるという事件があった。罪九族に及ぶのが常識となっている時代である。

悪いことに服部の先代半蔵が、この長安の娘を妻にしていた。先代といっても、いまの半蔵の兄で、この夏までその兄が服部組の頭領であったのだ。それがこの事件の余波で放逐され、家督と名を弟たるじぶんがついだばかりなのである。彼が今夜、佐渡守に呼ばれておびえたのは、このためであった。

いま、佐渡守は里見家をとりつぶす意向を半蔵に示している。その理由として、「大久保一族につながるためだ」といっている。

してみると、もとより大久保の宗家たる大久保相模守をも失脚させようとしているのだ。或いは長安の曲事云々《うんぬん》も、彼を葬るための佐渡の陰謀であったかもしれない。おそらくそれは大坂への開戦について目の上の瘤《こぶ》となる存在を除去するためであろう。——そして、大御所の分身といわれる佐渡のいうことである以上、これが大御所の意志であることもあきらかであった。

「八幡、他言はならぬ大秘事であることは存じておろうの」

本多佐渡のぶきみな笑顔を仰いでいて、服部半蔵のひたいにあぶら汗がにじみ出した。

大久保長安の縁つづきたる大久保相模守、またその縁つづきたる里見家まで葬り去ろうとしている佐渡守だ。長安に直接つながる服部家が、たんに頭領の交代のみを以てゆるされたのは、まだしもの慈悲であると思わねばならぬ。

「大久保の縁につながるものは、この際、あとくされないように掃除をしておきたい」

佐渡は、しずかに、しかしはっきりといった。

「で、里見とりつぶしのたねとして、その珠をもらい受けたい。が、きのうあれほど竹千代君が欲しがりなされた八顆の珠じゃ。それとは無縁と思わせるためには、どうあっても服部一党の力を借りねばならぬ」

服部党は、幕府直属の忍び組であった。

「同時に、これが成るか、成らぬかは、服部家の命運にもかかわることであるぞ。半蔵、わかる喃《のう》」

服部半蔵はがばとひれ伏した。

「かしこまってござりまする。服部党の名にかけて！」

二

重陽《ちょうよう》の賀宴が終ってのち、安房《あわ》九万二千石の大守里見安房守忠義《ただよし》は、居城の館山《たてやま》城に帰国した。

その行列の先頭に、八人の老臣が、螺鈿《らでん》の筐《はこ》をうやうやしくささげて歩いた。中には、むろん「伏姫さまのおん珠」が入っている。

主君安房守のゆくところ、この里見家の守護神《マスコット》はいつでも、どこでも従う。これは里見家にとって「八種の神器」であった。——それはいいが、そのたびにこの八人の老人がくっついてくるのは、安房守にとっていささか憂鬱《ゆううつ》だ。

八人の老臣の名はこうである。

犬塚信乃《いぬづかしの》。

犬飼現八《いぬかいげんぱち》。

犬川壮助《いぬかわそうすけ》。

犬山道節《いぬやまどうせつ》。

犬田小文吾《いぬたこぶんご》。

犬江親兵衛《いぬえしんべえ》。

犬坂毛野《いぬさかけの》。

犬村角太郎《いぬむらかくたろう》。

彼らはどれもが一匹ずつの白い巨大な犬をつれていた。

いずれも、先祖相伝の名である。そして、ふだん八顆の珠《たま》をそれぞれ護っているのが彼らの勤めであった。

安房守は彼らを見るたびに、何百年かたった古木の瘤《こぶ》を見るような気がした。彼らが忠義の権化であることはみとめるが、あまりに頑冥《がんめい》で、神がかっているところもあって、つき合うのに往生する。

里見家はもう百五十年も前から南総一帯に威をふるってきた豪族であったが、彼らはその初代里見義実《よしざね》公に従ってたたかった八人の勇士の末孫である。そのころから、彼らの先祖もおなじ名を名乗って活躍していた。安房守はいちども見たことはないが、彼らは名とともに先祖からつたえられた古怪な武芸を修練しているということである。

それはあえて彼らも安房守に見せようとはしないが、閉口するのは、何かというとその一人一人が、それぞれ護持する珠をもち出して、忠をとき、孝をとき、悌をとき、仁をとき、義をとき、礼をとき、智をとき、信をとくことだ。そのたいくつさかげんは言語に絶し、さらに悲鳴をあげたくなるのは、この珠の由来と彼らの祖先たる八人の豪傑の武勇を語ってやまないことだ。

なんでも伏姫というのは、義実公の息女だが、八房《やつふさ》という犬に恋されて、いっしょに家出をして、犬の子を孕《はら》み、自害をするとその腹からとび出したのがこの八つの白玉の珠だという。

その珠をもって生まれたのが彼らの先祖で、これを八犬士と称する。この由来も荒唐無稽《けい》をきわめるが、それからはじまる犬塚信乃の芳流閣の決闘とか、犬山道節の円塚《まるづか》の火定《かじょう》とか、犬坂毛野の対牛楼《たいぎゅうろう》の復讐《ふくしゅう》とか、武勇譚は日をくらし夜をあかしてもつきないが、その内容たるや牽強附会《けんきょうふかい》をつくして、きいているうち頭がいたくなり、何が何だかわからなくなってしまう。

里見安房守はまだ二十二歳であった。

この八人の老人にも、ほぼ安房と同年輩の息子がそれぞれいる。彼らは話せる奴らであった。渋面をつくっている安房守のまえでしゃべる老人のうしろで、頭に指をあててくるくるまわして見せるほど洒落《しゃれ》ッ気のある若者たちであった。ところが、そういう所業がわかったのかどうか、老人連は三年前に、伜《せがれ》どもを旅に追い出してしまった。ゆくさきは、甲賀《こうが》の卍谷《まんじだに》とかいうところで、そこに古くから忍者の村があって、どうしてこの老八犬士が知っているのか、そこで修行してこいと厳命して出立させてしまったのである。

国の館山にもどっても、安房守はたいくつした。

八人の老犬士は依然としてくっついているし、さらにそれに輪をかけたほど厳格な、これまた初代以来れんめんと家老の筋をひいている正木大膳《まさきだいぜん》という老人がいるし、それに三年前もらった奥方はまだ十六歳である。

奥方は徳川家の重臣大久保相模守の孫だが、同時に大御所の曾孫《ひまご》にもあたった。彼女の母方の祖母が、大御所の娘亀姫《かめひめ》という人であったからだ。村雨《むらさめ》のおん方といった。

そんな関係だから、ういういしいというより稚《おさな》くて、まだかたい蕾《つぼみ》のような妻にあたるわけにはゆかず、安房守はいっそう面白くなかった。

ただひとつだけ息ぬきの場所があった。それは家老の印藤采女《いんどううねめ》という男の屋敷である。印藤采女ははじめ微禄《びろく》者であったが、すこぶる切れ者で、大御所さまの血をひく村雨のおん方をもらい受けるについて奔走した手柄で、三年前に寺社奉行となり、さらに去年から千石の新家老となっていた。

城では、家老の正木大膳や老八犬士がうるさいからと、采女はじぶんの屋敷に田楽師《でんがくし》や狂言師や軽業相撲のたぐいの芸人を呼んで、主君のお成りを請うた。

そのとしの暮れである。

「殿、珍しいものが来ております」

だれもいないのを見すまして、印藤采女は安房守のそばに寄って来てささやいた。

「何だ」

「女かぶきと申すものでございます」

「おお、出雲《いずも》の阿国《おくに》のながれをくむものか」

「いや、阿国とは直接関係のない田舎廻《まわ》りの踊子どもでございますが、同業の芸人より、この館山へくればあしらいがよいときいたとか申し、先日来、拙者の屋敷に泊まっておりまする」

「ふむ」

「八人の女でござりまするが、実に京江戸にもまれなる美女ぞろいで――それが、いずれも男装しております」

「女かぶきは、みなそうよ」

「踊りもさることながら」

印藤采女は奇妙な思い出し笑いをした。

「その踊子ども、実に奇態な術をつかいまする」

「どのようなことを」

采女は黙った。安房守は焦《じ》れた。

「いや、これは殿に御覧をねがうわけには参りますまい」

「いい出しておいて、何をいう。早く申せ」

「女かぶきの踊りには、手には鼓《つづみ》、鉦《かね》のたぐいをもって囃《はや》すのがふつうでござりまするが、このものどもは手に一物ももたずして鈴を鳴らしまする」

「手にもたずして、どこで鳴らす」

「女人の谷で」

「何?」

「そこに鈴を秘めて」

「……ううむ」

「それを見せるために、女ども、踊りつつ衣裳《いしょう》を一枚ずつぬいでいって、最後は一糸まとわぬ姿と相成りまする。そして手には金扇銀扇をもつだけなのに、踊りにつれて、いずこともなく微妙なる鈴の音がきこえはじめ、さらに八人相合して、迦陵頻伽《かりょうびんが》ともまがう天上の楽の音《ね》となるのでござる」

「……見たい、采女、是非、それを見せてくれ」

「大膳どのに申されてはなりませぬ」

「それはこちらでいいたいことだ」

里見安房守が印藤采女の屋敷にいってこの女かぶきの一行を見たのは、その翌日のことであった。従者は、采女の息のかかった若い腹心の家来ばかりである。

安房守はその女かぶきの女芸人たちを見て、心中にうなった。

或《ある》いは豊麗《ほうれい》、或いは優婉《ゆうえん》、顔だち姿態は八人ぜんぶちがうが、きらきらとかがやく瞳《ひとみ》、まっかにぬれた唇、ことごとく牝豹《めひょう》のようなはげしい精気に匂いたち、まことに采女がいったように、江戸《え ど》にもめったに見られまいと思われる美女ばかりだ。

黒髪は兵庫髷《まげ》にゆいあげているが、或いは純白の小袖《こそで》、袴《はかま》すがたに、雲竜をえがいた羽織をひるがえし、或いは紅梅の小袖に金襴《きんらん》羽織をつけ、それに白鮫鞘《しらさめざや》の太刀を佩《は》いて乱舞する姿は、まるで花吹雪の精かとも見えた。

それが、踊るにつれて、実にたくみに羽織をぬぎ、帯をとき、小袖をおとしてゆくのだ。

……息をのんで見まもるうちに、彼女たちは一糸まとわぬ白蛇のような裸身となった。いかにも、手には扇をひらめかすだけなのに、鈴の音がきこえる。鈴とも思えない微妙で甘美な合奏であった。

「いかがでござる」

涎《よだれ》をたらさんばかりの顔で見とれていた安房守は、采女の声でわれに返った。

「……まことに、かしこに鈴を秘めているのかや？」

「御覧に入れよ」

印藤采女のうなずきに、八人の女は踊りつつ安房守のまえにならび、艶然《えんぜん》たる媚笑《びしょう》をなげ、なまめかしく腰をくねらせた。

眼を見張っている安房守のまえで、八人の踊り子は鈴を生みおとした。——八つの金色の鈴と、八つの白玉が、世にもあえかなひびきをあげ、美しくぬれひかりつつ、床の上をころがっていった。

淫戯乱盗狂惑悦弄

一

「いかがでござる」

印藤采女がもういちどそういったのは、八人の踊子がその八つの鈴と八つの珠《たま》をひろい、それぞれ両掌に一個ずつの鈴と珠をささげて、里見安房守のまえにひざまずいたときだ。

「なるほど」

と、里見安房守はつぶやいて、唾《つば》をのみこんだ。口の中が、からからにかわいていたのだ。

「これが、あのような不可思議な音をたてるのか」

と、いったが、眼は茫乎《ぼうこ》として、八人の女の顔にそそがれている。

この印藤采女の屋敷に呼ばれて見物した芸能は数々あるが、一糸まとわぬ女人の踊りを見たのははじめてだ。しかも、それが美しい。……その美しさが、稚い奥方はもとよりのこと、城の女中どもからは想像もつかない牝豹のような野性美である。

「あいや、それよりさらに不可思議なることは、これが空中で相ふれても、あれほど美しい音は発せず、この女どもの体内で相ふれてこそ、はじめてあのような微妙な楽の音《ね》を奏でることでござりまする。……おそらく、柔媚なひだと濃い液汁にくるまれて、音にまろみが生ずるゆえでありましょうか」

安房守はまた生唾《なまつば》をごくりとのみこんだ。恐ろしく刺戟《しげき》的な見世物を見せて、恐ろしく刺戟的なことをいって印藤采女はちらと横眼で主君を見た。——それから、いった。

「殿。りんの玉というものを御存じでござりましょうや」

「りんの玉？」

——采女は説明した。

それは淫具《いんぐ》の一種である。一個の中空の玉と、一個のふつうは黄銅の玉とで一対になっていて、交合の際女人が用いると、体内をころげまわる快感と、さらに微妙な旋律のために、ますます恍惚境《こうこつきょう》に飛翔《ひしょう》させるという。——

「ほほう」

きいて、むずむずした表情になった安房守を、こんどは真正面から見て、

「殿、いちどおためしなされてはいかが」

と、采女はズバリといった。

「——この女どもとか？」

「采女、決して他にはもらしませせぬ。いろいろと御煩労多き殿。たまには破目《はめ》をはずして愉《たの》しまれてもよろしゅうござりましょう」

無下《むげ》にしりぞけるにはこの女たちといまの秘戯の誘惑はあまりにも妖《あや》しく強烈すぎた。

「ところで」

采女はひざをのり出していう。

「殿、この白玉の珠でござりまするが、どこかで御覧あそばしたような気はいたしませぬか？」

「おお」

安房守は眼を見ひらいた。

「紐《ひも》通しの穴こそなけれ一見、伏姫の珠に――」

「拙者も左様に思いました」

采女はじっと安房守に魅入るような眼をそそいで、

「殿、あれをお使いなされてはいかがでござる」

「なに？」

「ほかならぬ殿のお遊びでござります。見世物につかいふるした玉をまたつかうは恐れ多い。……この女どもも、玉は良質なれば良質なるほど微妙甘美の音を奏でると申しております」

「しかし、あれは」

「里見家の守護神であると仰せなさるのでござりましょう。まさにその通りでござりまするが……采女、このごろつくづく考えまするに、あれははたして里見家の守護神であろうか、むしろ、里見家を悩ます魔の珠ではあるまいか、と」

「采女、なぜ、左様なことをいう」

「殿、ふだんより、あの八犬士なる八人の老人にはお悩みでござりましょう。たわけた伝承をふりかざし退屈きわまる説教で殿を縛り、頑冥固陋《がんめいころう》は里見一藩を覆《おお》って、だれしもがいまにも窒息しそうになっております。それというのも、あの八人の老人のせい、さらに八犬士のもつあの八つの珠の魔力のゆえであるとは思われませぬか。采女は、あの怪しげなる珠は、彼らにとってこそ守護神であるが、里見家にとっては貧乏神だと見ております」

さすがに蒼《あお》ざめて、決死の顔だ。寵臣《ちょうしん》印藤采女であるが、お家の重宝伏姫さまのおん珠に対して、こんな大胆不敵なことをいってのけたのははじめてのことであった。これは彼の本音だが、同時に、いろいろの情況から、あの八人の老人あるかぎり、またあの八顆《か》の珠あるかぎり、これ以上じぶんの羽根をのばす余地はないと見きわめての提案であった。

「それで？」

「恐れ入った儀でござりまするが、殿もまたあの八つの珠の呪縛にかかっておいで遊ばす。それを、この際、一挙に破って、殿を御自由になし参らせるために」

「………」

「同時に、あの八犬士の護符をはがすために。――あの珠を左様なことに使われたとあっては、彼らも珠の通力《つうりき》の失われたことを思い知るでござりましょう」

「…………」

「一藩を覆う憑《つ》きものをのぞく天来の妙案と——采女はかように思案つかまつりまする」

——存外、安房守はおどろいた顔をしていない。彼は、以前からじぶんもかんがえていたことを、いま采女にあざやかにいってのけられたような気がした。

実は、江戸城で、あの八つの珠を竹千代君《ぎみ》に献上しようといい出したのも、なんとかあの鬱陶《うっとう》しい宝を放り出してしまいたいという望みが、無意識的にあらわれたのだ。——それくらいだから、いま采女にその珠を淫戯に使えといわれて、いくらなんでもややためらいの気もあったのだが、このとき忽然《こつぜん》彼自身の内部から昂揚《こうよう》してくるものを感じた。

「わかった。その通りじゃ」

と、彼はさけんだ。

「それをりんの玉とやらに試みてみようぞ」

「ただしかし、はっきりと左様に申されましては、もとよりあの八犬士が珠を出しますまい。一応、何くわぬ顔をしてとりあげ、あとで知らせた方がよろしいと存じまするが」

「それはどうでもよい。あの老いぼれども、いやと申しても余が出させる」

安房守は立ちあがった。彼はあの道徳の権化のような八犬士に対して反抗の快感に酔い、その酔いのあまり、伏姫の珠を将軍家若君に献上するという約束をしたことさえ忘れた。

「伏姫の珠の本来の持主は余じゃ。余が主君であるぞ！」

二

老いたる八犬士に、それぞれ護持する八つの珠をたずさえて、家老印藤采女の屋敷へ即刻出頭するよう上意が下されたのは、その日のうちのことであった。

上意とあってはやむを得ないが、八人の老人がこの印藤采女を奸物《かんぶつ》と目していることはむろんだから、そこに御主君がお成りになっていることが、いつものこととはいいながらもとより不満で、あきらかにそれらの感情を面に出し、ましてやそこに伏姫の珠を持参せよという命令には、さらに不審と警戒の色をありありと浮かばせていた。

「では、ここに待たれい」

書院にならんだ八老人の前に出て、愛嬌《あいきょう》よく挨拶《あいさつ》した印藤采女は、やおら手を出した。

「伏姫さまのおん珠、ちと仔細《しさい》あって、殿が御覧なされたいと仰せられる。しばらくお貸しねがいたい」

「仔細とは、いかなる仔細でござる？」

白髪をふりたてて、かみつくように犬塚信乃がいった。

「さ、それは殿の突然仰せ出されたことゆえ、拙者もまだ知らぬのだ。追っつけ相知れることであろう」

「拙者らがその場に出ては相成りませぬのか」

虫が知らせるのか、犬飼現八がくぼんだ眼を不安そうにいからせた。

「ならぬとの御上意だ」

采女はピシリといったが、すぐに幼児にいいきかすような笑顔になって、

「半刻《はんとき》か一刻《いっとき》のことじゃ。伏姫さまのおん珠《たま》は、そなたらの私物ではないぞ。それくらいのことがわからぬか。辛抱できぬか？」

といった。八犬士は沈黙した。

三方《さんぽう》が用意してあった。それに八つの螺鈿《らでん》の筐《はこ》をうやうやしくのせると、印藤采女はそれをささげ——八老人に背をむけてから、不謹慎なうす笑いをうかべて書院を出ていった。

実をいうと、印藤采女も、同座はならなかった。

ただ唐紙をへだて、鳴りさやぐ鈴の音とも珠の音ともつかぬ優婉《ゆうえん》きわまる妙音をきいていたばかりである。——もとより、女が踊っている音ではない。それに甘美な女のあえぎがからまる。きいていて、彼自身がその鈴と珠をつかっているように、息がはずみ、血がどよめいてくるのを禁じ得なかった。あやうく自制心を失って、同室にいる七人の女にとびかかるところであった。

女は七人、そこにいた。前に一つずつ、螺鈿《らでん》の筐《はこ》を置いている。待っているのだ。

やがて、唐紙をあけて、ひとりの女が出て来た。真紅の長襦袢《ながじゆばん》をまとっているが、一方の肩と乳房がむき出しになって、それに黒髪がねばりついている。

「殿さまには、代りをよこせとのことでございます」

そういうと、疲れはてたように坐《すわ》り、懐紙をとり出して珠をふきはじめた。眼を充血させて采女がのぞきこむと、それは「孝」の珠であった。

次の女が唐紙をあけて入っていった。そしてまた鈴と珠とむせび泣きの交響が奏でられ──女がヨロヨロと出て来た。

「殿さまには、代りをよこせとのことでござります」

女がふきはじめた珠は「礼」であった。

四人めになったとき、さすがの印藤采女も、やや狼狽《ろうばい》を感じてきた。若い殿さまが欲求不満の状態におありなされたことは承知しているから、三人くらいは覚悟していたが、こうまで破目をはずして御奮戦あそばそうとは、思いのほかであった。殿のおなぐさみもさることながら、目的は珠を汚す──例の守護神の尊厳性を傷つけることにあるのだから、極端にいえば、その一つを使うだけでいいのである。それは五つでも六つでもかまわないが度がすぎて殿に万一のことでもあったら本末顚倒《てんとう》だ。

「殿は……大丈夫か」

五人めの女がもどってきたとき、采女は声をひそめてきいた。

「わたしの方が死ぬ思いでござりました」

その踊子は、一行のうちでは、いちばんつつましやかなものごしの女であったが、それが別人のごとく淫猥《いんわい》な翳《かげ》を睫毛《まつげ》にえがいて、

「さすがは九万二千石の御大名……お強うござります」

と、あつい吐息《といき》をもらした。

実は采女はこの女かぶきの踊子たちが体内に於《お》ける鈴と珠の奏楽という特技を持つことを知り、その珠が偶然伏姫の珠に似ていることを知ったとき、はたときょうの着想を得て、女たちに殿のお伽《とぎ》をすることを大金を以《もっ》て依頼したのだが、常識をこえた主君の荒淫ぶりと、それに応《こた》える女たちを見聞きしているうち、しだいに、これはじぶんの演出したことではなく、じぶんの方が狐に化かされているようなぶきみささえをすらおぼえてきた。

「殿」

六人めがかえってきたとき、おびえた声で呼ぶと、

「次……次！」

という、たしかに生きている、しかし酔ったような安房守の声がきこえた。七人めの女が起《た》っていった。

——やがて、八人の女は、すべて伏姫の珠を鳴らし終った。

「……お申しつけのお役目、どうやら果たしたようでござりまする。珠をお改め下さりませ」

采女の前に、女たちは次々に螺鈿の筐を置いた。ふたをひらいたままで、中の白玉は晃《こう》たるひかりをはなって、采女の眼を打った。そのひかりも、珠に浮かぶ、忠、孝、悌《てい》、仁、義、礼、智、信の文字が——それを汚すのが目的であったにもかかわらず——この場合、采女の眼をまぶしくしたのは当然だ。

「御苦労であった。あとで、約束のものはとらせる。あちらで待っておれ」

彼は早口でいった。女たちが去ると、采女は唐紙をあけて、隣室へ駈《か》けこんだ。

豪奢《ごうしゃ》な閨《ねや》に、里見安房守は白い泥みたいに横たわっていた。うつろな眼に采女の姿も入らないかのようなのでぎょっとしたが、胸はたしかに起伏している。

「殿……殿！　いかがでござりましたか」

「世にはかくも愉《たの》しいことがあったか。……女とはかくもよいものであったか」

安房守はうたうようにいった。眼はうつろなのではなく、なお夢幻の恍惚境《こうこつきょう》をさまよっていたのであった。

「采女、憑《つ》きものはおちた」

「は？」

「伏姫の珠がなんだ。いや、あれは、あのようなことに使《つこ》うてこそまことの宝じゃ。八匹の老いぼれ犬を呼んでこい。余がそのことを申してやる」

安房守は起きようとしたが、起き上れなかった。腰がぬけていたのである。

三

しばらくののち、八犬士は、先刻まで采女が待っていた座敷に通された。そして、采女に抱きかかえられるようにして現われた主君からこの大破廉恥の行為をきいて驚倒した。

「な、な、なんと申される。こ、こ、この伏姫さまのおん珠を——」

八人は、死びとのごとく蒼《あお》ざめて、それっきり絶句して、ひたいからあぶら汗をタラタラとながしながら、そこにならべられた螺鈿の筐をながめたが、ふいに犬川壮助が、

「おたわむれを仰せあそばすな」

泣くとも笑うともつかない顔を、安房守にふりむけた。

「わが殿が左様なたわけた御所業をなさるはずはござらぬ。この珠はちがうではござりませぬか」

「——えっ？」

こんどは、安房守と采女が仰天した。

「同じように、紐《ひも》通しの穴はあいております。似てはおりまするが、なんでわれらが、伏姫さまのおん珠と見まちがえ参らせようか」

犬坂毛野が、前の筐から一つの珠をつかんで、眼にかざした。「いかにも左様、珠がちがう。伏姫さまのおん珠にはあるまじき、盗、の文字。——御同志、みなとって見られい」

他の七犬士もそれぞれ猛然と珠を手にとった。——よろこびと怒りの感情が、八人の面上を交錯した。なんとなれば、そこに残された八顆《か》の珠には、実に人をくった文字が浮かんでいたのだ。

「淫」「戯」「乱」「盗」「狂」「惑」「悦」「弄《ろう》」と——。

「そ、そんなはずはない！」

とび出すような眼つきをして、印藤采女がさけび出した。

「先刻、たしかに珠は伏姫さまのおん珠であった。女どもが去ってから、わたしはそれをたしかめたのだ」

べつにたしかめたわけではないが、さっきじぶんが主君の間に駈けこんだとき、唐紙はあけたままであったし、その直前にしりぞいた八人の女が、この座敷にかえってこなかったことはたしかだから、あれ以後にスリかえられたはずは絶対にないのである。

「では、これはお悪戯《いたずら》ではないのか」

血相かえる七犬士を、からくもおさえて、

「それは、お見まちがえではござらなんだか？」

と、犬山道節が声をしぼった。

「あの尊きおん字と、このけがらわしき文字と、天地の差はあるが、眼《まなこ》が曇《くも》っておれば、ひょっとまちがえるかもしれぬぞ。――字画に一脈似たところがある」

道節は、七人の友から珠をひったくり、一つずつ、そこに置きながらさけんだ。

「狂を仁と。――戯を義と。――乱を礼と。――盗を智と。――淫を信と。――惑を忠と。――弄を孝と。――悌を悌と。――いつスリかえられたか、しかとお思い出しあれ！」

そういわれて、印藤采女はおのれの眼をこすった。じぶんの眼が曇っていたとは思わないが、何しろ珠の中に透いている小さな文字である。はっきり書けば見まちがえるはずもない二つの文字だが、いかにもいわれてみればどこか似た字面だ。彼はじぶんの記憶が信じられなくなった。

「ああ！」

安房守が恐怖の相を浮かべてうめいた。

「――し、しからば、伏姫のおん罰があたったのであろうか？」

この怪異には先刻の陶酔も反抗も醒《さ》めはて、さすがに衝撃を受けたらしい。――眼を血ばしらせて印藤采女が八犬士をにらみつけた。

「うぬら、はじめより、珠《たま》を替えて参ったな？」

「たったいま伏姫さまのおん珠なることをたしかめた、と御家老は仰せなされたではござらぬか」

と、怒りと驚愕《きょうがく》のためにむしろ沈痛な声で犬田小文吾がいった。采女はうっとつまったが、

「いいや、左様にみえたのは、犬山の申すとおり、字面が似ておるゆえ見あやまったのだ。悦とあるのを悌と、盗とあるのを智と、乱とあるのを礼と――まさか、うぬらが偽りの珠を持参いたそうとは思いもよらざるゆえ――」

「冗談は休み休み申されよ」

犬江親兵衛老人が軋《きし》り出すようにいったが、すぐにがばと身を起して、

「いや、休んでおるひまはない。その女どもはどこにござる？　いかにしてスリかえたか

はしかと知らぬが、最初よりかような珠を用意して来たとは、その女芸人ども、容易ならざる曲者《くせもの》でござるぞ！」

「誰かある！」発狂したような声で里見安房守はさけんだ。

「いまの踊子ども、もいちど参れと申せ！」

印藤家の家来が動顛した表情で駈けてきたのは、それから数分後であった。

「奇怪でござる。その女芸人はもとより中間《ちゆうげん》部屋にまかりおりました囃子《はやし》方《かた》その他一座のもの一人残らず当屋敷から消えております る」

八人の老犬士はいっせいにはねあがり、走り出しかけたが、そのうち犬村角太郎老人ひとりが足をもどして、いきなり白刃をひらめかすと、ものもいわず印藤采女を袈裟《けさ》がけに斬った。

「な、何をいたす」

吹きつける血しぶきをふせぎながら、悲鳴をあげる里見安房守に、

「以前よりお家にとっておんためにならざるおひととお見受けしていた御家老――また、かかる怪しき女どもをひき入れた罪、どうせ天誅《てんちゆう》を加えねばならぬ奸物《かんぶつ》――殿よりのおとがめは、あとでおん受け奉る！」

「いまは何より、伏姫さまのおん珠をとりかえさねば！」

そして、八人の老犬士は阿修羅《あしゆら》のごとき形相となって、座敷を走り出していった。

大事

一

冬でも花の絶えたことのない南総であるが、さすがに年の暮であった。

海は灰色のうねりをあげている。ひるすぎまで、むしろ小春といいたいような日和であったのが、いつのまにか暗い雲がひくく垂れこめて、海は岩に氷のようなしぶきをとびちらせていた。

その内房の海沿いの街道を、砂塵《さじん》としぶきをあびつつ、八騎が北へ走っていった。いうまでもなく、里見家の老いたる八犬士だ。――印藤家から、伏姫の珠をスリかえて消え失《う》せた女かぶきの一座が、果たせるかな、この方角へ逃げていったときいて、狂気のごとく追跡して来たものだ。

追いながら、八犬士は惑乱している。

――きゃつら、何者か？

――なんのために、伏姫さまのおん珠を盗み去ったのか？

それがわからないのだ。その珠の美しさに魅入られて、出来心で持ち去ったものでないことは、あらかじめあのようなたわけた珠を用意していたことからもあきらかだ。

とにかく、何者にせよ、いかなる目的にせよ、彼らが盗み去った里見家の守護神は、断じてとりもどさねばならぬ。

「まだ見えぬか」

「山の方へ入ったのではないか」

八犬士は狼狽《ろうばい》していた。あの女かぶきの一座が逃げたときいてから、それほど時はたっていない。それを悍馬《かんば》に鞭《むち》をくれて猛追撃して——一里走っても、二里過ぎても、ゆくてにそれらしい影はみえないのだ。

「——やっ、いたっ」

「ううぬ、何たる足のはやい奴」

「見ろ！　きゃつら、横歩きに歩いておる。忍者の走法だ！」

いかにも、はるかかなたを、その一団は逃げてゆく。踊子八人をまじえて、囃子方や人足などすべて二十数人はいたろうか。

それが、追ってくる騎馬の姿を見ると、五人ばかり、逆にばらばらと駈《か》けもどって来た。男ばかりだ。どこで手に入れたか、いずれも槍《やり》を持っていた。

一方は海への断崖《だんがい》、一方は山がせり出した最も狭い場所をえらぶと、彼らはその槍をいっせいに山肌につき立てた。六尺の高さから一尺おきに——横なりの柵《さく》を作ったのである。

その向う側で、彼らは抜刀し、不敵な笑顔で待ち受けた。

八犬士はそれを見つつ、速度も落さず疾駆した。それが二騎ずつの縦隊になったのは、むしろ速度をあげてそうなったのだ。

「はいようっ！」

先頭で犬塚信乃と犬飼現八の白髪と馬のたてがみが宙におどり、二騎は柵《さく》も人も、なんの苦もなく躍《おど》りこえた。

しかも、敵の二人と山につきたてられた槍の一本が、血けむりと砂塵の中にはねとばされている。馬上の信乃のふるった刃《やいば》は一人を斬り、現八のふるった刃は最上段の槍を千段巻《せんだんまき》から斬りとばしたのだ。あとの一人は、どちらかの蹄《ひづめ》に頭を蹴《け》られたのだろう。

「わあっ」

混乱する残りの三人の頭上を、犬川壮助と犬山道節の馬が飛び越え、二段目の槍が斬り落されるとともに、その三人も血しぶきにつつんでしまった。

いや、三人すべてが斬られたわけではあるまいが、次に三本目の槍を斬りつつ、犬田小文吾と犬江親兵衛が躍りこえ、最後に、もう柵にもならない槍の横木《バー》を、これはいともらくらくと犬坂毛野と犬村角太郎の馬が飛びこえ——その鉄蹄《てってい》の下に、生き残っていた者すべて血泥に変えてしまった。

あともふりかえらず、八騎は追う。

それにしても、これは白髪の老人とも見えない——いや、壮年の人間としても、世にまたとあるまじきすばらしい馬術であり、剣技であった。

さきに逃げていた女かぶきの一団のうち、また五六人の男たちが愕然《がくぜん》とした様子で、渦をまいて馳《は》せもどって来て、いっせいにびゅっと槍を投げつけた。それは大気を灼《や》き切る流星のようであった。

とみるや、八騎は砂けむりをあげて、ピタリととまった。電光のごとく犬塚信乃と犬飼現八は刀を横ぐわえにし、手綱をひいて馬を横にし、ぱっと鞍《くら》の上に立った。そして、宙天たかく飛び来った槍の数本を、腕をのばしてとらえつつ、そのまましろざまに、次なる犬川壮助と犬山道節の馬にとび移って、二人乗りになったのである。

あとの槍は、横なりに重なった無人の馬の胴にことごとく突き刺さった。一頭は屏風《びょうぶ》のようにたおれ、一頭は断崖から海へおちていった。

ほとんど何事もなかったかのように、六頭の馬は、八人の老人を乗せたまま、また猛追撃にかかっている。

さっき槍を投げた男たちは、茫然《ぼうぜん》自失といった態《てい》でそこに立ちすくんでいて、ふいに腰の刀をひきぬいたが、まるで鉄丸に打たれたように蹴ちらされた。駈けぬけた八犬士の刃はことごとく血ぬられている。

「待てっ」

八犬士はしゃがれ声をしぼった。

八人の女をまじえた一団は――もう男は五人しか残っていなかったが――街道から左へそれて、砂浜へとびおりた。わびしい漁師の部落の入口で、しかし彼らはそこに入らず、砂を蹴ちらして海の方へ走ってゆく。

「舟で逃げるつもりか」

「そうはさせぬ！」

海ぎわに、五六艘《そう》の小舟がならんでいた。彼らはその一艘にとびつき、海の方へ押していった。

砂は蹄を埋めた。八犬士は焦って、馬から飛びおりた。

一艘の舟はすでに波に入り、八人の女はそれに飛び乗った。五人の男は駈けもどった。じぶんたちの舟を求めるためか、と思うとそうではなく、手に手に槍をふるって残りの舟の舟底に突き立て、板子に穴をあけるのにかかっているのだ。

「きゃつら――」

八犬士は阿修羅のように白髪を逆立て砂を駈けた。犬塚信乃と犬飼現八が、さっき敵から奪った槍を駈けながら投げた。

二条の光流が海風を切って、二人の敵を串刺《くしざ》しにした。が、あと三人は逃げようともせず、ひきつったような笑いをうかべて八犬士を迎えたのである。――いや、彼らは八犬士を迎え討とうともしない。おそらくそれまでの八犬士の魔神のような追撃ぶりから、所詮《しょせん》敵しがたし、と観念したのであろうか、それぞれ槍を逆手ににぎると、おのれの心臓にぐさとばかり突き立てたのであった。

「待てっ」

八犬士は、もう恥も外聞もない姿で、こけつまろびつ汀《みぎわ》まで駈け寄った。波へとびこんだ。――しかし、八人の女をのせた舟は、もう二三間さきの波の上にあった。

犬山道節と犬田小文吾が狂気のように反転して、のどぶえをつらぬいた男たちの槍をひったくって、遠ざかる舟めがけて投げつけた。

二本の槍は、これは舟の上のふたりの女の手につかまれた。まきあがるしぶきの中に、彼女たちはその槍をクルリと持ちなおした。泳いでくれば逆に投げかえす姿勢になって、彼女たちはにっと笑ったのである。

「珠《たま》を返せ！」

「伏姫さまのおん珠を返せ！」

八犬士は泣かんばかりの絶叫をふりしぼった。

しかし、舟はみるみる遠ざかってゆく。垂れさがった黒雲、わきかえる怒濤《どとう》の果てへすべり去る舟、その櫓《ろ》をにぎるひとりの女の手さばきからみても、彼女たちがこの海を苦にしていないことはあきらかであった。

「――ああ！」

八人の老人はどうと砂の上に坐《すわ》って、白髪をかきむしった。満身しぶきにぬれつくしても、かえりみるいとまのない苦悶《くもん》と絶望の姿であった。

「……しかし、きゃつら、何者か？」

突如、犬江親兵衛がはねあがり、背後に伏した男たちのところへ駈け寄った。彼らが完全にこときれているのに気がついて、彼らが自決したのは、追いつめられてあきらめたせいではなく、むしろ、そのような糾明《きゅうめい》からのがれるためであったと思い当ったのはそのときである。

八犬士はその死びとよりもっと蒼白《そうはく》な顔を見合わせて、しばし身うごきもしなかった。

ふと、そのとき犬山道節が顔をあげた。

「——あれは？」

街道の方に、鉄蹄のひびきがきこえる。——一騎。あきらかに里見藩の武士らしい男が、しかしこれは北からやって来て、狂気のごとく鞭を馬腹にあてながら、南の館山の方へ駈け去っていった。

「江戸からの急使だな」

と、犬川壮助がいった。

「向うにも、何事か起ったのか？」

二

江戸からきた使者は、里見安房守にとって驚くべき知らせをもたらした。

幕府の重臣、大久保相模守忠隣の失脚である。彼は一族の大久保石見守長安が生前さまざまの曲事をたくらんでいたことを、長老として知らぬことはあるまいに、公儀になんの報告もなかったのは過怠《かたい》であるという理由で、小田原城五万石召上げ、相模守はもとより、その子右京《うきよう》、主膳《しゆぜん》らことごとく追放という処断が下されたのである。

なぜこのことが里見家にとっておどろくべきことかというと、前にもいったように、安房守の奥方が相模守の孫娘であるという関係があったからだ。主人同士がそういう縁でむすばれていたから、藩士同士でも、安房と相模のあいだで、それぞれ嫁にやったり婿にもらったりした関係のあるものが少なくなかったし、これはひとごとでない変事であった。

急使は相ついで江戸から来た。大久保相模守の血につながるものは、芋《いも》の蔓《つる》をたぐるように処分を受けているらしい。これは当時の武家の法では当然のことである。幕府の最も太い柱として大久保家を見込み、それと縁をむすんだことは里見家永遠の安泰をかちとる政策であると信じていただけに、その狼狽《ろうばい》はかえって甚《はなは》だしかった。

煮えくりかえるような——と形容してもいい騒ぎのうち、年を越えて、慶長十九年となった。

何か里見家にもよからぬ運命が見舞うのではないか、という危惧《きぐ》にみな胸を痛めていたが、別にそんなこともなく、藩ではやや愁眉《しゆうび》をひらいた。

「里見家がおとがめを受ける理由がない。なるほど奥方さまは相模守さまのおん孫でいらせられるが、それだけの御縁で、石見守の曲事とはなんのかかわりあいもないからの」

「同時に奥方さまは、大御所さまの曾孫《ひまご》さまにもあたられる。むやみにこちらに歎きをみせるようなことを、御公儀がなさるはずがない」

藩士たちはそんなことをささやきあった。

やや安堵《あんど》するとともに、懊悩《おうのう》がひどかっただけに、里見安房守はかえって腹をたてて来た。胸なでおろしたとはいうものの、かんがえてみれば、大久保一族の娘を妻にしているということは、里見家にとってもはや決してありがたい護符ではない。彼は、十七歳になったばかりのあどけない奥方にあたりちらして、その名のように彼女の瞳《ひとみ》に村雨をふらせた。

そんなときに、安房守はふときいた。

「当家にかような災難の見舞うも当然。——里見家の守護神が失せたときに、この運命はきまっておった」

こんなことを八犬士がいっているということを。

「ぬかしおったな、したり顔で」

勃然《ぼつぜん》と彼は腹をたてて、

「そうであった！　きゃつらのことを忘れておった！　家老たる印藤采女を殺害した奴ら、余みずから手討ちにしてくれる。ここへひき出せ」

と、命じた。一月九日の夕方のことであった。

伏姫の珠を盗んで逃げた奇怪な女芸人たちの追跡に失敗し、悄然《しょうぜん》とかえってきた八犬士は、そのままとらえて、牢獄《ろうごく》に入れてあったのだ。つづいてもたらされた江戸からの報に、彼らのことはすっかり忘れていたのである。

館山の南――根子屋山《ねごややま》にそびえる館山城の奥庭の白州に、八犬士はひき出された。

「うぬら、家老の采女を私意を以《もつ》て討ち果たした罪さえあるのに――このたびの里見家の不運を、天罰覿面《てきめん》とせせら笑っておるそうな。そこへ直れ、余が成敗してくれる」

安房守は佩刀《はいとう》をスラリとぬいて、つかつかと庭へ下りて来た。

白州に髪はみだれ、衣服は裂けて、惨澹《さんたん》たる姿の八人の老犬士は、しかし木の瘤《こぶ》みたいな顔をふりあげて、

「その通りでござる。印藤采女がお家に仇《あだ》なす獅子《しし》身中の虫であったことは、殿もおわかりでござりましょうが」

「ひとえにこのたびのことは、伏姫さまのおん珠をけがしなされた応報でござる」

と、いった。

なかばはあたっているが、なかばは狂信だ。大久保家と縁組みさせた印藤采女がいまさら恨めしいが、さればとてこんどの不幸をあの珠とむすびつけるのはこの老人たちの度しがたい迷信だ。その言葉があたっていることも、狂っていることも、どちらも安房守にはがまんがなりかねた。

「まだ左様なことを申すか。これもその珠の報いと思え！」

安房守は、まず犬塚信乃の皺首《しわくび》めがけて一刀をふり下ろした。

犬塚信乃はかわしもせず、片手をあげて無造作に安房守の腕をとらえた。

「恐れながら、われら、まだ死ねませぬ」

「こやつ——手むかいいたすか！」

ふいに、あと七人の犬士は、白州にべたとひれ伏した。

「殿！　おねがいでござります。しばらくわれらに命をお貸し下されい。命惜しゅうて申すのではござらぬ。あの伏姫さまのおん珠とりもどさねば、われら伏姫さまのおん霊に申しわけがたちませぬ！」

「そこはなせ、無礼者めが」

と、安房守は身をもがいた。信乃に軽くつかまれている手くびからの激痛に胆《きも》をつぶしたのである。

「そのおゆるし賜わらねば、めったにはなされませぬ。殿、おねがいでござりまする！」

信乃も必死の声をしぼった。

そのとき、庭の一隅から、ひとりまろぶように走って来た者があった。みると、老臣の正木大膳だ。

「殿……殿！　一大事でござる！」

これまた先祖代々の家老の職をつぐもので、八犬士に輪をかけたような頑固一徹の老人であったが、いままで見たこともないほど狼狽した顔であった。——白州の光景をみて、一瞬何事か、といぶかしむ表情になったが、すぐそのまま駈《か》け寄って来て、

「御公儀の本多佐渡守どのよりの御使者でござる！」

「なに？」

安房守はむきなおった。刀が地におちた。信乃が手をはなしたのだが、それすら気がつかないほど彼は動顚した。将軍家補佐役たる本多佐渡が、同時に大御所の分身として、幕府の枢機をつかさどっている存在であることは、いくら若年の、上ッ調子な大名である彼も知っている。

「本多佐渡から？……なんの使者」

「御使者の御口上には——去年重陽《ちょうよう》の賀宴で、殿中に於《お》いて、伏姫の珠《たま》をことし重陽の日、若君竹千代さまに献上つかまつると安房守どのには仰せられたが、竹千代君にはことし御元服、安房はあの珠をまことにくれるであろう喃《のう》とあらためて念をおされたが、お約定の九月九日にはまだ間はあれど、かほど愉《たの》しみにしておわすことゆえ、万が一にも傷つけられたりなされまじく、せいぜい御愛蔵のほどを願う、と佐渡の老婆心までにとの御申入れでござります。殿、左様なことを、佐渡守どのに御約定なされましたるや」

里見安房守は鉛色の顔になったまま、しばらく言葉もなかった。

実のところ、あのときは幼い竹千代君をあやすためにいったことで、さして心にとめてもいなかったが、約束したときはまさにそれが本心であった。しかも、約束は約束だ。

しかし——いまや、その珠はない！

「伏姫の珠を失えば、里見家に大難が来る」——そういった八犬士の予言は決して狂信ではなく、まさにその通りの姿を以てあらわれてきたのである。

はたと白州におちた沈黙を破って、うめき出したのは八犬士の方だ。

「……そうか、そうであったか」

「うすうすわかって来たぞ」

「――しかし、何のために？」

「里見家を滅ぼすためだ」

「なぜ？」

「大久保につながるゆえ――一切のちの禍根を断つために」

「当家の奥方さまは大御所さまのおん曾孫さま、さればあまりにむき出しにとりつぶしては、世上のきこえもいかがあらんと思案したものであろう」

「されば、わざと絶体絶命の場に追いこんで、当家を自滅させる算段に出たか！」

彼らは歯ぎしりの音をまじえつつ、陰々と語り合った。

それから、彼らもふいに沈黙して、じいっと顔を見合わせた。――眼と眼との会話が終ると、彼らはうなずき合った。

犬塚信乃が従容《しょうよう》として、先刻安房守がとりおとした刀をひろい、片肌ぬぎになったかと思うと、逆にもちかえた刀身を袖《そで》でつつみ、いきなりぷつりと自分の腹につき刺した。

「殿、いって御使者に逢《あ》われませ」

キリキリとひきまわしながら、信乃は微笑の顔をふりあげた。

「そして、約束の伏姫の珠、相違なくことし九月九日、竹千代君に献上つかまつると仰せられませ」

そして彼は、血まみれの刀をぬいて、隣の犬飼現八にわたした。すると、これまた片肌ぬぎになっていた現八も、それを受け取ると、これまたぷつりとおのれの腹につき立てたのである。

行方不明の息子たち

一

「な、何をいたす」

国家老の正木大膳がさけんだ。

「なんのために、おぬしら腹を切る？」

「──少し、早まったようじゃな、信乃」

と、犬飼現八がいった。

「そうだ。なんのために腹を切ったのか、申さねばならぬ。……それよりさきに、まず御家老におねがいいたさなければならぬことがある」

そういいながら、彼はキリキリと腹につき立てた刀をひきまわし、ひきぬいて、こんどは次の犬川壮助にわたした。

「御家老、八房を呼んで下されい」

「おぬしの八房か？」

「いえ、八人の八房を」

八房とは八犬士の飼っている八匹の犬であった。おなじように真っ白な巨大な犬で他人が見ても区別がつかない。

しかも、どの犬も八房という名がつけられているのだ。

「おお、それから念のため、だれか、われらの若党のひとりを——左様、それがしのところの滝沢瑣吉《さきち》でもよろしゅうござる。呼びにやって下されい」

といったのは、犬山道節だ。彼もまた犬川壮助の屠腹《とふく》したばかりの刀を受けとっておのれの腹に刺しながら、

「われら死するにあたって、申しつけたい用がございます」

といった。

家老の正木大膳は動顚《どうてん》して、もはやなんの反問もせず、八犬士を牢獄からひきたてて来た家来に、「ゆけ」と命じた。あまりにも思いがけない事態の進展に、家来はころがるように駈け出してゆく。

「そなたら、なぜ死ぬか」

と、正木大膳はやっとわれをとりもどした様子でいった。五人めの犬田小文吾もすでに腹に刀を刺しこんでいる。が、大膳はこの老人たちが決して乱心したわけでもなければ、また思いこんだことはとめても断じてとどめ得ないことを知っていた。

「ほんの先刻までは死ぬつもりではございませなんだ」

と、犬田小文吾は腹に刀をひきまわしながら、苦笑していった。

「殿のお手討ちにお手むかいしたほどでござります。……あの八顆《か》のおん珠の紛失が、本多佐渡守どののさしがねによるものと知るまでは」

「いま、黒幕が本多佐渡守どのと知って。――」

六人めの犬江親兵衛が血みどろの刀を腹にあてがいながらいった。

「このたびの大難は決して印藤采女の愚行によるものでなく、そのもとはわれらにあることを思いあたったのでござります」

「大難のもとが、おぬしらにあるとは？」

「去年九月九日、江戸城に於《お》ける重陽《ちょうよう》のおん儀に際し、殿には伏姫さまのおん珠を竹千代君に献上なされようと遊ばしました。あのとき、われらは黙って殿のお心にまかせればよかったのでござる。それを、忠義面しておとどめしたばかりに――はからずも佐渡どのに乗ぜられる禍因をまねいてしまいました。その責めはまったくわれらにありと、いま臍《ほぞ》をかんでおりまする。お家に対し、この大難を招来した以上、われらもはや一刻たりとも生きてはおれませぬ」

「……そちたちの責任ではない！」

いままで気死したようにそこに立ちすくんでいた里見安房守がさけび出した。年があけて二十三になったばかりのこの軽はずみな殿さまも、いまおのれの愚行からつぎつぎに連鎖反応を起してゆく事態の恐ろしさを、肺腑《はいふ》に徹して感得したのである。

「そちたちは死ぬ必要はない。これ、やめぬか、毛野！」

両手をふりまわしたが、七人めの犬坂毛野もまた委細かまわず腹を裂いた。

「殿、早《はよ》う江戸からの御使者のところへいらせられませ。……いや、そのまえに、あの佐渡からの廻《まわ》し者たる女芸人どもの残しておいたけしからぬ珠を頂戴仕《ちようだいつかまつ》りとうござるが」

「御小姓、ついでに巻紙と八本の筆を」

犬坂毛野から刀をわたされた最後の老犬士犬村角太郎がいって、これまた腹をかっさばいた。

小姓はちらと安房守をみて、うなされたようにうなずく主君に、そのまま身をひるがえして奥へ駈けこんでいった。

「八犬士」

と、正木大膳がいった。

「とめてとまらぬそちたちの忠剛ぶりは大膳承知だ。いまさらとめはせぬが、江戸からの御使者に、ことし九月九日までに伏姫さまのおん珠《たま》を献上つかまつると御返答申せといったとて……そのおん珠は盗まれたではないか。それをとりもどすことができるのは、そなたらをおいてほかにない。そのそなたらがいま死ねばだれがいかにしてとりもどすことができるのじゃ？」

「それがしの伜《せがれ》どもが」

と、犬塚信乃がいった。切った腹をおさえているが、血は膝《ひざ》を染めつくして、顔は灰色に変わりつつあるのに、彼はニンマリと笑った。

「それは伜どもにまかせようと存ずる」

「そなたらの伜……しかし」

「いかにも、あれたちはいまこの安房にはおりませぬ。若年者ゆえ、みな心ばえ未熟のところがござって、先年、われら談合して、みな甲賀国卍谷と申すところに修行に追い放ちました。それより三年たちます。きゃつらも、もはやあらゆる点で一人前に成長しておりましょう。それに、ゆだねまする」

「……呼ぶのか」

「されば」

と、犬飼現八がうなずいた。

「手紙をやって」

小姓が駈《か》けもどって来た。螺鈿《らでん》の小筺《こばこ》と、硯箱《すずりばこ》と巻紙をもっている。

八犬士は、その螺鈿の筺をひらいた。――以前はその筺一つに一つずつの珠がうやうやしく入れてあったのだが、いま珠は八つあらわれた。それは去年の暮、あの奇怪な踊子が残していった「淫《いん》」「戯」「乱」「盗」「狂」「惑」「悦」「弄《ろう》」の珠で、あまりのことにいまは一つの筺にぶちこんであったのである。それから八犬士は、巻紙を八片に裂き、前におき、その珠を文鎮としておさえた。

ふるえる手で筆をとった。墨はすらず――彼らはおのれの血を筆にふくませて這《は》いつくばうようにして、その紙に書きはじめたのである。

「父の血をもてかきのこし申し候。里見家に大難来り候。安房守さま御公儀に伏姫さまのおん珠献上の由約定あそばされ候ところ、われらが咎《とが》によっておん珠盗まれおわんぬ。ことし九月九日までにおん珠献上いたさざれば里見家滅亡のほかはこれなく候。

案ずるに、右は里見家をとりつぶさんとはかる本多佐渡守どのの手のもの、御公儀伊賀組によるものと存ぜられ候。容易ならざる敵なれども、この敵の手にはまりては里見の名折れ、あくまでおん珠をとりもどし、敵の鼻をあかせ候え。

父罪によってみずから死すといえども八犬士の名にかけ甲賀修行のわざを以て、父の罪をあがなうべし、今日ただいまより犬塚信乃の名を相伝申し候。

なんじ甲賀よりはせもどり、江戸の敵にちかづくことを得ば、おん珠を盗み、代りにこの珠残しおきたる伊賀の女に八房みちびくべく候。

慶長十九年一月九日

犬塚信乃

犬塚信乃どの」

宛名と署名がちがうだけで、みな同文であった。

そのとき、庭の向うから、土けぶりをあげて駈けて来た一団がある。一人の若党と八頭の大きな白犬であった。

呼びにいった使いから異変はきいたであろうが、さすがにこの惨澹《さんたん》たる光景を眼前にして若党は立ちすくんだが、八頭の犬はためらいもせず、血まみれの八人の主人のそばへからだをすりよせた。

「瑣吉」

　と、犬山道節が呼んだ。滝沢瑣吉は彼の若党であった。

「これを読め。いま八房を甲賀へやるが、うぬもいそぎあとを追ってゆけ。旧蠟《きゅうろう》来の顚末《てんまつ》はうぬらもよう知っておるはず。甲賀よりはせもどる伜どもに途中で逢《お》うたら、委細をつたえろ。そして江戸にて珠を得ずんば安房にかえるなと申せ」

　犬士たちは、珠を犬の鼻に寄せた。

「おぼえておけ。これが敵の匂いであるぞ」

　そして、それぞれの珠を血書で巻き犬の口に横ぐわえさせた。

「ゆけ、甲賀卍谷へ！」

　尻《しり》をたたくと、八頭の八房はいっせいにおどりあがり、走り出し、雪つむじのように消えていった。滝沢瑣吉もあわてて駈け出し、これはいちど立ちどまりふりむいたが、すぐにこれまた韋駄天《いだてん》のごとくに飛んでいった。

「伜よ。――」

　と、八人の老人は空をあおいでつぶやいた。すでに死相と変わった顔がみな笑おうとしていた。

「父は、なんじを信じる」

　そして、老八犬士はいっせいにがばと血の海の中へつっ伏してしまった。

二

さて、安房の館山から甲賀卍谷まで百五十里、滝沢瑣吉は十日かかって卍谷についた。さすがに八犬士の若党だけあって、一日平均十五里走破したのである。

ところが——甲賀卍谷についてみると、三年前からそこに修行にいっているはずの八犬士の息子たちはいなかった。八房につれられてすでに江戸へたち、途中でゆきちがったのかと狼狽《ろうばい》すると、そんな犬はこなかったという。

いや、だいいち、その息子たちは、はじめ一年間こそ卍谷にいたが、それっきりどこかへ姿をかくしてしまったから、もう安房へかえったものと思っていたと卍谷の忍者村の人々はいう。

滝沢瑣吉は狐につままれたような顔をし、かつ途方にくれた。

それでも、老いたる八犬士の最後の依頼を思うと、そのままにしておくことはできない。忠孝悌《てい》仁義礼智信は骨のずいまでこの若党にしみこんでいる。滝沢瑣吉は気をとりなおし、若き八犬士のゆくえを求めて廻国《かいこく》の旅に立った。

花のお江戸。

といいたいが、春にはまだ少し遠い。——しかし、暦の上ではたしかに春だ。慶長十九年一月中旬。

お江戸日本橋。

といいたいが――そこからあまり遠くはない名もしれぬ橋の上だ。橋の下に枯葦《かれあし》がそよぎ、水には潮の匂いがしていた。

このころの風俗巷説《こうせつ》をかいた「慶長見聞集《けいちょうけんもんしゅう》」に「夜となく昼となく、人馬のあしおと雷電のごとし」とかかれた日本橋はもう十年ばかり前に出来ていたが、ちょっと東にそれると、もういちめんの枯葦ばかりの大草原であった。

いや、その殺風景な土地に、この二三年、妙なものがたちはじめた。芸人の興行する小屋と女郎屋である。どっちが先だったのかわからないが、とにかく類は類を呼んで、まだ荒々しいが一つの盛り場を形成しつつある。……のちにこのあたりが、芝居町たる葺屋《ふきや》町、遊女町たる元吉原に発展するのだが、このころはまだその胎生期にあったというべきであろう。

が、とにかく娯楽機関の極度に少なかった時代だから、冬だというのにこちらへぞろぞろと人の波が通る。――その便をはかって、架《か》けたものだろう、その葦の草原の入口を横ぎる水路にかけられたこの橋を、いま名も知れぬといったが、土地の者は親父橋《おやじばし》と呼んでいる。遊女町の経営者で、親父と呼ばれている庄司甚右衛門《しょうじじんえもん》という男がかけた橋だからだ。

その橋の粗末な欄干に腰を下ろして釣糸をたれている三人の男があった。しかも欄干の外へ足をだらりとたれ、通行人の方には背をむけている。

その巨大な背中は、いずれも着物がはちきれそうなほど隆々としているが、さらに眼をうばうのは、その背にあたる布地に墨染めにしたしゃれこうべだ。いや、それどころか彼らの腰にさしているのは六尺もある長刀で——しかも、これが抜身である。鞘《さや》はどこにあるかというと——左手にもって、それを釣竿《つりざお》にしている。朱鞘のさきに糸をつけて、潮入りの水に垂れているのだが、何が釣れるのか、

「そうれ、いたぞ！」

「ううむ。容易ならぬ手応《てごた》え」

「江戸前の鯨ではないか」

大げさにさわぎたて、哄笑《こうしょう》し、身をよじり、のけぞるたびに橋の三分の二くらいまでつき出した抜身の白刃が冬の日光に物凄《ものすご》いひかりをかえしてゆれる。

いうまでもなく、六方者《ろっぽうもの》だ。制法（五法）破りという意味からきたとか、天地四方せましと横行するからだといわれているが、またの名をかぶき者という。——演劇のことをかぶきといい出したのは、役者の方でこれをまねたことからはじまったのである。

この異風の風俗は戦国末期から生じたもので、よくいえば豪快寛闊《かんかつ》、好んで弱きを助け、強きをくじき、辞をひくうして頼まれればよろこんで命をすてる侠骨《きょうこつ》があるが、わるくいえばすぐにだんびらをふりまわす乱暴者だ。——のちの旗本奴の前身である。

江戸に於けるその首領株大鳥《おおとり》一平なるものが、あまりの無法ぶりにとうとうつかまって、処刑されたのは一年半ばかりまえのことだが、それでこの六方者たちが消滅したかというと決してそうではなく、もうそのあとをつぐ連中が出来ている。人呼んでこれを「野ざら

し組」という。

いうまでもなく、いまこの親父橋で傍若無人の魚釣りをやっているのは、この野ざらし組にちがいない。

そうとみて、町人たちは橋のたもとでスタコラひきかえすが、武士となると――いちどははたと立ちどまるが、人目もあり、やがて勇気をふるって、橋の反対側を、欄干に沿うて通りぬけようとする。

すると、ひとりがじろっとふりむいて――それが身分のひくい武士とか、或《ある》いは小腰をかがめて、通らせていただくといった態度であるとかだと、知らない顔をしているが、大身の侍とか、或いは肩ひじ張って通る態度であるかだと――ぱっとその釣糸をはねあげる。三本の釣糸は大空をまわって、まるで獲物を狙いすました鷹《たか》の爪みたいに、相手の髷《まげ》とか衣服とかにとびかかる。――なにしろ前後に三本の白刃がならんでいるのだから、そう器用に避けられるわけがない。

「あっ」

もがくにつれて、ぷつ、ぷつ、ぷつっと糸がきれると、そのとたん、

「ああ、わがこと終んぬ！」

同時に、欄干の上にぬうと仁王立ちになり、腰の抜身を帯も切らずに抜きはなし、頭上にふりかぶりながら、くるりと三人ふりかえる。この早わざには、だれしもあっと息をのんで、橋の上に身うごきできなくなってしまう。三人はもみあげの毛を河風に吹きなびか

せて、

「おい、どうしよう。魚を釣って、その魚を売って」

「傾城《けいせい》買いの費《ついえ》にしようと思うておったに。……」

「絶体絶命、進退ここにきわまる」

そんな長嘆をもらしながら、依然として六尺の長刀をふりかぶったまま、凄《すさま》じい眼光でじろじろ見すえているから、

「あいや、待たれい」

だれだって、そうさけばずにはいられない。

「失礼つかまつった。拙者、おちかづきのしるしに御用立てしてもよろしゅうござるが……」

すると、ニヤリとして、

「ははあ、それほどまでに命が惜しいか」

「その腰ぬけで、女を買いにゆくか。ばかめ！」

ののしって、空中に長刀が一閃《いっせん》すると、まるで手品のようにそれを帯のあいだにさしこみ、またくるりと向うむきに欄干に腰をかけて、朱鞘の釣竿のさきにふところから出した糸と鉤《はり》をむすび出す。

なんといわれても一言もなく、からかわれた武士は顔色蒼《あお》ざめ、コソコソと橋を通りすぎてゆく。――

　そんなことをしていると、また何人めかに一人の武士が西の方からやって来た。深編笠《あみがさ》をかぶっているので、顔はわからないが、背はあまり高くないのに、みるからにいかついからだつきである。

　それが、橋上にならんでいる例の三本の白刃をみて、これまたやはりはたと立ちどまったがすぐに何のこともないかのようにスタスタと歩いて来た。

　ピイン、ピイン、ピイン。――と、つづけて三度冴《さ》えた音が冬空に鳴った。三本の白刃はまるで氷柱《つらら》みたいに踏み折られたのである。

　白刃のみねを踏まれた瞬間、あっと思って三人の六方者は柄をおさえて前かがみになった。が、一刹那《せつな》にそれを踏み折られ、反動でのめって、残った白刃を宙にまわし、いっせいに水けむりをあげて冬の河へおちていった。

　あとに三本のきっさきが残ってひかっているのをふりかえりもせず、深編笠の武士はその足もみださず歩み去って、橋をわたりかかったところで、もういちどピタリと立ちどまった。

　そこにひとりの男が立っていた。まだ若く、凄味のある美貌《びぼう》だが、やはり野ざらしを染めた衣服をまとっている。

　橋のたもとにある一軒の茶店に腰を下ろして、彼は煙管《キセル》をくゆらせながら、さっきから橋上の風景をながめていたのだが、いまユラリとそこへ出て来たのであった。野ざらしを染めた袖《そで》を風にはためかして、彼はふところ手をしていた。

「面白そうな奴だな」

と、彼はいった。無表情である。

「喧嘩《けんか》相手には。——おれは野ざらし組の——」

そこまでいったとき、深編笠はさっきと同じ歩調でスタスタとあるいてきた。

ふところ手をしていた野ざらし組の若者の左のこぶしが、ふところからついと出て刀の柄をつかんだ。着物は左前だから、これはなめらかに出る。しかし刀は？

この若者の刀が腰の右側に差されていたことを相手が気づいていたかどうか、そのまま左の袖がスルリと肩からすべりおちると、白光一閃、左利きの太刀は流星のように深編笠の頭上へおちていった。

六方者《ろっぽうもの》と軍学者

一

流星のようにおちていった野ざらし組の若者の一刀は、深編笠の上三寸でピタリと止まった。

おどすつもりではなかった。彼としてはほんとうに唐竹割《からたけわ》りにするつもりであった。その刃をそこで止めてしまったのは、相手があまりに泰然としていたからだ。まるで置物みたいな物体を斬ってもしかたがない——と判断したからだが、閃光《せんこう》と見えた刀身を、一瞬静止させた技は、いまの抜討ちよりもさらに瞠目《どうもく》すべき腕の冴えだといえる。

……ところが、瞠目したのは彼の方であった。

じぶんの脇腹一寸のところで、相手の刀身がピタリと止まっていることに気がついたのはそのときである。深編笠は地にも沈まず、からだは巌《いわお》のごとく微動だもしないように見えたのに。——

「どうしてやめた」

と、いった。荘重な声である。

「もっとも、わしの方が早かったろうが」

野ざらし組の若者は黙っていた。

「ただし、斬るつもりはない。……見ろ、峰打ちだ」

深編笠の一刀の峰は、たしかに若者の胴の方へむけられていた。

野ざらし組の若者はなお眼を見張って相手を見つめていたが、ようやくいった。

「その声は、犬村円太郎《えんたろう》ではないか」

「そうだ」

と、深編笠は自若としてこたえて、ゆっくりと刀身を鞘《さや》にもどした。

「わかったなら、もう斬り合いはせぬであろうな。では、わしはいくぞ」

「ま、待て、犬村」

と、若者はあわてて、

「笠などかぶって、あまりかまえておるから、犬村円太郎とは思わなんだ。が、おれを犬江子兵衛《こへえ》とは、そっちからわかっていたろうが」

「だから、峰打ちですますつもりであった」

「それにしても、そう知っているなら、はじめから声をかけてくれたらよかったろうに」

「野ざらし組と申したな。野ざらし組といえば、江戸で名高いきちがい犬ども。――そんな無法のあばれ者に知り合いはない。かかわりとうはない」

「――何っ」

野ざらし組の犬江子兵衛はけしきばんで、相手をにらみつけたが、

「かかわりとうはないといって――おぬし、いまおれの手下に手を出したではないか」

「手を出したのは、向うの方だ」

「それはそうだが、あのようなまねをして、それでかかわりたくないといっても無茶だ。あれではおれまで飛び出したくなる」

と、いったのは、さっき犬村円太郎が、三人の六方者の長刀を踏み折り、彼らを河へ転落させたことをいったのである。

「わしは橋のまんなかを通っただけじゃ。他意はない」

「相変わらずだな、犬村」

やっと、犬江子兵衛は苦笑した。べつにこの相手が気どっているわけでも、こっちをからかっているわけでもないことがわかったからだ。四角四面、侃々諤々《かんかんがくがく》、イヤになるほど正義派で、ウンザリするほど論理的な人間であることを思い出したからだ。

「おぬし、館山には帰らなかったのか。われわれの仲間、ほかの連中はともかく、おぬしだけはあの仁義忠孝悌《てい》礼智信のおやじたちとウマが合うだろうが。……いや、それに輪をかけているかもしれん」

「あのおやじたちは、非論理的だ。理屈に合わん連中は、だれであろうとわしは拒否する」

いかにもあてつけがましく、ヨソヨソしい調子を見せつける声で、スタスタとゆきかか

るのを、もはや犬江子兵衛はとめる勇気を失って路《みち》をひらいたが、ふと気がついて、もういちど、

「おい、円太郎。……そっちに何があるか知っておるか」

と皮肉な笑顔で呼びかけた。

「されば、わしは傾城屋《けいせいや》に参る」

「おぬしが？」

「そこに、わしの師匠、江戸第一の軍学者、小幡勘兵衛景憲《おばたかんべえかげのり》先生がござるのをお呼びにゆくのじゃ」

そういって、犬村円太郎は、背はひくいが、岩みたいな肩をゆすっていってしまった。

野ざらし組の犬江子兵衛は、あと見おくって「けっ」といった。

「……甲賀卍谷をいっしょに逃げ出して、東海道でばらばらに別れてから二年たったが、ちっとも角がとれてはおらん。円太郎などという名前は変えるがいい。……くそ面白くもない奴だ」

——ひとを、角がとれていない、と批評したが、そういう犬江子兵衛もべつに円満な方ではない。それどころか、墨染めのしゃれこうべを染めたきものを、寒い河風にそよがせている姿は、みるからに悽愴《せいそう》なものがある。

「おっと」

と、あたりを見まわしたのは、さっき犬村円太郎に河へ投げこまれた野ざらし組の三人

の乾分《こぶん》を、やっと思い出したからだが、このとき彼の眼は、橋の彼方《かなた》――やはり西の方から走ってきた一頭の犬にそそがれた。

「はてな、あれは八房ではないか？」

めずらしいほど巨大で、そして真っ白な犬だ。それが口に紙の巻いたようなものを横ぐわえにし、真一文字に駈《か》けて来た。

「おお、八房！」

まちがいはない。犬は犬江子兵衛の前でピタリととまり、うしろ足を折り、彼を見あげた。

「やはり、おまえか。よくおれを探し出したな。なんで江戸へ来た」

冷たい眼に別人のようにやさしく、うれしげな笑いがただよって、しかしすぐに不審の表情で、犬のくわえて来た紙をとった。――すると、紙のあいだからキラリとひかって、一個の白玉が橋の上にころがりおちた。

それを足で踏んづけて、紙をひらく。血書だ。

「父の血をもてかきのこし申し候」――にはじまる、ふるさと南総館山にあるはずの父犬江親兵衛の書置きであった。

「父罪によってみずから死すといえども八犬士の名にかけ甲賀修行のわざを以て、父の罪をあがなうべし、今日ただいまより犬江親兵衛の名を相伝申し候」

さすがに、彼の眼に驚きの色がひろがる。

「お頭《かしら》」

うしろで呼びかけて、三人の野ざらし組が駈けて来た。いままで河の中でもがいていて、やっと這《は》いあがってきたらしく、この寒中に全身ズブぬれになって、惨澹たる姿だ。もとどりの切れた髪を肩にねばりつかせ、先の折れた刀をひきずって、

「お頭っ。いまの深編笠《あみがさ》、ただではおかぬ。どちらへゆきました！」

と、絶叫した。

「……そうか。おやじは死んだか」

と、若い頭の犬江子兵衛はつぶやいて、ちらと三人の手下を見たが、何の感動も同情もない顔で、また手紙をのぞきこんだ。——三人はキョトンとして、

「お頭、どうなされた。それは何でござる」

「相手が、相手だ。ちと面白いな」

きれながの眼がきらっとひかったが、すぐに軽蔑《けいべつ》的なまなざしになって、

「しかし、やることは面白いが、目的がくだらない。忠義の悪臭ふんぷんたるものがあって、そこが気に入らぬ。あんな仁義忠孝悌礼智信の珠《たま》など犬にでもくわせろだ」

と、いって、足の下にじぶんが踏んでいる白玉に気がついて、とりあげて、冬の日光にかざした。

「狂」

と、読んだ。白い片頬に淡い笑くぼが浮かんだ。

「これが、スリかえられた珠か。ふふむ、仁が狂になったたか。——こっちの方が、おれにはふさわしい。この珠なら、おれの守護神としてもいいかもしれぬ。——それに子兵衛という名も、その名の通り子供っぽくて気にくわなんだ。名だけはまさに相続するぞ」

「お頭。……何ごとでござる。もし、犬江子兵衛どの！」

「きょうかぎり、わけあって、おれは犬江親兵衛と名のる。おぼえておけ」

ようやく立ちあがると、八房が彼の裾《すそ》をくわえていた。

「どこかへこいというのか。ははあ、手紙にある通り、珠を盗んだ伊賀の女のところへつれてゆくつもりか。……そっちの珠は要らんな。くれるといっても願い下げにしたいくらいだが。……」

「お頭、深編笠は？」

三人の野ざらし組は血相かえて、また地団駄ふんだ。

「おい、そんな深編笠より、もっと大きなものを相手にしてひとあばれしてみる気はないか？」

「——大きなもの、とは？」

「本多佐渡守と伊賀組よ」

三人はキョトンと眼をまるくした。本多佐渡といえば幕府の老中であるし、伊賀組といえば名代の忍者団だから、いかに強者にかみつくのを快とする狂犬のような野ざらし組といえども、これはあんまり大きすぎて、突飛すぎて、めんくらわざるを得なかったようだ。

――ただ、まじまじと若い首領をながめて、三人、いっせいにくしゃみをした。

「……いったい、いかなる仔細《しさい》で?」

と、やっとひとりがいった。

犬江親兵衛はふところ手をして、橋の上に立っていた。むろん、右腰に刀はおさめている。ふところから手を出して、あごをなでながら、ひとりごとのようにつぶやいた。

「本多佐渡と伊賀組を相手にかみつくのは面白い。そこまで面白い遊びはいままでおれも思いつかなかった。ひとつ、やってみるか?……しかし、それが何やら忠臣孝子のごとき行為となるのがちといやだな。いわんや、あんな馬鹿殿のためなど、かんがえただけではかばかしい。……」

叛骨《はんこつ》と虚無の風が交錯して、その顔を吹きすぎる。……彼は迷っているのだが、いずれにしても老犬江親兵衛が、その悲壮な最期にあたって息子に期待したような反響が起きなかったことはたしかだ。

ただこのとき、この凄味《すごみ》のある美貌《びぼう》の青年の眼に、思いがけなく少年めいた感傷がかげろうのごとくゆらめきのぼった。

「しかし、里見家がつぶれると、あの村雨のおん方がおいたわしいな」

二

……ただ一面、はてしもなくひろがる枯葦《かれあし》の野であったところに忽然《こつぜん》と生まれた荒々しく猥雑《わいざつ》な盛り場であった。

その葦を申しわけの程度に刈り、土を盛り、あちらこちらに小屋をならべ、安普請《やすぶしん》の家を建てると、そこに人間が集まってくる。ゆきかう人の足が、天然に路を作り、広場を作る。潮をふくんだ溝や沼がいたるところに散在して、食べ物の残骸《ざんがい》や、欠けた食器や、折れた櫛《くし》や、錆《さ》びた刀や、へどや、血のにじんだ紙など――わけのわからないものを浮かべて、冬というのに腐臭をはなち、大きな蠅《はえ》のむれを集めていた。

そんなものなどまったく神経にさわらないほど、人々は娯楽に飢《う》えている。またいくさがちかいという本能的な予感から、明日をも知れぬいのちを、きょうのうちに酔わせようという焦りもある。諸侯の家来、旗本はもとより、野心にもえる一旗組の郷士、もう失意の底に堕ちてやけになった浪人、職人、土工、百姓、またそれらをあてにして舌なめずりする商人、芸人、香具師《やし》、売春婦。――この一劃には、草創期の江戸の、ほかのどこにもみられない喧騒《けんそう》があふれていた。

酔った声、唄《うた》う声、笑い声、泣き声、わめき声。――それに死ぬ声。

ほんとうに、ここでは鉦《かね》や鼓や、琉球《りゅうきゅう》から渡来してまもない三味線という楽器の音が鳴っているかと思うと、あちらでは白刃がひらめき、土をつかんで死んでゆく者がある。そんな光景が、日常茶飯事のごとくくりかえされているのだ。

それでも、どうせ原始的な享楽機関であることはおなじとしても、人間の町が創られてゆく過程として、自然のように区劃が分れてゆく。それはだいたい三つに大別される。田楽《でんがく》やかぶきや見世物などを興行する小屋群と、色をひさぐ遊女町と、あやしげな品物を売る大道商人の集まる場所と。――それに飲み食いさせるところが、これはどこでも蝿のむれみたいにへばりついているのは、いつの世でもおなじことだ。

――その遊女町には相違ないが、ややはなれて、いかにもここは特別といった顔をした一軒の構えがあった。遊女町といっても、ここが改めて吉原の廓《くるわ》となった数年後とは異って、大半が安っぽい長屋や俗悪な小屋にひとしい中にあって、これだけは「傾城屋《けいせいや》」といった特別顔をされてもしかたのない普請で、奥の方には数寄屋《すきや》造さえくっついているようだ。

店の表に二本の柳が植えられ、その青い糸がさやさやと紅殻色の出格子をなで、格子の奥には、白粉《おしろい》をぬりたてた女たちがならんでいる。入口の柿色ののれんには「西田屋《にしだ》」と染められて、のれんのさきにむすびつけられた小さな鈴が鳴っていた。

――この傾城町の創始者、いや、この盛り場全体の開拓者で、みなから「おやじどの」と尊称されている庄司甚右衛門の店がこれであった。

その家の中の、どことも知れぬうすぐらい場所である。

戸をあけて、ひとりの女が入った。

「ねえ」

と呼ぶ。返事はない。

「ねえ。……現五さん」

するると、足もとで、「あう？」と眠そうな声がした。

「わたしよ、昼顔《ひるがお》」

「何か、用かね」

「わたしを抱いて」

「いまはだめだ」

「知ってるよ。さっき薄雪《うすゆき》さんが出ていったし、いま夕凪《ゆうなぎ》さんが……夕凪さんの声など、わたしあそこできいていたもの」

「……だから、もういけない」

「だって、現五さんは十人くらい平気でしょ？」

眼がなれてくると蒲団《ふとん》の上に大の字になって寝ている男の姿が見えてきた。蒲団の上——といっても、この狭い空間は夜具だらけで、つまり蒲団部屋なのだ。そこにあおむけにころがっている男は、もみあげも眉《まゆ》も濃く……それから下腹部の毛も、へそのあたりまで覆って、まるで密林だ。ということは、そのかいわいを公然展開しているということになる。

と、みると、遊女昼顔はもうがまんがきれたように、息はずませてそれにしがみつき、むしゃぶりつき、覆いかぶさった。

「おい、待て、おやじどのに知られると、叱られる」

と、男はいった。女は頬ずりをして、

「いまさら、そんなことを」

「しかし、おれは何しろ女郎屋者だからな。あまり商売物に手を出すと、おやじどのもいい気持はすまい。このごろ、たまりかねていやみをいうぞ」

「いくらいやみをいったって、現五さんがいなくなれば、女たちもみんないなくなってしまう。西田屋は空屋になることをおやじさまもとっくに御承知だから」

「それにしても……ふしぎだな、女という奴は」

「女のどこが」

「日毎、夜毎、男に抱かれて、それが稼業で、こんなことはもうおくびが出るだろうに、まだつまみ食いしたがるとは……好きだな」

「あんたは別。つまみ食いなんてものじゃないよ。現五さんにくらべれば、ほかの男なんて、男じゃないもの。あんたこそ……ほんとにふしぎな男だわ」

——この店の亭主庄司甚右衛門は、江戸にくるまえに駿府の弥勒《みろく》町でやはり傾城屋をひらいていた男で、げんにそちらにもまだ店があるが、二年ばかり前、そこへ女を仕入れに帰ったときに、ふと拾った若者である。

東海道を西の方から飄然《ひょうぜん》とやってきた男で、名は犬飼現五という。

見たところ、多毛質で、いかにも強そうなので、甚右衛門は、夜具運びとか油さしとかをやる若い衆——いわゆる女郎屋者、兼用心棒としてやとった。男衆としては、まめまめしいどころかひどく怠惰であることはすぐにわかったが、用心棒としてはたしかに有能であった。こういう稼業にありがちなごろつきのゆすりなど、この男が出ればたちまち解決してしまう。それはそれで、大いに使い出があるのだが——こまったことに、この男は、恐ろしく女好きであった。

それが、なみたいていの女好きでない。人間ばなれしている。女郎屋者が女郎に手を出すことは、のちに「ありんす」国の法律が確定したころ最大の罪状とされたくらいで、それがこの商売にとって非常にこまることは、この揺籃《ようらん》期だっておなじことで、そんな犯罪素質のある人間はたちまち追放されてしまう。——ところが、この男は、べつにじぶんの方から手を出すようなことはしない。手を出す必要はない。女の方でくっついてくるのだから。

いかにも毛も体臭も濃くて精力はありそうには見えるが、その見かけ以上に、男には想像もつかないほどの魅力が、女に対して——ちょうど発情期の雌犬に雄犬が集まって、きゃんきゃんさわぐのと、正反対の現象を起すらしい。

それでも、この男が節度を以《もっ》て、なんとか辞退するなり、逃避してくれるのならまだいいが、全然よろこんで受け入れるのだから、甚だこまる。まるで女に対するうわばみである。

「こいつ、それが目的で傾城屋に奉公したな。そうとしか思われん。たいへんな奴をやとった」

と、庄司甚右衛門が愕然《がくぜん》とほぞをかんだときはもう遅かった。――

この男がいないと、店じゅうの女がぞろぞろとあとを追っかけ、或《ある》いはふぬけみたいに放心状態になってしまうことが判明したからである。

それは一二度、追い出してみてわかったことで、あわてて追手をかけてつかまえ、御帰館をねがった。犬飼現五はニタニタしながら帰ってきて、そして――このとおり、江戸までもつれてこられて、女郎屋のまっただ中に、太平楽に鎮座している。

女郎屋者と狂言師

一

「……しょうがないの」

犬飼現五はものうげにいった。

それから、女を抱いた。

さっきからの問答によると、この男はいままでに少なくとも薄雪、夕凪という遊女ふたりを相手にしていたらしい。でやむを得ず、ものうげに——はじめこそ、しぐさがそう見えたのは当然、というより、これは本人の照れかくしであったのかもしれない。いったんその気になると、断じていやいやながらつき合っている男の動作ではなかった。

のたりのたりとしている春の海が突如荒天の怒濤《どとう》と化した感じであった。その波に遊女昼顔はただよい、ながれ、もまれ、おぼれ、むせんだ。まるで魂が宙天にまきあげられたかと思うと、次の瞬間には深海の底へはてしもなく沈んでゆく感覚が、くりかえしくりかえし、無限につづく。

すでに彼女は、まとっていた布の最後の一枚までむしりとられているのを意識しない。

しかし、さいわいなことに、ここは蒲団部屋だ。どこにころがり、どこにのけぞっても、好都合なようにできている。……もう昼顔ののどを破る声は牝獣の声にちかい。たとえ、日毎、夜毎、男には抱かれても、「これはまったく別だ」と遊女たちが嘆ずるのもむべなるかな。

それに、この犬飼現五が、女をなぶるとか、もてあそぶとかいった様子は全然ない。彼は全力をあげ、全機能をあげ、全精魂をあげている。それもむりにつとめているのではなく、心から愉《たの》しみ熱中し、人生の醍醐味《だいごみ》、この世に生けるしるし、男としての真骨頂はここにありと思い決したような奮戦ぶりであった。すでに臍《へそ》まで生えあがった毛はぬれつくして、麝香猫《じゃこう》みたいな香気と光沢をはなち、その美しさはたとえるに言葉もない。

「亡八はおらぬか……。亡八に参れと申せ」

だれか、そういっている声がきこえたのは、昼顔の叫喚がとぎれた一瞬であった。

それに対して、女たちの何やらさわぐ物音がし、さらに、

「ええ寄るなけがらわしい。うぬらと言葉を交すのは耳もけがれる。亡八を呼べと申すに」

と、叱咤《しった》する一喝が——そうたかい声ではなく、むしろ沈痛な調子なのに実によく通る。

「——はてな」

現五は顔をあげた。

「たまには、あんな気のきかないお客もきます。……さ、いいから」

と、昼顔はまた現五の麝香猫の中にぬれた顔をうずめた。女にしたいようにさせながら、現五はくびをかしげた。

「どこかで、きいたことのある声だぞ」

表には、亭主の庄司甚右衛門が出ていった様子で、その声につづいて、

「小幡勘兵衛景憲先生が当家にござるはず。弟子の犬村円太郎がお呼びに参ったとお伝えしてくれ」

という声がきこえた。

「――あっ」

犬飼現五は、昼顔を宙返りさせるほどの勢いではねあげて、がばと起きなおった。

蒲団の上に舞いおちたはだかの遊女が、何やらののしるのに耳のないような顔で、現五はかろうじて身支度をととのえ、蒲団部屋を駈《か》け出していった。

入口の鈴を鳴らしている柿色ののれんの内側に、ひとりの武士が立っていた。深編笠《あみがさ》を小脇にかかえて、恐ろしく四角な男である。背は低い方で、いかった肩はもとより四角だが、その顔が全然正方形だ。あぐらをかいた鼻も四角なら、口も四角、耳も四角、なんだか眼のかたちまで四角な感じがする。べつに醜男《ぶおとこ》ではなく、荘重勁烈《けいれつ》な威厳はあるのだが、あんまり何もかも真四角すぎて、見ていると何だか可笑《おか》しくなってくる。

「おお、犬村円太郎ではないか」

出ていった現五は、なつかしげにさけんだ。

「犬飼か」

相手はなんの動揺もない顔でこたえた。

「めずらしや犬村。おぬしがこんなところに――いや、だれかを呼びに来たらしいが――

――」

「左様小幡勘兵衛先生を。――拙者目下小幡先生に軍学を学んでおる」

と、犬村円太郎ははねつけるように厳然といって、それから大軽蔑《けいべつ》の表情で、

「現五、そなたもかような悪所に出入りしておるのか」

「出入りどころではない、わしはここに奉公しておるのじゃ」

「奉公？　やはり、淫《いん》をひさぐのか」

「淫をひさぐ？　な、なるほど……いや、そうかもしれんな、淫をひさぐ女に淫をひさいでおるのだから」

「現五、遊女屋の亭主のことを亡八とも呼ぶことを知っておるか」

「なんだか、のっけから叱られるようだな」

犬飼現五は眼をパチクリさせて、

「おい、犬村、まあそう怒ってくれるな、怒らんで、あがれ。ひさしぶりになつかしい昔語りをしようじゃないか」

「亡八とは」

犬村円太郎は微動だにもしない。

「忠孝悌《てい》仁義礼智信の八徳を忘れた奴だから、そう呼ぶという」

「わっ、それだけはよしてくれ」

現五は手をふって、悲鳴をあげた。

「その忠孝悌をきいただけで、からだが萎《な》える」

そのとき、奥から庄司甚右衛門が三人の客をつれて出て来た。いずれも身分ありげな武士ばかりである。その中の四十ぐらいの学者風の男が、

「犬村、なんだ」

と、ひくいが、かみつくような声でいった。

「かようなところで、先生先生とわめきおって――わしがここへ、どなたとともに来ておるか存じておろうが」

「はっ、大坂の織田有楽斎《うらくさい》どのと、公儀伊賀組の服部半蔵どのと承わりましたが」

「あ、これ、しっ」

と、小幡勘兵衛は狼狽《ろうばい》して制し、苦虫をかみつぶしたような顔をした。

「ば、ばかな奴。それを人に知られてはならぬゆえ、わざとかようなところを密談の場所にえらんだことがわからぬか」

「犬村円太郎、どう考えても、かかるけがらわしき淫楽の場所が軍略を練るにふさわしいとは存じられませぬ。昨夜一夜、まんじりともせず思案した結果、意を決して先生に御忠告に参った次第です。そもそも――」

る。

「勘兵衛、もういい。帰ろうぞ」

と、七十ちかい、気品のある、まるで茶の宗匠のような老人がいった。織田有楽斎である。

有楽斎は信長の弟で、のちに秀吉に仕え、いまも大坂城の長老であるが、思うところあって、さきごろからひそかに出府し、武田家の遺臣で江戸の軍学者で、武田流兵法を伝えるという小幡勘兵衛景憲とここで内密に会見していたのであった。彼を大坂城に召しかかえるために。

もとより、小幡景憲の高名は西国にまできこえているから、大坂城へ帰ったら野の遺賢をみごと射止めたような顔をするつもりだが——さて、この両者の仲介者が、公儀隠密の頭領服部半蔵であることが問題である。むろん、断じてだれにも知られてはならぬことだ。それをかぎつかれれば、すべてがぶちこわしになるから、きょう三人は、べつべつにそれぞれの居所を出て、ここに会合したつもりなのに。——

「とにかく、おまえはゆけい」

と、小幡先生は、この気のきかない弟子をもてあました。

「いま、ゆく」

犬村円太郎が一揖《いちゆう》してのれんの外に出ると、服部半蔵が小幡に何やら耳うちした。

「先生、お弟子ではござるが。——」

「ふむ。……」

と、勘兵衛の面上にもすうと蒼《あお》ずんだ色が一刷毛《ひとはけ》ながれたが、すぐに苦笑して、

「いや、大事ない。まことにばか正直な男で、ときに始末にこまることもあるが、あれで妙に軍学の秘事は心得ておる。それに、ああみえて、兵法については実に捨てがたい思案をめぐらすことがある。ちょっと大袈裟《おおげさ》にいえば、まあ天才、といってもよろしかろう。ま、きょうのところについては、わしが責任をもつゆえ、ひとまず見逃してやって下されい」

「しかし――」

服部半蔵はなお陰気な、危険なまなざしをしていた。

彼らは、庄司甚右衛門に見送られて、「西田屋」を出ていった。ややはなれて、犬飼現五はポカンとしてそこに立っている。

彼は、二年ぶりに逢《あ》いながら、頭ごなしに叱りつけ、いま別れるときもまったくじぶんを無視していった犬村円太郎を思い出していた。腹をたてるほどしゃっきりした現五ではないが、また犬村円太郎という男が、昔そのまま、倫理と論理の権化だから、いまさらおどろくことではない。

「……どうも、相変らずカタい男だな」

と、つぶやいて苦笑いしたとき、くびったまにふたりの遊女がしがみついた。

「ね、現五さん、蒲団《ふとん》部屋へ」

「あたしが先、あたしが先よ！」

両方の耳たぶを熱い息が這《は》うと、現五はたちまちお日さまにあたった雪達磨《ゆきだるま》のようになってしまう。

「それはこまる。いくらわたしでも、これ以上はもたん。実にこまる」

とか何とか、うわごとみたいに口ばしりながら、べつに拒否する様子もなく、ふたりの遊女を首にぶら下げたまま、もとのうす暗い小部屋にもどると、そこに待っていたものがある。

さっきまでふざけちらした相手の昼顔ではない。——昼顔はたしかにいるが、まっぱだかのからだを夜具の山におしつけて、恐怖の眼をかっと見ひらいている。

ついてきたふたりの遊女が、首ったたまからころがりおちて、たまぎるような悲鳴をあげた。

そこに一頭の小牛ほどもある白犬が、前足そろえて、のそりと坐《すわ》っていた。

「——八房ではないか」

と、現五も眼をまるくした。

八房は口に巻紙をくわえていた。それをとると一顆の白玉がころがり出した。

巻紙をひらくと、父犬飼現八の血でえがいた遺書であった。例の事件をのべて、

「……今日ただいまより犬飼現八の名を相伝申し候」

それより、現五は、遺書の中の一節を見とがめて、

「——なに、本多佐渡守どののの手のもの、御公儀伊賀組によるものと存ぜられ候。——ふ

うむ。伊賀組とや」

　と、つぶやいたのは、いま出ていった客のうちのひとり、みるからに精悍《せいかん》な男を、犬村円太郎が、「伊賀組の服部半蔵どの」と呼んだことを思い出したのだ。

　犬飼現五は――いや、犬飼現八は、女人の愛液にぬれつくした蒲団の上におちていた珠《たま》をひろいあげた。彼の父が護持していた珠は「信」の文字を浮かせていたはずであった。

　しかし。――

「淫」

　と、彼は読んで赤面した。

二

「……なるほど」

　と、彼はつぶやいた。

「淫か」

　はじめちょっと赤面したが、このときはもういたく感服したていでくびをひねって、それからそこにおびえたようにへたりこんでいるしどけない三人の女を見て、ニタリとした。笑っている場合ではない。それは重々承知しているのだが女たちをながめ、女たちとの行状を想い、さて「淫」という文字を見ていると、なぜか顔の筋肉がだらしなくゆるんでくるのを禁じ得ないのである。

　しかし、さすがに彼は、すぐにわれにかえった。

「これは大変じゃ。……はてな、それにしても、これがまことなら、あの犬村円太郎が平然とこんなところへあらわれたのが腑《ふ》におちぬ。それとも、あいつ、まだ知らないのかな。……」

　ウロウロと外の方へ眼をさまよわせたが、

「そうだ、江戸《えど》山四郎《さんしろう》のところへいって様子をきいてこよう」

と、身を起した。すると、八房ものそりと身を起した。

　遊女たちはフラフラと出てゆく犬飼現八を追おうとしたが、なにしろ巨大な犬がそれにくっついているので、どうすることもできなかった。

　冬の太陽は赤く濁って西にかたむいていた。濁っているのは、群衆のあげる砂塵《さじん》のためであった。

　枯葉がまだあちこちに残っている沼にそよいでいるが、その群衆に踏みたたかれて出来た広場には、香具師《やし》や大道芸人や見世物や商人の呼び声がかまびすしい。そのまわりにたかり、そのあいだをながれる群衆の顔は、寒風のなかにも好奇と昂奮《こうふん》にあからんで、夕日をあびつつも、いっかなこのあらあらしい享楽の一劃を去ろうとする気配もない。

　しかし、その中にひとすじふとい人々の流れがあった。その向うに二三軒の興行用の小屋がある。どうやら、かぶき踊りの小屋の一つがはねたらしい。

事実、やってくる人々はうっとりした顔で、がやがやと話していた。

「いや、きさしにまさるものだ。葛城太夫《かつらぎだゆう》の踊るさまは、まことに金春《こんぱる》八郎も及ばぬな」

「それにあの狂言の可笑しさ、鷺《さぎ》太夫の式三番にもまさる」

「囃子《はやし》もいい。つりこまれて、こちらまで舞台にはねあがりとうなるほどじゃ」

去年の秋からずっとここで長期興行をしているかぶき踊りの葛城太夫とかは、当時名高い能楽師や狂言師の名前である。

天正《てんしょう》の末ごろ——出雲にあらわれた阿国という巫女《みこ》が創造したかぶき踊りはみるみる天下を風靡《ふうび》して、古来の能狂言を駆逐するほどの流行ぶりを示した。阿国はすでに数年前この世を去っていたが、その亜流は続々とあらわれて、さらに濃艶《のうえん》、濃艶をすぎて猥雑《わいざつ》の風を諸国に吹きちらしつつあった。

いずれも阿国にならい、主として美少女の群舞を売り物にしているが、この美少女たちは男装しているのを常とした。その姿が、当時横行闊歩《かっぽ》していた六方者の、きわだってはでな異風を思わせるものがあり、そういう風俗を表現するのに「かぶき」風という言葉が中世からあったので、この踊りの一座をかぶきと呼ぶようになったのだ。したがって、それをひきいるかしらまで、当時有名なものに、佐渡島正吾とか村山左近とか小野小太夫とか杉山主殿《とのも》とか幾島丹後とかがあって、男名前にしていたが、いずれも遊女あがりの女であった。

そのうちの一人、葛城太夫の一座である。

この葛城太夫については、このころの世相をかいた「慶長見聞集」に次のごとくしるされている。

「江戸よし原にて、来九月九日、葛城太夫のかぶき踊りありと日本橋に高札を立つる。江戸に名を得し女かぶき多しといえども、中にも葛城太夫は世にこえて容顔美麗なりければ、このかぶきをこそ見めと、老若貴賤《きせん》群集し、見物す。遊女ども舞台へ出、秘曲をつくし舞いよそおい、ただこれ天人の舞楽かや。太鼓、小鼓、笛は男なり。かれら打ち合わせたる乱拍子、天下に名を得たる四座の役者もまなぶべからず」

舞台、小屋といっても、もとより後世の劇場の豪華絢爛《けんらん》には及びもつかない。勧進能に毛のはえたようなものだが、とにかく外囲いを張り、鼠木戸をつくり、桟敷《さじき》を設けてある。

その葛城太夫の小屋の裏手はひろい空地になっていて、さらにうしろは潮の匂いのする沼であった。

「だめだ！」

そこで凜然《りんぜん》たる声がきこえた。

「もういちど！」

びゅっと鞭《むち》がうなると、寒風の中に十数匹の胡蝶《こちょう》が舞った。——いや、十数人の娘が、草叢《くさむら》をちらして虚空でとんぼを切ったのである。

一座の踊子にちがいない。——しかし、これは男装の袴《はかま》をつけず、ありのままの娘姿であった。

「いかぬ、気にいらぬ！　裾《すそ》のかたちがわるい！」

鞭をふるって、男はまた叱咤《しった》した。こんどは、疲労のためであろう。空中に飛びあがったままとんぼを切りそこねて、頭から草におちた少女が、そのまま崩折《くずお》れてつっ伏すと、猛然と馳《は》せ寄って、その背を鞭で打った。

「立て！　そんなことで葛城太夫一座の踊子といえるか。やがてくる幾島丹後一座に負けてよいか。できぬなら、かぶきはやめて、田舎へかえって芋でも作れ！」

まことに残忍無比の声だが、当人は、どちらかといえば優男だ。ただその顔には芸術家らしい神経質で発狂的な彫りがある。

彼は、ふりかえって、
と、いった。

「たのむ、そなたら、もういちど手本を見せてやってくれ」

小屋の囲いのすぐ手前にならんで立って見物していた八人の女が、ちょっとおたがいに顔を見合わせたが、うなずいて、すすみ出た。

声もかけず、八人の女はあおのけざまに空中へ、五尺も舞いあがった。風にぱっと裾がひらいて、一瞬白いふとももまで見えたが、次の刹那《せつな》、からだは向う側へむいて、とんと草におり立ったときは楚々《そそ》として典雅ですらある姿勢であった。

「見たか。……どうだ、出来ぬはずはない。それもういちど！」

男はびゅっとまた鞭をふるった。

この一座の狂言師、いや自身踊りもすれば狂言もやるが、それより振付師、演出家、さらに座付作者から作曲家までかねた男で名を江戸山四郎という。

香具師《やし》と巾着切

一

江戸山四郎。

――とは、なかなか気のきいた名だ。いかにもおんなかぶき一座の狂言作者らしい。

それも道理で、だれもがこの名をきくと、はてどこかで耳にした名前のようだが、と、くびをかしげる通り、これは名古屋山三郎をもじった名だ。

阿国かぶきで、座付作者、演出家、振付師をかねたこの天才はすでにこの世になかったが、人々の記憶にはまだありありとはなやかに残っている。その名をもじって江戸山四郎とは、彼にならいたいという願いからか、彼にゆずらぬという自負からか、いずれにせよ、ひとをくっている。

もとより、本名ではあるまい。

その江戸山四郎が、踊子たちに、

「それ、もういちど！」

と、びゅっと鞭をふるったときだ。

どこかで、わわわうう、と凄《すさま》じい犬の吠《ほ》える声がした。とみるまに、小屋の向うから、一頭の白い大きな犬が矢のように駈《か》けてきて、そこに立っていた八人の女のまえに身をしずめた。

眼が血ばしって、あきらかに敵意をみせ、襲撃寸前の姿勢である。

「わわわわうっ」

跳躍し、吠えた口に黒いすじが横にくいこみ、ふいをうたれて、犬はもんどりうって地におちた。キリキリ舞いをするが、黒いすじは口からはなれない。——一条の鞭だ。

とっさに手の鞭を投げたのは江戸山四郎だ。そのまま彼は二間ちかくひととび、しかもフンワリと飛んで犬のそばに立ち、

「はてな、八房ではないか」

と、つぶやいたとき、犬のうしろから、ひとりの男が駈けて来た。

「おい、山四郎」

「現五か」

と、江戸山四郎はしゃがみこんで、犬の首をかかえこみながら、

「これは、八房だな。——おぬしのところの」

「左様」

といったが、犬飼現八は口をあんぐりとあけて、八人の女を見ている。

立ちすくんでいた八人の女は、町娘のようでもあり、武家風のようでもあり、堅気のよ

うでもあり、芸人のようでもあり、えたいのしれぬ感じであったが、どれもまれにみる美女ぞろいであった。

見つめられて、八人の女の眼が動揺した。それを承知で——じぶんが女に対して持っている不可思議な性的魔力をちゃんと心得て、現八が片目をつぶってみせると、

「ゆきましょう」

「え、ほんとうに、もう日がくれる」

「では、山四郎さま、御指南、ありがとう存じました」

「明日《あした》、またよろしくおねがいいたしまする」

女たちはソワソワとお辞儀をして、ゆきかかった。フラフラと現八がそれを追おうとすると、

「おい、待て」

と、江戸山四郎が呼んだ。苦笑の顔で、

「きさまの女好きにはあきれるな。ところきらわず、見さかいなしだ。しかし、あれはわしの弟子だぞ。そうやすやすと秋波をおくってくれてはこまる」

「おぬしの弟子。……美人だな。西田屋にもあれほどの女はおらん。……」

「それより、この犬をおさえろ。なぜか、妙に殺気立っておる。おぬしのところの八房だから、おぬしの方がおさえがきく」

犬飼現八は、茫然《ぼうぜん》として八房の背に腰を下ろした。犬は地に這《は》った。なるほど、おさえ

はきく。現八は石にでも腰をかけたようにそれに坐《すわ》ったまま、なお女たちのゆくえを見おくって、

「おぬしの弟子、いったいあれは何者だ。一座の踊子とも見えんが」

「おれにもよくわからん。去年の秋ごろ、わしのところへかぶき踊りの指南を受けに来た。しかとはいわぬが、どこか大藩の侍女たちではないかと思われるふしがある」

「大藩の侍女が、なんでかぶき踊りをならいにくるのだ」

「世にこれほどかぶきがはやっておる。それを見物したくとも、庶民ほどに気ままに見ることのならぬ殿さまの意を体してではないか。——が、あの女たち、やはり武術の手ほどきを受けておるせいか、恐ろしく踊りのすじがようて、そんな身分でなければ、この葛城太夫一座に買いたいくらいだ」

「買えんか。惜しいな」

「買ったら、おぬし毎日ふらふらとここに現われるだろう。買うどころか、あとで莫大《ばくだい》な謝礼が葛城太夫の方に来た。はじめ、よそのかぶき一座が芸を盗みにきたのではないかと疑っていた太夫も、それで心ゆるしたのだ。去年の秋一応教えて、それ以来音沙汰《おとさた》なかったのだが、きょうまた新しい踊りを教えろとやってきたので、一座の踊子たちといっしょに、ここで指南していたわけだ。わしも、あれくらいすじのいい女なら、教えるのが愉《たの》しみだ」

「おぬし、色気は感じないのか」

「色気より、芸だ」

と、江戸山四郎は断乎《だんこ》としていった。

「ちかくここに、商売敵の幾島丹後一座がくるそうな。うかうかしていると、負ける。――いや、わしがいるかぎり、負けはせぬ。そう思って、あれこれと趣向をねり、一座の女たちに振付けるのは、苦しみでもあるが、愉しみでもあるな。……」

つぶやく山四郎の眼は、月代《さかやき》がのびてバサと垂れた髪のかげでキラキラと熱っぽくひかり、まずちょっとした芸術家の眼であった。

「ふうむ。あれほどの女たちを弟子にして、色気を感じないとは、あらためての感想ではないが、山四郎、おまえは妙な男だな。片輪ではないか。……」

「女といえば、すぐに鼻息をあらくするおぬしの方が、よっぽど可笑《おか》しな男だ。だから、おぬしがちょくちょくここにやってくると、あの女たちの心がみだれる。芸のさわりになる。あまり、これからは来んでもらいたい。――ところで、きょうはやむを得んが、何しに来た」

「あっ、そうそう一大事だ」

と、現八はわれにかえって、頓狂《とんきょう》な声をあげた。

「八房が来た」

「それは知っておる」

「おぬしのところへは来んか」

「いったい、どうしたのだ、現五」

「現五ではない。おれはもう現八だ。——これを見ろ」

現八のさし出した珠《たま》と血書を見て、さすがに江戸山四郎の瞳孔《どうこう》がややひろがった。——

読んで、

「そうか」

と、いった。それから現八の顔を見て、

「わしのところへは来んぞ」

「おかしいな。そのうち来ると思うが、来たら、おぬし、どうするな」

「来ても、わしは忙しい」

と、江戸山四郎はまた鞭《むち》をひろって、踊子たちの方にむきなおった。

「わしは、それどころではない。無意味な伝統にこりかたまっているおやじなどとはちがい、わしはもっと新しい、有意義な仕事に生甲斐《いきがい》を見つけ出しているのだ。——それっ、もういちど」

声とともに、いっせいにひっくりかえった踊子たちの姿を茫乎《ぼうこ》としてながめ、犬飼現八はつぶやいた。

「そうか。それなら、おれもやめた。おれは——淫《いん》に徹する」

二

夕焼けがうすれて、水色に変わった空の下を、八人の女は歩いていた。依然として、遠くから見える群衆の影はさすがにまばらになっているが、彼女たちはそれさえきらって、枯葦《かれあし》の折れた沼の中を、親父橋の方へ一直線に歩いてゆく。

むろん、ほんとうは沼地ではなく、あっちこっちに細い畦《あぜ》みたいに残っている土の上を踏んでいるのだが、足は一寸も土に入らず、ときには完全に路《みち》がきれたところを、沼に浮かぶ土塊《つちくれ》があれば苦もなくヒラヒラと飛んでゆくのは、さながら朱《あか》い鷺《さぎ》のむれとしか見えなかった。

「あれは、何者か」

と、ひとりの女がいう。

「いまあらわれた毛濃い男」

「見つめられて、なぜか胸さわぎがした」

「あれは、ただものではない」

「あの男をちかづければ……わたしたちの忍法のさわりとなるような気がする」

「船虫《ふなむし》、おまえもそうお思いか。わたしもそんな気がして、はっとしたとたんに逃げて来たのだけれど……いま思い出すと、わたしたちらしゅうもない弱気な心を起したもの」

彼女たちは顔見合わせて苦笑した。水の上をわたりながら対話した。

「それにしても、ただものでないといえば、あの犬は何であろう」

「わたしたちに飛びかかろうとしたな」

「その犬に、とっさに鞭をくわえさせた江戸山四郎の早わざ、あの男にあのような腕があろうとは、いままで知らなんだ。あれも、ただものではないぞえ」

「そうかしらん。——買いかぶりではないか。どうやら、知っている犬らしかったが」

「あの男たちのことはどうでもよいではないかえ。どうせちかく大坂にゆくわたしたち」

「そう、これだけ踊りのたねをしこめば、織田有楽斎どのの手びきで大坂城へ入っても、服部一党のものとはだれも思うまい」

彼女たちは、服部半蔵麾下《きか》の女忍者たちであった。いうまでもなく去年の暮、安房館山藩に入って、里見家重代の八つの珠を奪うという任務を果たしたのは彼女たちである。

八人の女忍者は、里見家の家老印藤采女の屋敷から珠を盗み、老八犬士の追撃を受けたが、老八犬士が印藤邸から直行したため、八匹の犬を従えず、したがってその白い巨大な犬の姿を目撃したことがなかったから、いまその一頭をみても、まだ何も感づかなかったのだ。

ところが——数分ののち、彼女たちを愕然《がくぜん》とさせることが起った。

沼をわたりきって、しばらく草の中をいったときだ。うしろで呼ぶ女の声がした。

「あの、もし……落としものをなされたようでございまするが」

ふりかえると、十七八の町娘が立っていた。そんなところにいて、気がつかなかったのがふしぎなほど美しい、可憐《かれん》な娘であった。

「落としもの？」

「どなたか存じませぬ。いまそこにきらっとひかってころがっているものが見えましたが……これでございます」

娘はかけよって来て、白い掌を出した。

掌には二つの白玉の珠がのっていた。

八人の女忍者はそれをのぞきこんで、珠に小さな字が浮かんでいるのを見た。

「惑」

「弄《ろう》」

その珠よりも八人の女の眼が妖光《ようこう》をはなったのは、ほんの一瞬である。

「おお、これはわたしのもの」

さっき船虫と呼ばれた女がいった。

「よう拾ってくれました。これを落としたままでいったら、母上のかたみを失うところでありました。お礼を申します」

やさしい笑顔で、

「あの、おまえ。お礼にあちらで何か買《こ》うてあげるほどに、いっしょに来ないかえ？」

「いいえ、いいんです。落とし主さえわかりましたら」

そういうと、娘は枯草の向うへ、蝶々《ちょうちょう》みたいに飛んでいった。追おうとした八人の女があっけにとられて見送るほかはなかったくらいの身軽さであった。なるほどこれでは、うしろにやってきたのもわかるまい。

しかし、女忍者たちが金縛りになったのは、もとよりその珠の出現のせいであった。それこそ、彼女たちが伏姫の珠の代りに印藤邸に残して来たものであったからだ。

そのにせものの珠が、こんなところに忽然《こつぜん》として現れた。いったい、だれがどうしてここに持ってきたのか。じぶんたちの正体を知って、あの娘がかけた罠《わな》か。罠といっても、これがどんな罠になるのか見当もつかないし、娘のあどけない顔を思い出すと、ほんとに前から偶然ここに落ちていたものとも考えられる。それにしても。——

さすがの女忍者たちも判断を絶した。

「あの娘、ひっとらえてきけばよかったに」

「そう思うて、ああいったのじゃが、あっというまに飛んでいってしまったのじゃ。——

——」

八人の女は、さすがに少しうすきみわるくなって、足早に鼠色の草原を歩き出した。——

——その向うに、人々が歩いている往来が見えて来た。

すると、その往来から、つかつかとこちらにやってきたものがある。陣笠《じんがさ》をかぶった役人らしい男と武家娘だ。

「待て」

と、武士が呼んだ。

「ちと糺《ただ》したいことがある。そもじら、この草原で白玉の珠を拾いはせなんだか」

「――白玉の珠」

「この娘御《むすめご》がおとしたもので、そもじらが拾うのを見たとの訴えじゃ。かくすと、ためにならんぞ！」

陣笠の下にあるのは、面長の荘重な顔であったが、口調は高飛車であった。

八人の女は、武家風の娘を見た。いつどこで着がえたか、なんとさっきのあどけない町娘だ。それが、別人みたいにこわい眼でこちらをにらんでいる。

「知らぬと申したらどうなさる」

と、船虫がしずかにいった。役人はちらっと船虫の顔をみて、それからなお声をはりあげた。

「役目によって、裸にしてもとり調べる」

「なんのお役目によって」

「町奉行島田弾正《だんじょう》どのの命を承わり、隠密に微行いたす同心としての役目だ」

「それでは、島田弾正どののところへゆこう」

と、船虫が一歩あゆみだすと、役人の顔にこんどはあきらかに仰天した表情があらわれて、のけぞるようにとびずさった。

「てめえらは何だ」

「何でもよい。奉行所へゆこう」

びゅっとその袖から細い鎖がほとばしり出て、役人のからだにからみつこうとした。

「いけねえ！　相手がわるかった！」

と、陣笠が役人らしくもない悲鳴をあげて横にすっとんだが、鎖はその片足に巻きついて、彼はもんどりうって草の中へころがった。

「あっ——お助け下さいまし」

娘がころがるように走ってきて、船虫にしがみついた。

「お見それしました。……かんにんして」

「そこのきや」

船虫がかるくからだをふると、娘はほんとに蝶《ちょう》みたいに飛んで、陣笠の上にたおれたが、すぐにはねおきて、そこに這《は》いつくばった。

「おゆるし下さいまし。わたしはこの男につかわれて、ゆすりの囮《おとり》をさせられていたのです。この盛り場で、金のありげな女の方を見受けると、わざと珠《たま》をおしつけてあとでおどし、金を巻きあげたり、美しい方だと手籠《てご》めにしたり……でも、こうみえて、このひともそんなに悪気のある男ではありません。……」

かきくどく内容に理屈は通っていないが、声だけは必死で、可憐であった。

「盛り場でやっている大道香具師《やし》があんまりもうからないもんだから、二三日まえに拾ったその珠で、こんなことをはじめたんです。いままでうまくいってるのに味をしめて、ついお見それ申しあげました。もういたしません。どうぞかんにんして下さいまし。……」

「いや、ゆるせぬ」

と、船虫はいった。

「奉行所にゆこう」

むろん、いまの珠の出現の謎を糺《ただ》したいと思ってのことだ。さっきの罠はこれだったかと一応は思う。娘の言い分はさもありげで、こういう小犯罪はこんなところでは日常茶飯事であろう。余人ならばゆるしたかもしれないが、まさに相手が悪かった。その罠にかかったものがじぶんたちである以上、やすやすとそのふたりを見のがせぬ。

――と、ふいに船虫はうろたえた。草の中の陣笠が立ちあがったのだ。

常人には容易に切れぬはずの鎖を、いつのまにか音もなく糸みたいに切って彼は立ちあがり、船虫が愕然としたとき、彼は三間もうしろへはねとんでいた。

と、間髪をいれず、もうひとりの女忍者から鎖がとんで、つづいて逃げようとした娘の胴に巻きついた。

「逃げようとても、そうはさせぬ」

すると陣笠は、ふところから何かをとり出した。紙入れだ。それが船虫の紙入れだと知って、彼女は思わず瞳《ひとみ》をぬかれた思いがした。

「負けたよ」

と、しかし陣笠の方でもいった。

「紙入れはかえす。その娘と珠をかえしてくれ」

一歩踏み出すと、敏感にまた一間とびずさる。荘重な顔をしていて、尋常の身軽さではない。

それほど用心していて、しかも存外おちついて——というより、しゃあしゃあとした顔で、

「娘も珠も、どっちも大事な商売道具だからな。あっさり、とりかえっことゆこうや。……といって、さて、この紙入れにはいくらある」

紙入れの中からスルスルととり出したものを見て、船虫は仰天した。それは彼女にとって命より大切なもの——或《あ》る方面からあずけられた大坂城の絵図面であった。

「…………」

女忍者たちは、眼をひからせたまま、声もなかった。

とっさに、いつそれが陣笠の手に移ったのかわからなかったが、やがて悟った。

船虫の鎖の先には、娘がなおとらえられている。あまり愛くるしい顔をしているので、見るからにいたいたしい姿だが、この可憐な娘が、さっき船虫に哀訴してすがりついたとき、みごとに紙入れをぬき去ったとは、ころんでもただでは起きぬ——何たる不敵さか。そしてそれをいまはじめて気がついたとは、忍者にも似ぬ——何たる不覚さであったか。

乞食《こじき》と盗ッ人

一

「――では」

　と、本多佐渡守はいった。

「勘兵衛、然《しか》るべく頼んだぞよ」

　佐渡守の前に坐《すわ》っていた軍学者小幡勘兵衛景憲は、微笑して、平伏した。

「拙者にぬかりはござりませぬ」

「かまえて、見破られるなよ」

「拙者をおひきたて下さるのが織田有楽斎さまである以上、大坂城の何びとが疑いましょうか」

「しかし、問題は真田《さなだ》左衛門佐《さえもんのすけ》だ。いまは九度山《くどさん》にひそんでおるが、きゃつ、おそらく大坂城に入る。そのようなとき、真田だけは用心せいよ」

「その真田などをあざむくために、勘兵衛にいってもらうのでござる。諸葛孔明《しょかつこうめい》の再来といわれる幸村、軍略に於《おい》てあれをおさえる者は、この勘兵衛以外にはござらぬ」

と、織田有楽斎がいった。

深夜、一灯を中に鼎坐《ていざ》していたのは、この三人だけであった。

しかし、江戸で名高い軍学者小幡勘兵衛景憲はいいとして、幕府の重鎮たる本多佐渡守の屋敷に、大坂城の長老織田有楽斎が坐っていると知ったら、だれだってあっとおどろくだろう。

すべて、稀代《きたい》の大策師たる本多佐渡守のはからいである。彼は、大御所とはかり、ことしの秋から冬にはいよいよ大坂にむかって開戦すべく着々と準備をととのえていた。徳川家の内部に於けるじゃま者——大久保一族などの反対勢力を除去する一方、大坂城内にも手をのばして、すでにかくのごとく織田有楽斎をも自家薬籠《やくろう》中のものとしている。そしてさらに有楽斎とはかって、敵の参謀本部に、じぶんの意を受けた軍師を送りこもうとさえしているのだ。

まだ開戦の意志を秘密にしておかなくてはならないので、紀州に隠棲《いんせい》している真田幸村を公然制するわけにゆかないが、天下の風雲急をつげるとき、彼が大坂城に入るであろうことはほぼ予測できる。織田有楽斎は大坂城の長老ではあるが、武将としてより文化人として知られた人物だから、いざいくさとなった場合、大坂城の作戦にどれだけ容喙《ようかい》できるか甚だ疑問だ。そこで——大坂方の軍略を内部からうち崩すために、あらかじめこちらから軍師を送りこむ、という実に不敵な謀略をたくらんだのだが、真田左衛門佐ほどの大軍師に相対抗する者として、小幡勘兵衛景憲に白羽の矢がたてられたのだ。

そのために、ひそかに出府した織田有楽斎と、小幡勘兵衛が江戸の某所で会見してうちあわせたのち、ようやく具体的な方策が成って、今夜あらためて本多佐渡の屋敷で鳩首協議を凝らしているのであった。

江戸にいる有楽斎を世話し、また小幡勘兵衛と会わせるお膳立《ぜんだ》てをととのえたのは、公儀伊賀組の服部半蔵だが、むろんこの夜も佐渡守の屋敷の外、門、庭には半蔵麾下《きか》の忍び組が警戒している。

「なお、勘兵衛が大坂城に入ったあとは」

と、佐渡守がいった。

「服部党くノ一衆八人を、奥羽《みちのく》から上った女かぶきとして、これまた有楽斎のはからいにて大坂城に入れる手はずであれば、江戸への報告はそのものどもに託すよう」

「服部党のくノ一衆？」

「女忍者だ。おぬしに引きあわせようと、今夜、屋敷に呼んである」

そして、本多佐渡守は手をたたいた。

「半蔵」

服部半蔵は、寒夜の庭さきにうずくまっているはずであった。

しかし、そのとき三人がきいたのは、返事ではなく、

「あっ」というさけびであった。

「おおっ、妖《あや》しき犬が忍びこんでおるぞ！」

たしかに半蔵の声だ。

「うぬら、めくらか、何をしておる？」

叱ったのは、屋敷を警戒していた配下らに対してであろう。——しかし、それ以上に、本多佐渡守らを愕然《がくぜん》とさせたのは、すぐとなりの座敷で、

「ほい、しまった」

と、つぶやいた思いがけぬ声であった。——そこには何びともおらぬはずだ。

「曲者《くせもの》じゃ！　曲者が屋敷内に入っておるぞ！」

と、さすがの佐渡守ものどをあげて絶叫した。

小幡勘兵衛がおどりあがって、となりとのへだての唐紙をひきあけた。——見えたのは、そのまた向うの座敷から、唐紙をあけて駈《か》けこんできた八人の女たちの姿だ。

「——やっ？」

女のひとりがさけんで天井をふりあおいだ。

天井の板がすこしずれて、細い闇がのぞいている。そこをめがけて、べつの女のこぶしから一条の鎖が薙《な》ぎあげられた。いまきこえた声から、曲者は少なくともまだ天井裏まで逃げのぼったくらいだと判断したのであろう。

ところが、山彦《やまびこ》のようにきこえたのは、もう屋根の上を走る——しかし人間とは思われぬ軽い跫音《あしおと》であった。

二人の女がならんで立つと、一人の女がヒラリとその肩に舞いあがった。ずれた天井板

をはねのける。と、彼女は、屋根の一角がスッポリ切りぬかれているのを見た。天井のどこかに手がかかるとさらに彼女はその穴をぬけて屋根の外へはねあがったが、

「おお、逃げる！　みなの衆、屋根をとんで裏門の方へ黒い影が」

と、足ぶみしてさけんだ。足もとの切り裂かれた屋根の穴のふちに、ていねいにとりのけられて積みあげられていた数枚の瓦《かわら》が崩れおちた。

「……わたしたちとしたことが……」

座敷に残った七人の女は蒼白《そうはく》な顔色になっていた。恐怖のためではない。怒りと恥辱のためだ。彼女たちは、そのとなりの座敷にひかえていた女忍者であった。その彼女たちが、それまでまったく曲者の潜入に気がつかなかったのだ。

屋根から、鳥みたいに女忍者のひとりが舞いもどってきた。

「あの身軽さ、ただものではありませぬ。けれど、服部党の男が追うてゆかれましたゆえ」

と、いったのは、むろん逃げた曲者のことだが、しかし織田有楽斎の眼に人間わざとは見えなかったのは、彼女もまた然りで、眼をまんまるく見ひらいている。

騒然たる庭の物音が急速に遠ざかっていったかと思うと、服部半蔵が駈けこんできた。

「佐渡守さま」

「半蔵、曲者が入ったぞ。大坂方のものではないか」

「大坂方の——いや、そんなはずはございませぬ。今夜のこと、余人に感づかれたはずは

ございませぬが」

半蔵は狼狽《ろうばい》していた。

「たわけ、大口をたたきおって。服部一党が護《まも》りながら、曲者が忍びこんだのをいまのいままで気づかなんだではないか」

佐渡守は顔を暗灰色に変じて叱りつけた。

「半蔵、いま、妖しき犬とうぬがさけんだようじゃが、それは何のことだ」

「はっ」

服部半蔵の顔には、あきらかに混乱の色があらわれていた。

「ただいま、庭さきにてふと気づきますれば、いつのまにやら、うしろに一匹の白い大きな犬がうずくまっておったのでございます。御当家の飼い犬か、と存じ、じっと見つめましたるところ、その犬が口に巻紙ようのものをくわえておる様子、ただの犬ではないと存じて、思わず叫んだ次第でございまするが――」

「犬は当家に飼ってはおらぬ！　なんじゃ、その巻紙は？」

「拙者にもわかりませぬ。犬はいちはやく逃げましたが、服部一党のものどもに追わせましたるゆえ、やがて曲者ともどもとらえて参るでございましょう。しかし――」

半蔵はうめいた。

「さすればあの犬は、曲者がわれらの目をくらますための忍びの術の犬でありましたろうか。それにしても今夜のこと、何びとにも知られてはおらぬはず、況《いわ》んや大坂方の忍者など、半蔵の想像を絶することにござります」

「――あれは？」

と、ふいに女のひとりがいった。船虫というその女忍者は座敷の床の間にぼうとうすい青い光をはなっているものを見ていた。

「いつぞや安房からとって参った例の伏姫の珠《たま》ではござりませぬか？」

「いかにも」

と、佐渡守はうなずいた。

八人の忍者が里見家から奪ってきて、佐渡守にさし出した八つの白玉は、青銅の花瓶に入れられて、そこに置いてあったのである。

「あれを奪いにきた曲者とでも申すか」

と、佐渡守はさけんだ。

八人の女忍者は顔を見合わせて、しばらくだまっていたが、やがて船虫が、

「思いあたることがありますような……またないような」

と、ふしぎなことをつぶやいた。それからただならぬ顔色になっていった。

「お頭さま、少々お耳に入れたいことがござります」

二

「――八房」

草の中でおどろいた声がした。

一月の半ばちかいというのに、隅田川の河原で寝ていた男がある。水ぎわの蓬々《ほうほう》と生いしげった枯草の中に、夜風も寒気も感じないかのようにあおむけになって眠っていたのだが、――おどろくのは、それだけでは足りない、彼のきものはカチンカチンに凍っていた。それでも平気でスヤスヤと寝息をたてていたのだが、突然、顔にかかる生あたたかい鼻息に、ふっと目をあけ、おどろいて起きなおったものであった。

草の中に起きなおると、きものから氷の珠が音たてて散った。黒い頭巾《ずきん》の中から、じいっと河原の向うを見わたして、

「……どうやら、立ち去ったらしいな」

と、つぶやいた。

「いや、胆《きも》をつぶした。佐渡の屋敷に忍者が詰めていて、それにあれほどしつこく追いまくられようとは思わなんだ」

苦笑して、さてむきなおった。

「八房ではないか」

と、もういちどいった。

そばに坐《すわ》っていたのは一頭の大きな白い犬であった。

「はてな、佐渡の屋敷で、天井から飛びおりたとたん——庭で、妖しき犬が忍びこんだぞ、というさけびがきこえたが、ひょっとすると、それはおまえだったのではないか。おかげでおれは、こっちが見つかったのかとおどろいて、まんまとしくじってしまったが。そうだとすると、これ八房、おまえはおれをとんでもないひどい目に会わせたわけだぞ。——それにしても、おまえ、どうして安房から出て来た？」

そして、闇の中にはじめて犬が巻紙ようのものをくわえていることに気がついた。

「なんだ？」

と、いいながら、それをひったくる。紙の中から、白玉の珠が草におちた。

けげんな眼色で、チラとそれを見つつ、紙をひらいて読んだ。

「父の血をもてかきのこし申し候。里見家に大難来り候。……」

闇の中でもこの男は、まひるのように眼が見えるらしい。

「……案ずるに、右は里見家をとりつぶさんとはかる本多佐渡守どのの手のもの、御公儀伊賀組によるものと存ぜられ候。……」

と、読んで、くびをかしげた。

「妙な縁だな。ちっとも知らなかったぞ。……では、あれは伊賀組か？　道理で」

と、つぶやいて、またさきを読む。

「父罪によってみずから死すといえども八犬士の名にかけ甲賀修行のわざを以て、父の罪をあがならべし、今日ただいまより犬坂毛野の名を相伝申し候。……」

しばらく黙りこんで東南の空を見た。西にはほそい三日月が沈みかかっているが、武蔵《むさし》野《の》の果て――東南の空には、氷のような冷光がほのびかりはじめている。冬の夜も明けかかっているのだ。

ふいに気がついて、草の中からいまころがった珠をひろいあげた。

「盗」

と、読んだ。

「ほほう、おやじの珠は、智、のはずであったが、智が盗に変えられたか、なるほど、字はよく似ておる」

ニヤリとした。

「さて、これは一思案じゃて。……それにしても、ちと寒いな」

と、はじめてふつうの人間らしいことをいった。

河原を見わたすと、遠く川のほとりに小屋がある。人間が住んでいるともみえぬ穴だらけのむしろで囲われた小屋があった。漁師が漁具か何かを置いておく小屋のように見えた。

「ここは霜で真っ白だ。あそこにゆけば、何かもやすものがあるだろう」

歩き出した。八房がノソノソとあとを追う。

歩きながら、頭巾からも氷の破片が散りおちた。あらわれた顔はまだ若い――美少年といっていい顔だちであった。その美貌《びぼう》には妖気《ようき》がある。まるで氷の精のようだ。

小屋にちかづいて、ふいに彼はピタリと足をとめた。八房だけが走り出した。

まるで鏡に映じたように、小屋の中からも同じような白い大きな犬が走り出してきた。

「はてな、あれも八房ではないか」

二匹の八房は、鼻づらをつき合わせ、うれしげにからだをこすり合わせた。

犬坂毛野は足をはやめ、小屋のむしろをひきあげた。中には小山のようなものが盛りあがっていた。

藁《わら》や乾草をつみあげて、その上にぼろをまとった男が、ふんぞりかえって眠っている。六尺をこえる大男でひげだらけで垢《あか》だらけで、ものすごいいびきとともに起伏する胸はモジャモジャと胸毛に覆れていた。

もう暁といっていいひかりが、破れむしろを通して、その男の顔にさしていた。ひげは豪傑然としているが、しかし童児のようにあどけない顔つきでもある。よだれがそのひげにひいている。まくらもとには、五合徳利がひとつころがっていた。

「大文吾」

と、犬坂毛野が呼んだ。眠っている男はピクリともうごかない。

「大文吾、起きろ」

ゆすぶられて、彼ははじめて眼をあけた。ぼんやりと毛野を見て、

「おや、犬坂か。ひさしいな」

て、
と、けだるい声でいった。おどろいたようすはないが、眼にはあたたかい微笑がともっ
「なつかしいの」

「大文吾、こんなところにこんな風態《ふうてい》で寝て、何をしておる」

「ごらんの通り、乞食《こじき》をしておる」

彼はゆっくり起きあがって、小屋のむしろの外でじゃれている二匹の犬を見て、

「ははあ、おまえのところにも八房がいったのか」

「では安房の変事はおまえも知っておるのだな」

「うむ。わしはおやじの名をついで、犬田小文吾となったらしい。大文吾という名は、あまり強そうで少々気はずかしかったから、小文吾となったことだけはよろこんでおるが。……」

「その図体《ずうたい》で小文吾とはおかしいが……おれは犬坂毛野となったよ」

「そうか。いい名だ。それはめでたい」

といった。なんでもめでたがる男らしい。彼の父親犬田小文吾老人の悲壮な遺書は読んだといっているのに、あまり慷慨《こうがい》した様子はない。泰然として、凄《すご》いほど美貌の友人を見やって、

「それで、わしを呼びに来たのか」

「いや、そういうわけではない。偶然ここを通りかかったのだ」

「妙な時刻、妙なところを通りかかったな」

犬坂毛野は、妖《あや》しい微笑をうかべた。

「大文吾――いや小文吾、ところで、おぬし、おれが何を稼業として暮しておると思う？」

「知らんな」

「盗賊だ」

「ほう」

と、さすがに象みたいにほそい眼を見ひらいた。

「ただし、世の常の泥棒ではないぞ。向坂甚内《こうさかじんない》の一番弟子だ。実はな、それを身すぎ世すぎの方便としておるというより、おれは盗賊そのものが面白いのだ。従って、むこうの警戒がかたければかたいほど、盗賊の仕甲斐《がい》がある。百姓から収奪あくなき大名、旗本、町人から膏血《こうけつ》をすする富商ども、それらが隠しぬき、せっせとためこんだ金銀を、一夜のうちにそっくりひっさらってくるたびに、おれの血はよろこびの声をあげて全身を駈《か》けめぐる……」

昂然《こうぜん》とあごをあげていう。

「それはいいことじゃ。おぬしらしい」

犬田小文吾ははじめてしげしげと犬坂毛野を見あげ、見下ろして、

「そういう勇ましい盗賊にしては、だいぶしおたれているではないか」

「いや、昨夜はひどい目にあった」

と、毛野は苦笑した。

「何も知らずに、おれは昨夜、相手もあろうに本多佐渡の屋敷にしのびこんだのよ。幕府第一の大物といわれる佐渡だ、うんとためこんでおるであろうと思うてな。……ところが、盗賊開業以来はじめて見つかって、忍びの者どもに追いかけられた。どうやら八房がもとらしい。思うにきゃつら、八房を追っかけておるうち、あわてて逃げだしたおれをも見つけて、すわとばかりに追撃してきたらしいが、追われ追われてこの隅田川までとんできて、進退きわまって水の中へ飛びこんだ。やがて水から出たが、どうしても河原から逃げ出せぬのだ。きゃつら、おれを見つけ得なんだとはいえ、どうやらくさいという眼だけははなさず、この一帯に網を張っておるのが感じられての。それで、その場所に釘《くぎ》づけになっておるうち、あまり退屈だから、ぬれたままついウトウトと寝込んでしまったのだ。ただの連中ではないと思ってはおったが、あれが伊賀者とわかって、やっと腑《ふ》におちた。……おい、火を焚《た》いてくれんか」

犬田小文吾がゆったり立ちあがったとき、犬坂毛野はふと例のことを思い出してきいた。

「おぬし、おやじの手紙のことはどうする」

「わしか。……わしはべつにこうという考えはないが……わしは何もしとうはないんじゃ。ここにこうして寝ころがっておる暮し、ちょっと捨てられんが。……」

「ところで、小文吾、おまえ、八房からニセの珠《たま》を受けとったろう、それには何とあった」

「おやじの珠は、悌《てい》、であったが……八房のくわえて来た珠は」

犬田小文吾はばかみたいにニタニタしていった。

「悦、とあったよ」

童姫《どうき》

一

「悦」という字を人間にしたら、まさにこんな風になるだろう、と思われる犬田小文吾の笑顔であった。

もとから仲間のうちでは、犬塚小信乃とともにグータラの双璧《そうへき》である。犬塚小信乃の方は、それでも眼から鼻へぬけるようなすばしっこさがあって、他人の愚を利用してズルをきめこむところがあるが、この男は徹頭徹尾、何もしたくない、どんな現状にも満足する幸福な楽天家、まじりけなしのグータラだ。

それにしても、乞食とは——と、あらためて小屋の中を見まわす犬坂毛野に、

「おぬし、泥棒などやめてここに棲《す》まんか」

と、焚木《たきぎ》を折りながら、大まじめに小文吾はいう。

「近郷を廻ってな、村の辻《つじ》に椀《わん》といっしょに坐《すわ》っておれば、百姓どもが米をくれる。ここに坐って糸をたれておれば、魚はいくらでもかかってくれる。あとは河原の草に寝て、終日大空の雲の去来をながめて暮す。……日々是《これ》好日、人生は悠久なり、としみじみ感じる

ぞ。……是非いっしょに棲め」

「ばかをいえ」

と、犬坂毛野は苦笑しかけて、またくしゃみをした。

「風邪をひいたか。……それ、あたれ」

枝木がぱっと燃えあがった。

「いっそ、裸になって、わしのきものと着かえい。小屋に着がえがあるが」

「襤褸《ぼろ》だろう」

「襤褸だが、つぎはぎがしてあって、あたたかいぞ」

「そんなものを、向坂甚内の一番弟子たるおれが着れるか」

向坂甚内といえば北条家名代《なだい》の忍者団風摩《ふうま》一族の余類といわれ、関八州を荒らしまわり、ついに幕府によって捕えられて、去年慶長十八年鳥越《とりごえ》で処刑された大盗である。

「これでも、帰るところに帰れば、おれに侍《はべ》る美女もおり、配下もある身分だ。まず闇の世界の大名といっていい。ひるまの大名は、汲々《きゆうきゆう》として公儀の鼻息をうかがっておらねばならぬが、こちらはそれも無用、いま、やりたいことをやれる人間は、天下におれが第一だろう。大文吾――いや、小文吾、どうだ、発憤しておれの一党に加われ」

「この寒中、水につかってふるえているのも、やりたいことのうちに入るかね」

笑ったが、皮肉な語調ではない。木がはぜて、ぱっとあがる火の粉にしかめた顔は、他意のない天下泰平なひげ面であった。

「ところで、安房の変事、ときいても、うごくのはおっくうだがな」

と、眠そうに犬田小文吾がいう。

「ただ……村雨さまだけが、ちとおいたわしいで」

「村雨さま。……」

と、つぶやいて、犬坂毛野もだまりこんで、焚火に目をそそいだ。——やがて、ふたりは東南の空に顔をむけた。渺茫《びょうぼう》たる武蔵野の里に赤い太陽がのぼりかかっている。

彼ら、八犬士の息子たちは、三年前、安房の館山を出て、甲賀へいった。忍法の修行をしてくるようにという八人の父親の厳命によるものであった。

しかし、甲賀卍谷にいたのはたった一年で、彼らはそこを逃げ出した。あまりに悽愴苛《せいそうか》烈《れつ》な修行におどろいたのと、その修行の不合理さにばかばかしくなったからだ。が、彼らはそのまま館山に帰らなかった。

むろん父親たちのゆるしも得ず修行なかばにして逃げ出したのだからちょっと帰ることもできないが、それよりも彼らは、館山藩の藩風にもウンザリしていた。これは甲賀へゆく以前からのことで、甲賀へいったのは父親の命令もあるが、同時にその命令を受けたとき、ほっとしていっせいに背のびをしたくらいだ。

まず主君の里見忠義さまだが、どうみてもあまり優秀とは思われない。

おそらくあのように古めかしい藩風では、殿様自身も苦しがって、それに反抗したくもなるだろう。そこは同情し、共鳴して、父親たちがにがい顔をするほど殿様といたずらをして遊んだくらいだから、親愛感はあるのだが、一方で、やはりあまり利口じゃないという実感はぬぐい得ない。

それはいいが、何ともかなわないのが父親たちだ。えたいのしれぬ古色蒼然《そうぜん》たる珠をあがめたてまつり、例の忠孝悌仁義礼智信を強要し、一藩をガンジガラメにしばりあげる。……息子たちからみると、父親たちのきらう新家老印藤采女の方によほど同感するところがあった。

ところで、息子たちが安房をはなれたがったのは、それらのほかにもう一つの理由がある。それは、主君の奥方、村雨のおん方であった。

村雨のおん方……など重々しくいうより、村雨姫といった方がふさわしい。ちょうど彼らが甲賀へ旅立つ半年前に、小田原の大久保から輿入《こしい》れされてきた奥方だが、そのときまだ十三歳だったのだから。

むろん政略結婚だ。げんに七歳にして豊臣家へ輿入れされた千姫さまのような例もあるのだから、当時としては珍しい話ではない。

奥方を江戸におき、一年ごとに大名が参勤交代する制度は、ずっと後年の寛永《かんえい》時代に確立したことだから、この当時奥方が国元にいるのはふつうのことであった。

その奥方に――実は彼らがみんな初恋をした。十三歳の女人――女人というより童女に恋をしたというのはおかしいが、そのころ彼らはみんな二十《はたち》前後、なかには十七八の者もいたのだから、それほど不自然なことではない。それに、この村雨さまが、実にこの世にありえないほどの透きとおる羽根で出来たような美少女であったから、いよいよむりではない。

むりではなく、不自然ではないが、しかし、これはゆるされぬことである。彼らは苦しがった。いったい、あの聖霊のような稚《おさ》ない姫君を奥方として、……殿さまはどうなさる御所存か。……そんなことを想像することもできないほど清浄な村雨のおん方で、事実、彼らは具体的にそんな想像をしたこともなかったが、ただモヤモヤと苦しがった。

彼らが館山をはなれたがったのは、その苦しさにたえられなかったということもある。甲賀へゆき甲賀から逃げ出し、東海道で別れて以来——彼らはそれぞれ「個性」を発揮した生活を二年ばかり経てきたが、そのあいだでも、ふっと村雨さまのことを思い出すと、いまそれぞれこの上もない自由な生活を愉《たの》しんでいるはずなのに、なぜかひどく惨澹《さんたん》たる思いにうたれることがあった。

「……村雨さまは」

と、犬坂毛野がいった。

「小文吾、きくがな。……あのころ奥方は殿と、御夫婦のちぎりを結ばれたろうか」

「わからん」

と、小文吾はぼそりといった。ほんとうに、その点に関してはわからない。

「しかし、おそらくは……奥方は、姫君のままであったのではあるまいかな」

「いまは？」

犬坂毛野の美しい顔に、痛烈なうす笑いがゆらめいた。

「いくらなんでも、もう奥方さまであろうな」

そして彼は、薪木《たくら》をぴしっと折って、炎へたたきこんだ。

「本多佐渡が何を企もうが、里見家がどうなろうが……おれたちの知ったことか？」

二

「さて、東西東西、いよいよ御覧に入れまするは犬飛《いぬとび》信乃が犬の上の軽業――ハリトウ、ハリトウ」

胸につるした太鼓と鉦《かね》をたたいて、どじょうひげの男が面白げな声をはりあげる。

そばに二匹の大きな犬とひとりの娘がいた。この娘と犬が――そのかたちが変っている。一頭の犬は四つ足で立っているが、一頭の犬はそれとならんで足を折り、紫色の裃《かみしも》をつけた娘は横たわった犬に腰をうちかけ、立った犬に背をもたせかけているのだ。ちょっとソファによりかかったような姿勢だが、いかにもけだるげで娘が美しいだけに奇妙ななまめかしさがある。

例の北風に塵埃《じんあい》あがる葭原《よしわら》の、大道芸人の広場であった。

あっちこっち、蓮飛《れんと》びや刀の刃渡りや相撲や独楽廻《こままわ》しや、或《あ》いは珍獣草木などの見世物が出ているが、ここにむらがった群衆がいちばん多い。――それは、この犬と娘の軽業がまだ新鮮なせいもある。

この二人組は、この広場では珍しい顔ではない。以前から、よくここに立って、娘は軽業をし、男は膏薬《こうやく》や外郎《ういろう》や糸や口紅を口上面白く売りたてる大道香具師《やし》であった。娘の美貌《びぼう》にひかれていちじはよく集った見物人も、この娘の軽業——綱渡りや竿《さお》登りや曲手鞠《てまり》や——見た者は実に人間業とは思われぬあざやかさだというが、実は見た者がほとんどない。もったいぶっているのか、横着なのかしらないが、娘はほとんどむしろの上に横たわって、頬杖《ほおづえ》をついているだけだからだ。

それでこのごろは、すっかり人気離散していたのだが、この三四日前からどこで仕入れてきたのか二頭の大きな白犬を一座に加えて、犬の曲乗りをはじめてから、ちょっと人気を盛り返した。

「発端が鯱立《しゃちだ》ち、足頭につきますれば、せきれいの水遊び、ハリトウハリトウ、足犬に移りますれば香炉獅子《じし》、手を放して立ちあがりますれば野中の一本杉、そのからだ逆に戻りますれば、もとの香炉獅子にもどります。ハリトウハリトウ」

と、威勢よくまくしたてたが——犬も娘もうごかない。

「おい」

と、どじょうひげの香具師はおがむような手つきをした。小声で、

「たまには、やってくれろ」

——しょうがないな、といった風な表情が娘の顔に浮かんだ。

と、なんの合図もしたように見えないのに、横たわっていた犬がすっくと立ちあがった。娘は依然として、二頭の犬の上に寝そべって、頬杖をついている。

そのままの姿で――二匹の犬は平行にならんだまま、ゆるやかに歩き出した。しだいにはやく、円をえがいて走り出した。――と見たとき、娘は二頭の犬にそれぞれ一本ずつの腕をのせて、きれいに逆立ちをして見せた。

「あっ！」

見物人はため息をついた。袴《はかま》からつき出して蒼空に白く二本スンナリとむき出しになった娘の足に眼を奪われたのだ。

「さあ、銭を投げて下され。ただの見物はいかん。前の衆は銭を。――」

そうわめきながら香具師《やし》は籠《かご》を持ってあるきまわる。

と、このとき、娘をのせた犬は、群衆の中へ駈《か》けこんだ。小牛みたいな犬なので、そばへこられた人間は、おどろいて飛びのく。が、いまの美しい足に吸われたように、あとからあとからと群衆が駈け集ってくるので、おしつおされつ、犬のゆくところに混乱が起った。

娘はこのときもとの姿勢にもどって――とはいうものの、二本の足を二匹の犬にのせて立っていたが、そのままお手玉をはじめた。

ただのお手玉ではない。二つの白玉だ。

美しい珠《たま》が二つ、たかくひくく冬の蒼空へあがってはきらめき、きらめいては落下する。

この演技はしかし五六分もつづいたろうか。その芸のあざやかさにも似ず、娘はもうさっきの通り、二頭の犬をソファにして、また自堕落に寝そべってしまった。が、やがてその片足をそっとのばして、

「ええ、東西東西――」

と、またやりはじめる香具師をつっついた。

どじょうひげの香具師がからだをかたむけて、娘の口へ耳をもっていった。

「道節、もういいよ」

「もういいか、信乃」

「からっ風に足をさらすのはもうごめんだ。女とちがって、脂肪分《あぶら》が少ねえから、たまらねえ」

――といったのは、娘の可愛い唇である。

はて、この娘は娘ではないのだろうか。

そのとき、何を見つけたか、二匹の犬がふいにからだをうごかし、わわわわう、と吼《ほ》えた。

「うるさい、しずかにしろ、八房」

と、香具師が叱った。

彼は八房と呼んだ。世に八房と珍しい名で呼ばれる犬が八頭以外にあろうとは思われない。

叱りつけられて、不満げにおとなしくなった二匹の犬の上で、美しい曲芸師は二つの珠をもてあそんでいる。のぞきこめば、その珠に「弄」と「惑」という文字が浮かんでいるのが見えたろう。

すなわち彼らは、これでも新八犬士たる犬塚信乃と犬山道節。

数日前、八房をよこしたふたりの父、先代犬塚信乃は「孝」の珠を、先代犬山道節は「忠」の珠を護持していたのに、事もあろうに軽業師と香具師とは。

犬が吼えたとき、群衆のうしろからそっとはなれた八人の虚無僧がある。

スタスタと親父橋の方へあるきながら、

「見たか」

と、天蓋《てんがい》の下で、ひとりがいった。思いがけなく女の声であった。

「いまの香具師と軽業師。――」

「先日の偽役人と娘じゃな」

こたえる声も、女だ。

いうまでもなく、彼女たちは、服部一党の女忍者たちであった。

実は彼女たちは、先日彼らと知りあった。収得物横領というとんでもないいいがかりをつけられ、大いにこらしめたつもりで、かえって思いがけぬ反撃をくった。すなわち、まんまといのちより大切な大坂城の絵図面をスリとられたのである。それはかねて頭領の服部半蔵を通じて、織田有楽斎からわたされたものであったから、あのまま偽役人にもって逃げられでもしていたら、一大事といったくらいでは追いつかない。

しかし彼らは、珠との交換を条件にあっさりとそれを返してくれた。べつにふかい仔細《しさい》はなかったらしい。とはいえ、伊賀の忍者ともあろうものに大それたいいがかりをつけ、あまつさえ彼女たちの眼をぬくようなしっぺ返しをするとは、ほかの場合であったらとうていあのまま捨てておくべき奴らではないが、ただ彼女たちはちかく重大使命をおびて西上するからだなので、一応不問に付したのである。

ただあのときから、じぶんたちが安房に残してきた「惑」「弄《ろう》」の珠が、なぜあんなところへ出現したか、ということが不審であったが、それも彼らが道で拾ったという言い分をのみこむことにした。

——ところが、昨夜の本多邸の怪異である。

彼女たちが里見家から盗んできた伏姫の珠を狙ったのではないかと思われる曲者《くせもの》が忍び入った。——そこで彼女たちは、あらためて葭原の偽役人を思い出したのだ。

昨夜の曲者とその偽役人と、関係があるのか、ないのか、どうにも不得要領なところもあるが、とにかく首領服部半蔵に報告したところ、念のためそやつをさぐってみろといわれて、きょう虚無僧に化けてやってきたのだが、隠密に探索するまでもなく、あの偽役人と娘が、香具師と軽業師として、ヌケヌケと大道で芸を売っているのを発見した。

芸を売るのみならず。——

「あの娘、珠を空に投げあげながら」

「見物人が空をあおいでいるすきを狙って」

「たしかスリをしておったぞ」

「——あの手で、わたしたちもしてやられたのじゃ」

くやしげにさけんだものの、少々おかしくもある。

「あれは、ほんもののスリではないかえ」

「里見家に関係があるとは、どうしても思えぬなあ」

「ほんの先日、あのような悪行をしながら、おなじこの土地で大道芸人をしているとはほんとうに図々《ずうずう》しい奴ら。——」

要するに、彼女たちは、いよいよわからなくなったのである。

当然である。だれが彼女たちのために死んだ老八犬士の息子たちが、その悲報と証拠のニセの珠を受けとりつつ、どこ吹く風といわぬばかりにしゃあしゃあとしていると想像するだろうか。

「しかし、何やら胸さわぎがする。——」

「里見家が、伊賀組や本多がくさいとかぎつけたなら。——」

「あの珠をとり戻しに血道をあげるということは充分あり得ることじゃ」

「もしそうならば」

「わたしたちが手をつけた仕事」

「あくまで珠は護《まも》りぬかねばならぬ。これは大坂ゆきとどちらが大事か、もういちどお頭さまと、とっくり談合せねばなるまいぞえ」

八人の女忍者は、天蓋の下で話し合った。遠く芝居小屋からにぎやかに囃子《はやし》の音がながれてきた。

その葛城太夫一座の小屋の裏で、このとき狂言作者の江戸山四郎が、一頭の犬から、血書と珠を受けとっていた。

「やっぱり、おれのところにも来たか」

まるで召集令状でも受けたような憮然《ぶぜん》たる顔で、彼はつぶやいた。

血書の内容はこのあいだ犬飼現八から見せてもらったものと同文だ。ただ筆跡は彼の父のものにまちがいなく、

「今日ただいまより犬川壮助の名を相伝申し候」

という一句だけがちがっている。

それから、父の護持していた珠は「義」であったのに、いま八房がくわえてきた珠の文字が、「戯」であることも。

「……しかし」

と、彼は八房の訴えたげな顔を見て、それから浮かれるような囃子の音に耳をすませた。

「おれは、あっちの方が大事だ。いまのところ手が空かない」

　さらに数日後。

外桜田紀尾井《きおい》坂に屋敷をかまえる江戸軍学者小幡勘兵衛景憲は大坂にむかって出立した。前後して西へ立つはずの八人の女忍者は、べつに見当らないようであった。

この小幡勘兵衛景憲が、その年十月から起った大坂の役で、大坂城内にあって謀略をほしいままに、城の崩壊に重大な役割をはたしたことは、史書にしるされた通りである。

その大スパイを鄭重《ていちょう》に――しかし、あんまり感心しない四角な顔で見送った留守番の弟子犬村円太郎は、玄関までもどって、そこに八房を発見した。

「……今日ただいまより犬村角太郎の名を相伝申し候」

角太郎、という名に不服はなかったが、その珠《たま》を見て、彼は四角な眼をむいた。

「礼」とあるべき文字が「乱」と。――

めぐる村雨

一

「大膳」

と、里見安房守はさけんだ。

「滝沢瑣吉はまだ帰らぬか？」

里見家の家老正木大膳は、がばと平伏したまま、声もなかった。

安房守が大膳を呼びつけてこうきくのは、このごろ毎日のことである。呼ばれるたびに、大膳の頬が一日ごとにのみをあてられたように削《そ》げてゆき、からだまでが小さくなってゆくようだ。大膳もまた安房守以上に苦悩しているのであった。

「瑣吉がいってからすでに二十日たつ。瑣吉が甲賀までゆくに十日かかるとしても、八犬士の伜《せがれ》どもは、甲賀からこの館山まで五六日ではせもどるであろう——と、おまえはいった。しかし、きゃつらいまだ姿を見せぬではないか」

「…………」

「瑣吉はどうした？」

「…………」

なんといわれても、正木大膳には、返答のしようがない。あの父親たちの悲壮な遺書を見、この家の大事をきけば、彼らの息子たちはまなじりを決してはせもどってこなければならないはずなのに、いまにいたっても、なんの音沙汰《おとさた》もないのだ。――なぜ帰ってこないのか、大膳自身、両腕をもみねじりたいほど焦燥しているのだが、そのわけを知るすべもない。

「そもそも、あの伜どもが帰参いたしてきたら、伏姫の珠を本多佐渡からとりかえしてみせるという保証があるのか」

「死んだ八人の老人どもが、左様に誓いました」

「それがどこまであてになる？　余はあの伜どもをよく知っておるが、みな手に負えぬほど無謀な――或《ある》いは風変りな奴らではあるが、どこか頼りない奴らでもあるぞ」

大膳は答えない。こんどは答えられないのではなく、実は大膳も同感するところがある。

「だいいち、三年前から国元におらぬ小伜どもだけを頼りにせねばならぬほど、安房藩九万二千石には人がいないのか？」

「人はおりまする。しかし、この場合は」

「なんだ」

「相手が本多佐渡守さまでござりまする」

「佐渡がこわいのか。いかにも佐渡は公儀の黒幕、が、かかる悪辣《あくらつ》な罠《わな》をしかけられて、なおちぢみあがっている法やある。よし！　しからば余みずから江戸へ出向いて、本多佐渡に詰問してくれる。返答次第では、討ち果たしてくれる」

「佐渡守さまが伏姫さまのおん珠を盗まれたという証拠はございませぬ。百に九十、それにまちがいはございませぬが、左様な証拠を残されるような佐渡守さまではありませぬ。それゆえ大膳も金縛りになってもがいておるのでございます」

ほんとうに、正木大膳は身もだえした。

「また殿が逆上なされて、そのようなおんふるまいに出《い》でられることをこそ、佐渡守さまは待っておいでなさるに相違ござらぬ。……もとより御当家に罪はありませぬ。ただ大久保相模守さまにつながる縁というだけで、九万二千石をとりつぶさんとはかられる佐渡守さま、その手段の陋劣《ろうれつ》で強引なことは、御本人もよく承知のことでございましょうから、決して寝覚めはようないでございましょう。そこに、こちらからたまりかねてあがき出し、天下の耳目をそばだてるようなふるまいを起せば待つや久し、と佐渡守さまをほくそ笑ませるだけでござる」

安房守も身もだえした。

「佐渡守さまは、忍者を以《もっ》て珠を盗まれました。これに対抗するすべは、当方もまた忍者を以てその珠を奪い返し、約定の九月九日、何くわぬ顔であらためて竹千代君に御献上のはこびとなさる。……それ以外にはございませぬ。それゆえ、大膳は歯をくいしばって、甲賀よりもどる八犬士の伜どもを待っておるのでございまする」

「その伜どもが帰ってこぬではないか」

大膳は沈黙した。――これで話はまたもとにもどり、堂々めぐりだ。

「ああ、わるいものと縁をむすんだ！」

安房守はうめいた。

「よしなきものを妻にむかえたばかりに、百五十年つづいた家をつぶさねばならぬか！」

これまた、いくどもきかされた安房守の嗟嘆《さたん》である。

憎悪をこめて、吐き出すようにいうと里見安房守は席を蹴たてて立った。あわてて小姓が追って唐紙をあける。安房守の姿はよろめくように消えた。

正木大膳は両手をついたままうごかなかった。うごけないのだ。からだがうごかないのみならず、あらゆる意志力判断力が金縛りになったようなきもちであった。

「爺《じい》。……」

声がした。雨の中の花からこぼれる露のように、ふるえて、哀しげな声であった。

正木大膳は顔をあげた。

安房守が去ったのとは反対の唐紙が音もなくひらいた。その向うに、寂然《じゃくねん》としてうなだれて坐《すわ》っているひとりの女人の姿が見えた。

安房守の奥方村雨のおん方である。奥方というより、村雨姫といった方がふさわしい。彼女は十七歳であった。

「……そこに、おわしましたか」

と、大膳は胸にいたみの走るのをおぼえながらいった。

こんどのことは、まさに里見家の興亡にかかわる大事ではあるが、得べくんばこの方だけにはきかせたくない。――そう思っていた村雨のおん方であった。大膳ならずとも、彼女を見れば、だれだってそう思いたくなるだろう。

彼女が里見家に輿入《こしい》れしてきたのは、十三歳のときであった。海の彼方《かなた》の相模国《さがみのくに》からきた花嫁ではない。――まるで天から降りてきたかぐや姫のようだ、と家臣のだれもがいった。それほど彼女は、この世のものとも思えぬほど愛らしく、美しかった。

それから足かけ四年たつ。村雨は十七になっていた。それだけ彼女はおとなびた。あどけなさに、どこか女の匂いがけぶりはじめた。しかし、なんといっても十七だ。少女といえば少女、そこに醸《かも》し出された美しさは、玲瓏《れいろう》とすみきっているのに、春の靄《もや》みたいに霞《かす》み、太陽のように明るいのに、月光のように神秘的なところがあった。

この方だけには、この世の醜さ、むごさ、恐ろしさを知らせたくない――と思ったのは大膳だけではあるまいが、しかし――こんどの里見家の大難のもとは、まさに彼女にある、といわざるを得ない。彼女が知らないわけがない。

いや、だいいち、こらえ性がなくてだだッ子じみた安房守が、事件勃発《ぼっぱつ》以来このことをさけびたて、彼女を責めはたいたことは事実だ。

「大膳」

村雨はいった。

「殿のおっしゃる通りです。……」

村雨は顔をあげた。頬に涙がひかっていた。

ほんのこのあいだまでまるかった顔が、蠟《ろう》をけずったようにやつれて、しかも以前には見られなかったぞっとするような妖《あや》しい美《び》貌《ぼう》と変わっているのを見て、老人の正木大膳が、この場合、しばらく悩みも苦しみも忘れて、心中息をのんで見とれたほどであった。

「爺、わたしが里見家のためにならぬ人間なら、わたしは小田原へ帰りたい。できるものならば。……」

「奥方さま、何を仰せられます」

大膳はのどをつまらせてさけんだ。

「奥方さまに、なんの罪がござりましょうや」

「でもわたしには……帰るべき家がない」

去年の暮に、村雨の実家たる大久保家は、小田原城五万石召上げ、その当主にして彼女の祖父たる相模守忠隣は追放という運命にあっていたのである。

「奥方さま、奥方さまがお気づかいあそばすことはありませぬ。大膳がおります。家来どもがおります。われら、ちかってお家をつつがなくお護《まも》り申しあげますれば」

「その家来のうち……八犬士の息子たちよりほかに、いま頼るべきものはないというではないかえ？」

村雨はかんがえかんがえいった。

「あのひとたちは、わたしも知っている」

「おお、あのものどもが甲賀へいったのは、奥方さまが御当家においであそばしてからのことでござりましたな」

「あの若いひとたちは……わたしは好きでした。かならず、お家を救ってくれるものどもです」

「左様に大膳も信じたいのでござるが……きゃつら、何をしておるのか、いまだに帰国いたしませぬ。さればによって。……」

「大膳」

村雨は涙に美しくひかる眼で見た。

「甲賀まで、ここから何里あるえ？」

しばらく、あっけにとられて村雨をながめていた正木大膳は、突然ぎょっとして眼を大きく見ひらいた。――この奥方さまは、じぶんで甲賀の八犬士の伜《せがれ》どもを呼びにゆかれる御所存なのか？　ば、ば、ばかな！

おんとし十七、とあらためて嘆息しつつ、大膳はいった。

「百五十里でございまする」

奥方村雨のおん方が、館山城から消えていることがわかったのはその翌朝であった。

城では、上を下への騒動をし、なかんずく驚倒した正木大膳は、逆上したような声で追跡を命じた。

しかし——そのころには、十七歳の奥方をのせた馬は、すでに十数里の北をひた走っていた。なんたる無謀、百五十里彼方の甲賀をめざして。

村雨は、じぶんの行為を無謀とは思っていない。いや、たとえ無謀と知っていても、彼女はゆかねばならぬ。みずからも知らない罪の償いをするために。——彼女は八犬士の息子たちを呼びにゆこうとしているのであった。

やや、春の気をおびてきたとはいえ、なおつん裂くような寒風が、あどけなく唇を真一文字にむすんだ村雨の顔を——いや、それをつつんだ編笠《あみがさ》を吹いた。彼女は、小姓のきものを借りて、男装していた。

二

夕焼けの隅田川を、客を満載した舟がわたっていった。

何というところから、何というところへわたったのか、土地の名も知らぬ。ただ下総から武蔵へわたったということを知ったばかりである。

しかし、村雨にははじめて越える川ではなかった。四年前、彼女はここを逆に西から東へ越えた。美々しい行列をつらね、花嫁の輿《こし》にゆられて。——

あのときは、あまりの大河におどろきあきれ、舟の帆が遠く茫々《ぼうぼう》たる草の上を走るように見えるのを面白がり、東の蒼空に筑波山《つくばさん》が浮かんで見えたのに眼を見張ったものであった。彼女は十三だったのである。

しかし、いま村雨は、川の風物を愉《たの》しむゆとりはない。四年前のことを想い出して、感慨にふける余裕もない。……馬はすでに乗りつぶした。江戸に入ったら、どうして馬を手に入れようか？　いや、今宵の宿りをどこに求めたらよかろうか？　と、とつおいつ思案している。

舟といっても十人も乗ればいっぱいの小舟であった。それに乗っている客は、この冬の夕ぐれに、毛だらけの胸や腕を吹きさらした男ばかりであった。どうやら馬方か、人足の一団らしい。それでも、寒いといって、一升徳利の廻《まわ》し飲みをしている連中もある。

それすら意識せず、村雨は編笠を伏せて、じっとかんがえている。

しかし、男たちは濁声《だみごえ》で、江戸のあちこちの普請場の駄賃くらべや、悪所の女の品くらべをやりながら、ちらっちらっとそちらに眼をやっていた。

舟がつくと、男たちは猿みたいに岡へはねあがっていった。

つづいて村雨も舟を下りて、四五歩あるいて、西日を背に三つ四つの影がゆくてをふさいでいるのに気がついて、それをよけて通ろうとした。と、その方向にも三四人の男が、腕ぐみをして立っている。反対側へきびすをまわすと、そこにも同じ数の影が。いまの連中だ。

「やい」

と、ひとりが馬みたいな歯をむき出した。

「笠をとれ」

黙っていると、ノソノソとやってきて、ふとい腕をのばした。

「しゃッ面を見せろ」

編笠が、からくも一歩さがると、その手に白刃がひらめき、男ののばした毛むくじゃらの腕は、手くびから、ばさ！　と空に斬りとばされた。獣のほえるような声をあげて、男はとびずさっている。

いっせいに男たちはどよめき立った。

「や、や、やりやがったな、野郎」

「いや、野郎じゃあねえ、若衆じゃあねえ」

「女だ」

「もうかんべんならねえ。どうしてやるか、見ていろ」

腰にさしていたみじかい脇差をひっこぬいた奴がある。ふところから匕首《あいくち》をとり出した奴がある。まるで獲物を狙う豹《ひょう》か狼のむれみたいに、眼をひからせ、地にからだをひくくして、ジリジリと這《は》い寄ってきた。

村雨は、血ぬられた白刃をひっさげて、じっと見まわした。

いま男のひとりの腕を斬っておとしたのは、ことさら彼女の手練というわけではない。むろん大名の息女に生まれたのだから一応も二応も手ほどきは受けているが、しかし、それよりも気力だ。気力というより「無礼者」に対する怒りであった。むしろおとなしい彼女が何しろ生まれてからこういうたぐいの男に接したことがないから、ただ無礼な！と思ったとたんに、反射的に「無礼討ち」にしてしまったのだ。

包囲をちぢめてくる男たちを見ても、いま彼女はべつに恐ろしいとは思っていない。しかし、さすがに、ここは何としても逃げなければ、という意識がわき上がった。それは恐怖ではなく、前途の用件を思ったからであった。

二三歩、つかつかと右へ歩くと、突然村雨は、ぱっと左へ走り出した。

「小味なまねを！」

「逃がすな！」

男たちはどっと追いかけた。中でひとり、河原におちていた棒をひろった奴がある。それをふりあげると、びゅっと投げた。棒は村雨の足にからみ、彼女はまえにふしまろんだ。刀がまえにとんだ。

「ざまみやがれ」

「さあ、どうだ！」

男たちが折り重なった。

とたんに彼らはいっせいにうしろにはねとんだ。ぶつかり合って、ころがった奴もある。なぜともしらず、村雨がきいたのは、びょうびょうたる犬の吼《ほ》え声であった。

二匹の巨大な白犬が、歯をむいて無頼漢たちに相対していた。その牙《きば》はすでに血にまみれている。——はやくもいちどは牙にかけたとみえて、男たちの中に二三人、額や腕をおさえている者があった。

村雨ははね起きた。編笠はからくもなおつけているが、ひき裂かれた右肩からは一つの白い乳房まであらわになり、一方の袖《そで》をひきちぎられて、たおやかな腕があらわれ、惨憺たる姿であった。それも忘れて、彼女はかすれた声でさけんだ。

「八房！」

八房にちがいない。

八匹の八房が、甲賀にいる八犬士の息子たちのところへむかって安房の城をとび出した話は彼女もきいているが、それはもう廿日《はつか》以上もむかしのことだ。それが——たしかにそのうちの二匹だが、なんと江戸に入るか入らないこんなところにいた！

どういうものか、この巨大な犬たちは村雨にひどくなついた。村雨もまた八房たちを可愛がった。だから、ほかの人間にはちょっと判別のつかない八匹の八房だが、彼女にはそのうちのどれかわかる。

この二匹は、犬坂毛野老人と犬田小文吾老人の八房であった。

「おーい、八房」

呼ぶ声がした。

向うから、ひとりの男がやって来た。遠目にもひどく大きな男だが、それがこちらの光景を見ながら、べつに何の感激もない顔で、ノソノソと——いま村雨たちが舟を下りたところあたりを歩いてくる。いや、そこで立ちどまった。

「来いよ」

と、いった。のんびりした胴間声だ。

男たちは、われにかえった。その男が、べつに犬をけしかけたわけではないことはすぐにわかったし、さらに——

「なんだ、お菰《こも》じゃあねえか」

と、ひとりが舌打ちした。

盛大なぼろをまとったその乞食《こじき》は、落日に二本の腕をあげて大あくびをしながら、

「犬が人間さまの世界に首をつっこむんじゃねえ。もどれ、八房」

と、また眠たげな声でいった。

「あれほど、おれの暮しのよさを教えこんだはずなのに、まだわからないか？　畜生というものはききわけがない。——」

男たちは、ふたたび彼らが狙いをつけた編笠に眼をもどした。そして、いっせいに眼を血ばしらせた。男衣裳《いしょう》からあふれ出した清麗な十七歳の乳房の異様ななまめかしさを見ては、それも道理だ。

「やっちまえ！」

のぼせあがったような声でうなずきあったとき、村雨がいった。

「八房、わたしを護《まも》って。——それから、大文吾」

八房が、村雨と男たちのあいだに立ちふさがった。

「犬田」

呼ばれて、向うで「はてな？」とつぶやく声がきこえた。

「はてな、あの声は？」

「わたし」

村雨は編笠《あみがさ》をとって立ちあがり、夕焼けに美玉のごとき顔をむけた。

犬田小文吾は、じいっとこちらを見ている気配であったが、ふいにしゃがみこんで——すぐそばの足もとにあった小舟の舳先《へさき》に手をかけた。

その舟には船頭が乗って、さっきからの河原の活劇を、胆《きも》をつぶしたような顔で見まもっていたが、その船頭を水へほうり出し、小文吾はその舟を——十人は乗れる舟を、凄《すさま》じい水けむりをまきちらしながら、ぐわっと頭上にさしあげてしまったのである。

挑戦状

一

無法者たちは、雲を霞《かすみ》と逃げ去った。

眼よりもたかくさしあげた小舟を川にほうり出し、犬田小文吾は馳《は》せ寄って、枯草の中に、がばとひれ伏してしまった。

それから、おそるおそる顔をあげて、

「もしや……あなたさまは……」

「村雨です」

村雨は立ったまま、しずかにうなずく。

もしや、あなたさまは、といったくせに犬田小文吾は、髯《ひげ》の中からアングリと口をあけて、村雨を仰いでいる。十三歳から十七歳に成長した村雨を見て、この襤褸《ぼろ》をまとった男の厚い胸に、どんな感慨がながれているのであろうか。

ましてや、黒髪こそながく背にたらしているが、若衆の装束で、しかも袖はちぎれて腕も肩もむき出しになった姿だ。

「なつかしや、大文吾」

「小文吾でござります」

「犬田小文吾――それはそなたの父の名ではないかえ」

「先日、父の遺書により改名いたしました」

「父の遺書、というと、そなた、里見家に起った大難を知っているのか」

犬田小文吾は、草にひたいをすりつけた。

「ああそうか、八房がここにいる。八房がそなたを呼びに走ったときいたが、八房から知ったのですね。……それで、そなた、なぜ安房にかえってこなんだえ？」

「…………」

「お家の大難を知りながら、いったい、こんなところで、そんな姿をして、何をしているのです？」

「…………」

「ほかの人々はどこにいますか」

何といわれても、何をきかれても、小文吾は一言もない。およそどんな目に会わされても、泰然自若、蚊がくったほどにも感じそうもない小文吾が、赤面してひれ伏したままだ。犬田小文吾がいつまでも黙っているので、村雨はこまった顔をした。いや、途方にくれて、ベソをかいた表情になった。

小文吾は顔をあげて、おずおずといった。

「それにしても、奥方さまおひとりで、左様なお姿で江戸においであそばすとは――いったい、どのようなわけで」

「滝沢瑣吉とやらをやっても、八房をつかわしても、そなたらは安房にかえってこぬ。……それでわたしが迎えにきたのです」

「えっ、奥方さまが！」

「殿より承われればこのたびの大難は、大久保家からきたわたしがもとであるとのこと……わたしのせいで里見家がつぶされるというのに、わたしが知らぬ顔をしてはおれぬ。また正木大膳からきけば、この大難を救ってくれる者は、甲賀で忍法の修行をしたそなたらのほかにはないとのこと。……」

ふいに村雨は明るくはずんだ声をたてた。

「そうか。小文吾、そなたはあの伏姫さまの珠《たま》をとりかえすために、そのように山に寝《い》ね、野に伏す姿で艱難《かんなん》辛苦をしてくれているのじゃな」

「さ、さ、左様でございます」

「それで、小文吾、見込みはあるか」

村雨はせきこんできく。小文吾は、実に情けない顔をした。

「それより奥方さま、そのお姿では、何よりもお寒うござりましょう。まずわたしの小屋においであそばして、しばらくお暖まり下さりませぬか」

「ほう、そなたの家がこのちかくにあるのかえ？」

犬田小文吾は、村雨をじぶんの小屋につれて来た。

「まことに以《もつ》ていぶせきすまいで――」

謙遜《けんそん》ではない。何しろ、正真正銘の乞食小屋だ。しかし村雨はひどく感動したようであった。

「ああ、そなたはこんなに苦労していたの？」

小屋の外で、火を焚《た》きつけながら、小文吾はむせた。

村雨のおん方がひとりでおれを迎えにおいでなされた！　きいてみれば、そのせっぱつまったお気持は胸もいたむほどだ。

父親の遺書に里見家とりつぶしは本多佐渡守の陰謀とはあったが、里見家がつぶされること自体たいして痛恨の思いもなく、ただそうなれば村雨さまがお可哀そうなと思っただけだが、その原因が村雨さまにあるときいては、奥方さまのおん苦しみも、さもこそあらんと思う。――それにしても、たったひとり御出奔とは、よくも思いきられたものとおどろかざるを得ない。

おん年十七。

つぶやいて灯ごしに小屋の中をそっと見ると、村雨のおん方は、裂けた袖《そで》を肩にあてて、しきりに肌を覆おうとしている。が、白くまるい肩や胸の線は、あきらかにドキリとするほどなまめかしい女のものであった。

「奥方さま」

と彼はいった。

「しばらくお待ち下され。……ちかくの百姓家にゆき、針と糸を……」

といいかけて、村雨さまがとうていほころびのつくろいなどできるお方ではないと気づき、

「いえ、女房をかりて参りますれば」

「小文吾、それどころではない」

村雨はきっとしていった。

「すぐ伏姫さまの珠をとりもどしにゆこう」

「は、すぐ？」

「そなたは、とりもどす見込みはある、といったではないかえ」

そんなことをいったおぼえはないが、見込みはない、などといえる場合ではない。

「珠はどこにある」

「されば」

「わたしは本多佐渡守どののところにあると思う」

「されば。――」

「それならば、いまふたりでおしかけても、珠はとりもどせぬとでも申すか。ほかの七人の仲間はどこにいる。八人、それにわたしを加えて九人。心と力を合わせれば、何とか工夫もつくであろう。あと七人は？」

「せめて、まず一つでも奪いかえして、八房にもたせて安房にやれば、殿さまは御安心なさるであろう。さあ、小文吾、ゆこう」

「さ、されば。――」

「ま、ま、しばらくお待ち下されまし、奥方さま。……」

犬田小文吾は狼狽《ろうばい》し、且、大いに弱った。

「そのことにつきましては、拙者、さきごろよりさまざまうち案じ、秘計をねりにねっておるところでござりまするが。……」

ともかくこれで村雨の鋭鋒《えいほう》を封じ、さていそがしくかんがえはじめる。

枯草の上にどっかと坐《すわ》り、焚火《たきび》をしながら腕ぐみをして――からだは大きいし、顔つきはユッタリしているから、心中の狼狽も閉口もうまい具合に外には出ず、さも悠々としているようにみえるが――この件について真剣にかんがえはじめたのは、実はいまがはじめてだ。

あの父の遺書だけではよくわからぬ点もあり――そもそも奪われた伏姫の珠がいまどこにあるのかも判然としないが、村雨さまは、それは本多佐渡守の屋敷にあると仰せられた。江戸城乃至《ないし》服部半蔵の屋敷ということもかんがえられるが、これは村雨さまの単純な推定の可能性がいちばんある。いや、まさにあたっていると思う。

幕府の大重臣本多佐渡守の屋敷にあるものを奪い返しにゆく。――たとえ仲間七人を狩り集めようが、それがいちどに、簡単にゆくかどうかは大いに疑問だ。そういえば、先日、犬坂毛野があそこに盗賊に入って、伊賀者のむれに見つかり、猛追跡を受けたといっていたが——その珠を護《まも》るためかどうかはべつとして、佐渡の屋敷にいまも伊賀者が詰めているということは充分かんがえられる。

おれが死ぬのは、何でもないが。——珠を奪うのに失敗し、おれが死ねば、佐渡はまたべつのところに珠をかくすだろう。海へすてたり、砕いてしまえば万事休すだ。

何よりもまず、それを封じねばならぬ。

焚火を見つめる犬田小文吾の眼がピカリとひかった。彼は一つの着想を得たのである。それは自分の死を賭《か》けてそれを封じる方法であった。

「奥方さま、参りましょう」

小文吾は、ぬうと立ちあがった。

「どこへ」

「仰せのごとく、本多佐渡の屋敷へ」

「ほかの人は？」

「実は、拙者知らぬのでござります。ただ、犬坂毛野をのぞいては」

「毛野はどこにおる」

「それも、打ちあければ、拙者存ぜぬのでござるが、ここにおる毛野の八房、これに乗ってゆかれますれば、八房が毛野のところへおんみちびきいたすでござりましょう」

毛野の八房は、泥棒に犬は要らぬ、と先日、毛野がにが笑いして小文吾におしつけていったものであった。

「しかし、それはあとのこと」

「何のあと」

「拙者が佐渡の屋敷へ乗りこんだあとのこと」

「そなたひとりで、珠を奪えるか」

「――おそらくは」

「おお、そなたは、甲賀で忍法を修行してきたものであったな。それならば、大丈夫じゃ」

犬田小文吾は笑った。

およそ八人の仲間のうち、忍法修行に自分ほど怠惰な人間はなかったろうということを思い出したのだ。

村雨は嬉々《きき》として立って来た。信じきった眼である。

「お着ものほころびは、この河原の向うの百姓の家に寄ってつくろわせましょう。奥方さま、編笠《あみがさ》をお忘れなく」

小文吾はやさしくいった。

ふたりつれだって草の中をあるき出したとき、犬田小文吾はちょっと小屋の方をふりかえった。焚火はなお燃え、その向うに夕日は小屋にあかあかとさしこんでいる。日々是好日と、終日大空の雲の去来をながめて暮した生活に、ほのかな愛着が残った。

それだけだ。

死を賭けて、八つの珠《たま》を、本多家乃至《ないし》伊賀組の中に封じこめる。そのために、おれが死ぬのは何でもない。

そういう決意すら、彼の心にはあらためて浮かんではこない。悲愴《ひそう》な父親の血書を読んだときでさえ、泰然自若としてうごこうともしなかったじぶんが、十七歳の奥方の出現で、まるで水を受けた塵芥《ごみ》みたいに軽々とながれ出しはじめたふしぎさを、彼はふしぎだと意識していない。

二匹の八房が、何か感づいたとみえて、夕焼けの空にびょうびょうと吼《ほ》えた。

二

その夕《ゆうべ》、本多佐渡守の屋敷には、服部半蔵とその一党十数名が集まり、その中に、八人の女忍者、いわゆる服部くノ一衆もまじっていた。

正確にいえば、女忍者がまじっていたのではない。彼女たちが主体であった。

いよいよかねての計画通り、彼女たちを奥羽《みちのく》からのぼる女かぶきの一座として大坂城へ送りこむことになったので、あとの男の忍者たちは、その囃子方《はやしかた》や荷物運びに化ける。実はもう少し早く出発するはずであったのだが、

「里見家の家来が、例の珠を盗み返そうと狙っているような気がしてなりませぬ。――」

と、女忍者たちがいい出し、しばらく見合わせていたのだ。

佐渡守にしてみれば、珠は隠そうと思えばどこにでも隠せる。しかしちょっと気にかかることもあった。

一つは先夜、じぶんの屋敷に忍び入った曲者《くせもの》だ。あの曲者は何のなすところもなく逃げ去ったが、天下の老中職たるものの屋敷に、しかもあれほど伊賀者が護っているところへ、忽然《こつぜん》と忍び入り、まんまと逃げ去ったのは容易ならぬ奴で、もしあれが里見家につながるものなら、少々うすきみがわるいことにちがいない。さらにもう一つは、安房から帰府した八人の女忍者からきいた里見藩の例の八老人についての報告だ。あのときの凄《すさま》じい追撃ぶりは、服部一党のうち男でも容易に比肩《ひけん》する者がないと半蔵が誇る八人の女忍者が、報告しつつ肌に粟《あわ》をうかべていたほどであり、それほどの者が里見藩にいるとあっては、先夜の曲者がいよいよ気にかかる。――もっとも、その後の報告では、その八老人は珠を奪われた罪と、里見家の家老を斬った罪でことごとく切腹したということで、それはたしかであるらしいが、それならばいっそうぶきみな感じがする。

里見があくまでじぶんに抵抗乃至反撃をこころみるならば、やらせてみよう、佐渡はそうかんがえた。

それならば、例の珠はむしろその反撃を呼ぶ誘いの餌でもある、とうなずいた佐渡は、むしろ不敵な好奇心にみちていた。それまで彼は、里見藩というものに対して、他愛ない当主を見、枯死しかかったような藩風をきくにつれて、少なからず見くびったところがあったのだ。

それで、爾後《じご》の反応を待った。

何の変ったこともない。

そこで、予定通り、八人の女忍者を大坂へ送り出そうとした。大坂へ到着してからの行動についての最後の指示をあたえ、夜に入ればここからニセ女かぶきの一座をひそかに出立させる。


異変は、その夕に起った。

夕焼けは消えたが、まだどこか蒼白《あおじろ》いひかりの残る闇の中である。

ひとりの乞食《こじき》が、本多佐渡守の屋敷の方へ歩いてきた。蓬々《ほうほう》たる乱髪、ひげだらけ、垢《あか》だらけ、盛大なる襤褸《ぼろ》、まごうかたなき野臥《のぶせ》りだが、六尺をこえる大男である。

それが右手にふとい棒をつき、左掌《ひだりて》に塗りのはげた椀《わん》をもち、ニタニタと笑いながら歩いている。

が、ゆきかかった侍や町人が眼をむき、あっとどよめき、それから次から次へとはせ集まってきたのは、その乞食の股間《こかん》からながれ出しているものに仰天したからであった。

ふんどしだ。ただのふんどしではない。この垢と髯《ひげ》と襤褸のかたまりのような乞食からただひとすじ出ているのは、夕闇にも純白の木綿で——しかもそれが、二丈以上も地にひいている。

その白いふんどしに、何やら文字が書いてある。

「東西東西」

と、まず書いて、ややあけて、

「天下のお立合い」

と、ある。それからまた少しはなして、次に、

「本多佐渡守様御興行」

人々を仰天させ、とっさにこの乞食の行進を制止する者もなかったのはこの文字だ。

「伊賀甲賀珠とりの忍法争い、勝負やいかに」

最後に、

「千秋楽は九月九日、伏して御見物願いあげ奉る」

と、あった。

あとできくと、この奇怪な言葉を書いたふんどしは、佐渡守の門前一町ほどのところで出したものらしいが、それから門ちかくまでだれひとりとしてはばむ者もなかったのは、あまりに奇想天外、ひとをくった文字に、完全に判断力を失ったからであった。

しかし、門ちかくになって、本多家の家来たちが走り出し、ゆくてをふさいだ。

「これ、うぬは何だ、狂人か」

「右や左の旦那《だんな》さま。……」

と、乞食は髯の中からニタニタと笑った。

「哀れな乞食に、どうぞ一文。……」

そして、平気で門の方へあゆみ寄ってくる。

「こやつ、ひっとらえろ」

いっせいにおどりかかった侍たちをひとかために、右手の棒が凄じいうなりをあげて空を横に薙《な》いだ。

形容もできない音響を発して、侍たちは飛び散った。頭蓋骨《ずがいこつ》、骨、肉、血、脳漿《のうしょう》の煙と化して、文字通り飛散したのである。

「あっ」

門の下にむらがった残りの侍たちが、かっと眼をむき、

「狼藉者だ！　曲者が推参いたしたぞ！　出合え！」

絶叫したとき、乞食は例のふんどしを、股間でぴりっとひきちぎった。落ちていた一本の刀をひろいあげ、そのきっさきで布の一端をつらぬいて、門の唐破風《からはふ》にはっしと投げあげた。

ふんどしは唐破風に縫いとめられ、風にひるがえり、さらに地にひいた。

「東西東西、天下のお立合い、本多佐渡守様御興行、伊賀甲賀珠とりの忍法争い、勝負やいかに、千秋楽は九月九日、伏して御見物願いあげ奉る」

という墨痕《ぼっこん》を人眼にさらして。

そして、乞食はそのまま、小山のゆらぐように屋敷の中へ入りこんできたのである。ただならぬ絶叫は、屋敷内に詰めていた伊賀者たちもきいた。彼らはいっせいに馳《は》せ出した。なお座にのこり、耳をすませていた本多佐渡守、服部半蔵、八人の女忍者は、ころがるように駈《か》けつけた侍から右の「挑戦状」のことをきいて、はじめて愕然《がくぜん》とひざをたてた。半蔵のゆるしも得ず、八人の女忍者は、八羽の鳥のように座を飛び立った。

颶風《ぐふう》のようなひびきは、すでに矢も鉄砲も役にたたぬ玄関で渦まいている。

その中心にいるのは、もとより乞食の犬田小文吾であった。

しかし、これはあまりにも無謀ではないか。いかなる成算があるか知らないが、天下の本多佐渡守の屋敷に、ただ一本の棒を以《もっ》て文字通りなぐりこみをかけるとは。――彼はこれで、伏姫の珠を奪うつもりなのか。犬田小文吾にいかなる「忍法」ありや。

乱刃を樫《かし》の棒のただひと薙ぎでたたき折り、なぐり伏せ、

「右や左の旦那さま。……」

と、小文吾はまたいって、うっそりと笑った。ほんとうにうれしそうな笑いであった。

「哀れな乞食にどうぞ一文。……」

恐るべき棒の威力であるが、この荒わざは、どうも「忍法」とは縁が遠いように思われる。

忍法「悦」

一

持っているものは、ただ一本の棒にすぎない。

それをあやつるのに、特別の妙技があるとも見えない。

しかし、ただ一本の樫の棒が、これほど凄じい威力を発揮するものとは、本多家の家来たちははじめて知った。

天下の将軍徳川家の大権力者本多佐渡守の屋敷にただひとり、しかも恐ろしいオンボロ姿で乗りこんできたこの男は、正体もしれず、目的もしれず、ふんどしの広告を見てもいよいよその意図がわからず、狂人か？　ととまどっているうち、この言語に絶する大あばれである。おっとり刀で、家来たちが馳せあつまってきたときは、もうこの乞食は玄関にまで侵入していた。

しかも、むらがる乱刃を避けもかわしもせず、まっこうから立ちむかい、まるで岩石でもたたきつぶすような勢いでなぐりつけ、薙ぎはらい、はね飛ばす。

人と刀は、まるで血の粥《かゆ》と箸《はし》みたいに崩れ伏し、散乱した。

「く、く、曲者《くせもの》！」

「一大事だ！」

と、いまさらさけぶのがおかしいようだが、侍たちは自分でも何をさけんでいるのかわからず、ただ逆上し、さらに雪崩をうって飛びのき、遠巻きにして、ひしめいた。

「どけ！」

「おのきなされ！」

奥から一団の異形の男たちが駈けつけて来た。みな色はなやかな頭巾《ずきん》にたっつけ袴《ばかま》をつけて、芸人のようにみえるが、眼だけは鷹《たか》みたいなひかりをはなっていた。――伊賀者たちだ。

鮮血にぬれた樫の棒を、犬田小文吾は式台にどんとつき立てた。こうなっても、まだ左手に椀をささえている。いままでは、ただ棒の片手打ちであった。

「危いぞ」

と、いった。やさしいというより、ノンビリとした調子であった。

出て来た一団を、屋敷に呼ばれた芸人たちの一行かと思ったらしいのである。が、玄関と式台の壁に貼りつくように展開した彼らを見まわして、

「ははあ、伊賀者か」

と、うす笑いしてうなずいたのは、何か第六感にピンと来たものがあったと見える。

「案の定、ここにおったか」

そうつぶやいた意味もわからず、また知ろうとしない顔で、伊賀者たちは四方からすすみ出した。まるで相手の恐るべき棒など眼中にないかのように。

するとー
「待てっ！」

さらに奥から声がかかって、八人の女が風鳥みたいに駈けて来た。

「お待ちなされ」

「この曲者は」

「わたしたちと縁あるもののようです」

八人、そこにならんで、きっと犬田小文吾を見つめながら、彼女たちはいった。むろん、さっき報告にあった「——伊賀甲賀珠《たま》とりの忍法争い」という一句に胸ひびくものがあったせいだ。

「ははあ」

と、小文吾はまたいった。

「これが、あれか」

と、いったのは、これまた遺書にあった「——おん珠を盗み、代りにこの珠残しおきたる伊賀の女」という一節を思い出したからだ。

「乞食《こじき》——里見の家来か」

と、船虫がいった。

「里見の家来が、相手もあろうに本多家にかかる狼藉《ろうぜき》をしかけて、あとのたたりが恐ろしゅうはないか」

「おれは、天下の乞食よ」

うっそりと、おだやかに犬田小文吾はいった。それから声はりあげて、

「右や左の旦那《だんな》さま、哀れな乞食にどうぞ一文。――」

ぐいと左手の椀《わん》をつき出した。

その両眼に、ふいに血がとび散った。

二人の女忍者の繊手があがると、投げつけられたマキビシ――四方に釘《くぎ》をねじくれ出させた小さな鉄金具が、小文吾の両眼にくいこんだのである。

「東西、東西。――」

と、小文吾はさけんだ。

あまりの無防禦《ぼうぎょ》ぶりに、にっと嘲笑《ちょうしょう》をうかべて一二歩足をふみ出していた女忍者たちはぎょっとした。

一瞬に両眼をつぶされた小文吾は、そのことに気づかないかのような足どりで――しかも、正確に奥の方へ歩き出したのだ。

「天下のお立合い」

朗々といった。

「――やるなっ」

絶叫して、両側の壁から伊賀者が二人走り寄ったが、それが伊賀者らしくもなく実に不用意であったのは、相手を盲目と見てゆだんをしていたためか、それとも、思いがけぬ相手のおちつきぶりに狼狽《ろうばい》していたためか、右から左へ、樫の棒は一根二針の松葉のように一閃《いっせん》して、ふたりとも血味噌《みそ》と化してたたき伏せられていた。

「——おおっ」

二人の女忍者が、とびずさりながら、鎖鎌《くさりがま》の鎖を薙《な》ぎつけた。

一つの分銅はかんとはねたが、もう一方の鎖は小文吾の右足に、ぎりぎりっと巻きついた。

分銅をはねかえされた女忍者は、片手にその分銅を受けとめるや、こんどは逆に鎌を投げた。鎌と分銅と、まるで機《はた》を織るような妙技であった。鎌は廻転《かいてん》していって、小文吾の左肩に、上からグサとつき立った。

「本多佐渡守様御興行」

平然たる声はつづく。おどろくべきことに、左肩に鎌をつき立てたまま、左腕にささえた椀はそのままであった。

犬田小文吾は、右足に鎖と女忍者をひきずったまま、歩みつづける。玄関から彼は、すでに庭に沿う長い廊下にかかっていた。

四人の女忍者は、まるで魔風に吹かれる花びらのようにあとずさり、その廊下をひいていったが、遠い廊下の端に小姓を従えた佐渡守が立って、じっとこちらを見ているのに気がつくと、その中の忍者刀をひっさげていた二人が、裂帛《れっぱく》の声をあげて刀身をひらめかした。

一刀は棒ではねのけられたが、間髪を入れず、その棒は小文吾の腕をつけたまま庭へ飛んだ。盲目の小文吾は、右腕を肩のつけねから斬りおとされたのである。

「伊賀甲賀珠とりの忍法争い」

小文吾は左腕の椀をつき出したまま歩く。手にもはや何の武器もなく、いや、その手の一本は斬りおとされ、頭から朱をあびたような姿で、しかも歩みをとどめぬ姿は、すでに人間ではない凄惨《せいさん》無比の鬼気にあふれていた。

さすがの佐渡守もまるで金縛りになったように立ちすくんでいる。――それに見えない眼をむけて、

「勝負や、いかにっ」

と、小文吾がさけんだとき、そのくびを縦横に、二本の鏢《ひょう》がつらぬいた。

さすがに手の椀をとりおとし、どうと凄《すさま》じいひびきをあげて、犬田小文吾はうちたおされていた。

それっきり彼はうごかなくなったが、その顔が血潮にぬりつぶされたようなのにもかかわらず――実に平静なのを見て、女忍者たちは顔を見合わせた。

「仕止めたはずじゃ」

と、船虫がいった。二本の鏢は、まさにとどめを刺したにひとしいはずであった。

そして、死人の顔のあまりにも平静なのが、神経的にかえってたえがたいいらだちをひき起したとみえて、意を決した様子でつかつかと歩み寄った。

腕も武器もない小文吾の右の方から三歩の位置に立ち、じっとのぞきこみ、安堵《あんど》した様子でそばに寄って、身をかがめた。

そのとき死人の左腕がすうっとのびて、彼女のたもとをつかんだ。とみるまに彼女のくびにからみ、その黒髪をかっと口にくわえた。

「あっ」

いっせいに七人の女忍者たちは駈《か》け寄ったが、乞食の怪力にひきずりたおされた船虫は、相手のからだに重なったまま、旋風のように廻《まわ》って、とっさに手も出せなかった。

形容もできないうめきがあがり、船虫ははねのいた。乞食が彼女の髪を口からはなしたのだ。

「千秋楽は九月九日」

と、いった。消え入るような声であった。

「伏して御見物願いあげ奉る。――」

がくりと投げ出された左腕からころがり出したものを見て、七人の女忍者は息をのんだ。それは血まみれの一個の眼球であった。

彼女たちははっとしてふりむいた。

のけぞっていった船虫は、柱に背をぶっつけて立ちなおったが、その美しい頬に――左の眼から血をしたたらせている。

その眼は、異様なひかりをはなっていた。ふつうの瞳《ひとみ》ではなかった。それは晃《こう》たる無機質の光沢をもって、かっと見ひらかれたまま、まばたきもしないその表面には、何か文字のようなものが浮かんでいた。

女忍者たちだけがそれを読んだ。

「悦」

と。——

乞食は船虫の左眼を指でえぐりぬき、その代りにその珠を眼窩《がんか》におしこんだのだ。——珠は、さっき椀をとりおとす直前まで、椀に入っていたものであった。

「ううむ。……」

いっせいに息をはいてふりかえると、大の字になった巨大な乞食のからだは、このときしずかに蒼《あお》ざめていったが、その顔には依然として——いや、まるで悠々たる雲の去来を見えない眼で見ているような、円満具足の笑いが、ニンマリと刻みこまれているのであった。

二

「里見のものに相違はない」

と、服部半蔵がいった。

すでに日は暮れはて、座敷には短檠《たんけい》が一本立てられていたが、そのけむりがまっすぐに立ってうごかないほどの静寂である。

正面に本多佐渡守が能面のような無表情で坐《すわ》り、それをかこむ伊賀者のむれは、息もしていないかのようであった。

——沈黙ののち、やっと半蔵がそうつぶやいたのである。

服部半蔵ともあろうものが、わかりきったことをいう。それは承知の上のことだが、彼にしてみれば、何か口をきらずにはいられなかったのだ。

「里見家に、あれほどの甲賀者がおったとは知りませなんだ。去年の暮、安房から帰った船虫らから八人の老人のことをきいて、はて、とくびをかしげましたが、まだあのような男が残っていたとは……詮索《せんさく》不足、まったくわれら服部党の不覚でござりました」

「まだあの男以外に残っておると思うか」

「あの果し状にひとしき——不敵な挑戦状を見るに、左様に存ぜられまする。……しかし、それにしても、里見家が殿に対して、まさかかような反撃を試みるとは」

「……わしも、里見をちと見そこなっておったようだ」

佐渡守は苦笑した。

「いかにもそちの申す通り、あの馬鹿殿が甲賀者を飼い、かように手向ってくる気概をもっているとはな。もっとも、甲賀者を昔から飼い、手向うのはおそらく、あれの国家老正木大膳と申す利《き》け者のさしがねであろうが――さて、どうするか」

佐渡守はつぶやいた。

「里見家とりつぶしをくりあげるか。……いや、いまのところではその口実がない。先刻の曲者《くせもの》の件を追及しても、左様なものは知らぬととぼけるであろう」

それは、こちらが里見家の珠《たま》を盗んで、そらとぼけているのとまったくおなじことである。

「それにしても、先刻の男、不死身の体力、気力をもっておると見えたが……ただひとりでここに乗りこんで、珠を奪えるものとかんがえたのであろうか」

彼はくびをかしげた。

「そのうえ、あのような人を小馬鹿にした果し状をさしつけて――あと、珠をこちらが地中に埋めるなり、海底に投げるなり、或《あ》いはうちくだいてしまえば、万事が終りではないか」

「いいえ、それはなりませぬ」

しゃがれた女の声がきこえた。

船虫だ。彼女はそこに坐っていた。その左眼には黒い眼帯がかけられていた。しかし、ほんのさっき、あれほどの重傷を受けて、もうそこに端然と坐っているとは、実におどろくべき気力だ。

「それでは、伊賀が甲賀に負けることになります」

「伊賀、甲賀」

　と、佐渡守はいった。

「いかにも、伊賀甲賀珠とりの忍法争い、勝負やいかに、と申したな」

「殿」

　と、船虫はいった。

「わたしどもの大坂ゆきは、おとりやめ願えませぬか？」

「やめて、どうする」

「伏姫の珠を、わたしどもが護《まも》りぬきまする。わたしどもが手がけたことでありまするうえに……このような目にあいましては」

　文字通り「このような目」だが、もとより誰も笑った者はない。先刻からみな黙りこんでいたのは、あの無惨絵のような凄惨な光景を思い起していたからだが、ここにいる伊賀者たちの心をとらえていたのは、恐怖ではなく憤怒であった。ましてや、当人の船虫が復《ふく》讐《しゅう》の鬼女ともいうべき人間に化したのは当然のことだ。

「しかも、敵に、このことをはっきりと申してやりまする」

「敵とは？」

「心当りがござりまする。先日申した葭原の大道芸人ら……いまとなっては、やはりあれを見逃すべきではなかったと思います。夜が明ければ、早速もういちどあそこへ参ります。……殿！　どうぞ、わたしたちを、このまま江戸にとどめて下さりませ！」

「もし、先刻の男と同類がおるならば」

と、半蔵もいい出した。

「いかにも、生かしておいては容易ならぬ奴ら、もしこのまま里見家がとりつぶされれば、かえってあとにたたりをなすでござりましょう。むしろ、あの珠を餌《えさ》にきゃつらをひきずりよせて、みな始末した方が、徳川家のおんためにも、本多家のおんためにもなろうと存ずる」

半蔵が陰々たる眼を宙にすえていったのは、この言葉通りの可能性が大いにあり得ることとはべつに、やはり彼も先刻の挑戦状にあった「伊賀甲賀の忍法争い」という一句にひっかかっているのだ。――きゃつは、そのことを天下に広告した！

「ふむ、いまになって相知れたぞ」

佐渡守がふいにうなずいた。

「さっきの男、勇猛は勇猛とはいえ、あまりにも無芸に見えたが……さては、これが狙いであったのじゃな。珠をぶじに残しておくため――珠を伊賀者に託すために。――」

はっと伊賀者たちは一様に吐胸《とむね》をつかれた顔色であった。

「それを承知で、きゃつの手に乗ってみるか」

「では、殿。――甲賀者と争うのをおゆるし下さりまするか」

と、船虫はさけんだ。

「よろこんで、きゃつらの手に乗って――乗ったとみせて、かならず甲賀者らことごとく討ち果してみせまする」

「船虫」

と、半蔵は呼び、それから、

「玉梓《たまずさ》、朝顔、夕顔、吹雪《ふぶき》、椿、左母《さも》、牡丹《ぼたん》。——」

と、じゅんじゅんに名を呼んだ。

「やるか？」

「望むところでござります」

八人の女忍者はいっせいに顔をふりあげた。その妖艶《ようえん》きわまる顔に、いずれも深沈たるうす笑いが浮かんでいた。

本多佐渡守は、じろっと半蔵を見た。

「やって見よ。わしは服部一党を、忍者としては世にならぶ者もないほど信じておったが……安房にあれほどの甲賀者がおったとは」

そして、実に冷たい、服部組にとっては実にうすきみわるい一語をもらした。

「里見家をつぶすか、残すかは別として……事のなりゆき次第では、その安房の甲賀者らを召しかかえて、公儀の乱波《らっぱ》組としてもよいと思うておるぞ」

「——小文吾はもどって来ぬ」

闇の中で、村雨はつぶやいた。

彼女はふと槐《えんじゅ》の樹かげに二匹の犬とともに身をひそめて、じっと遠い本多佐渡守の屋敷の方を、編笠《あみがさ》越しにながめていた。

村雨は、ここから犬田小文吾が本多家の門へちかづいていったのを見ていた。彼が股間《こかん》から奇怪な白布をたらして歩いていったのを見ていた。しかし、なんのためにそんな奇怪なふるまいをしたのかは見当がつかぬ。

「――小文吾、そんなことをして、ほんとうに珠はとれるのかえ？」

心ぼそげにいう村雨に、

「大丈夫でござる。これが甲賀卍谷秘伝の珠とりのまじないで」

と、小文吾は豪快に笑ってうなずいた。それからつけ加えた。

「ただ、半刻《とき》すぎて拙者が立ちかえりませなんだときは、この八房に乗って、この場を一応お立ちのき下されませ」

そういって、彼が本多邸へのりこんでから、そこまでつたわってくる物凄《ものすさま》じい争闘の音を村雨はきいていた。やがてその物音は絶え、夜が来た。

「小文吾はかえって来ぬ」

村雨はもういちど哀しげにつぶやいた。半刻どころか、もう一刻以上もたっていた。

不安に胸はつぶれるようであったけれど、しかし村雨は思いなおした。いつまでもここにとどまっていてはならぬ。犬田小文吾のことを一刻もはやくつたえにゆかなければならぬ人間がある。

「八房に乗ってゆかれますれば、犬坂毛野の八房が、毛野のところへ奥方さまをおつれ申すでござりましょう」

小文吾がそういったのを思い出したのだ。

「八房、毛野のところへつれておゆき」

ユラリと、村雨が一頭の巨大な犬の背に乗ると、二匹の犬は闇の底を風のように走り出した。

念仏刀

一

「どこへゆく、八房。……」

なんども、村雨はきいた。

二匹の八房は、北へ北へと走ってゆく。日中の風はやや春めいてきたが、夜がふけるとともに、空にかかる三日月は吹きとがれた鎌のようだ。

江戸の地理にくらい村雨は、八房がどこを走っているのかわからない。江戸城をめぐる一帯の幕府の重臣や諸大名の屋敷群の宏壮《こうそう》さにびっくりし、さらにその周囲にみるみる櫛《しっ》比《ぴ》してゆく町家の家並《やなみ》に眼を見張り――それがいずれも新築の木の香をまきちらしているのを嗅《か》いだだけに、それからそれほど遠くない地帯に、こんな荒廃した景観があろうとは思いがけなかった。

草の枯れた水と曠野《こうや》の中に、ぽつんぽつんと寺らしいものがある。それが、夜空の下にいずれも崩れかかっているのだ。

江戸は徳川氏が入府するまでにすでに一大村落であった。江戸氏一族、太田一族、さらに上杉、北条等が或《あ》いはここに居城をおき、宿駅をおくにつれて、あちこちと寺が作られたにちがいない。いや、たとえば浅草観音が祭られたのがすでに推古《すいこ》朝とつたえられるくらいである。しかし、家康は入府するとともに寺の多くを駿府からつれて来た。また彼自身の都市計画によって、新しく丘を崩し、濠《ほり》を掘り、海を埋めたから、人々はその新開地の方へひき寄せられ、かえって古くからある寺や集落が衰微し、荒廃してゆくという現象がまま見られるのであった。

そんなことは、村雨は知らない。そこがどこになるのかわからない。――しかしあとでかんがえると、隅田川に沿う千住《せんじゅ》というあたりであったようだ。

八房は一つの寺に入っていった。

山門は崩れ、境内まで枯草がおいしげり――そして本堂の瓦《かわら》がいたるところにちらばりおちた寺であった。

「ここ？　ここに？」

その本堂のまえで、二匹の八房は立ちどまった。

「こんなところに、犬坂毛野が？」

一頭の八房の背からおりると、八房はふりむいて村雨の顔を見ている。もう一頭の毛野の八房は、もう本堂の廻廊《かいろう》にあがりかかっているようだ。

まるで狐狸《こり》のすみかだ。人がすんでいるとは思われない。――ただ犬にひかれ、犬にみちびかれ、村雨が手さぐりに歩いてゆくと、

「――やっ？」

　ふいに闇の中で人間の声がした。男の声だ。

「なんだ、あれは？」

　ちがう声がきこえた。――声の主たちは、ふいにあらわれた四つの琥珀《こはく》色の眼を見たのだ。それは二頭の八房の眼であった。

「毛野！　毛野ではないかえ？」

　と、村雨は恐ろしさのあまり声をかけた。

「女だ」

　うめいた闇の中の声も、恐怖にふるえている。四つのひかるものが犬とはまだわからず、そこにやさしい女の声がきこえたので、かえってぎょっとしたらしい。

「や、夜中、みだりに推参するとは何者だ」

　と、さけんだ。あとでかんがえると、ここは泥棒の棲家《すみか》であったからこれはおかしい。

「村雨です」

「村雨？……おい、火をつけろ」

　ともかくも、危険性はないと見たらしい。火打石の音がすると、そこにめらっと赤い炎がもえあがった。松明《たいまつ》であった。

　松明の炎に照らされてそこに黒装束の男がふたり照らし出された。覆面はしているが、眼だけみても、あきらかに犬坂毛野の眼ではない。それにまわりの凄じい蜘蛛《くも》の巣といい、またかたむいたふとい円柱といい——村雨はぎょっとして立ちすくんだ。

「お……女かと思ったら、若衆ではないか」

「若衆にしても、いやに女らしいが」

黒頭巾《ずきん》の男は眼をパチパチさせたが、すぐに槍《やり》をとりなおして、

「怪しい奴だ。来い！」と、いいながら、ズカズカと大股《おおまた》に寄ってこようとした。村雨のまえに、ノソリと二匹の八房が出て、眼をひからせて二本の槍をむかえた。——ただの犬ではない、と本能的に感じたらしい。ふたりはピタリと釘《くぎ》づけになった。

「八房、ほんとうに、犬坂毛野はここにいるのかえ？」

「犬坂毛野——お頭の名を、家来みたいに呼ぶうぬはいったい何だ」

犬ににらみすえられ、ふたりの男はうめくようにいった。

「お頭？　では、やはり毛野はここにいるのか。犬坂毛野はわたしの家来です。安房の村雨が来たとつたえて下さい」

「安房の村雨が来た。——」

まだわからない顔をしていたが、あまりにも異様な村雨の出現ぶりと、そのおちつきぶりに、これはただものではない、ということだけは感じられたのであろう。

「ま、待っておれ、しばらく待っておれ」

「ここをうごいてはならんぞ」

というと、背後の腐れかかった戸をひきあけて、ふたりともそこへ駈《か》けこんでいった。

見ていると、松明の火が下へ沈んでゆく。思いがけなく、そんなところに階段があって下に降りてゆくようだ。

「八房」

と、村雨は呼んだ。八房が袴《はかま》のすそをひっぱったからだ。

「待ちや。あの男どもは、ここに待っているようにといった。待っていましょう」

しかし、戸がひらいたので、入っていいと思ったらしく、八房はしきりにひく。もう一四の八房はもう階段を下りてゆこうとしている。

やむなく村雨は、それを追って入った。いま松明が下へ沈むのを見ていなかったら、ころがりおちたかもしれぬ。さきへいった松明の火はもう見えず、あたりは闇黒でただ手さぐりに歩くのだが、木の階段ではなく足の下も、両側も土であった。この荒れ寺には、思いがけず地底に何か作ってあるらしい。

「――犬坂毛野は、何をしているのかしら？」

くびをかしげながら、村雨は土の階段を下りていった。

十五段ばかり下りると、足もとは平地になった。通路は二三歩で右にまがり、また二三歩で左にまがり、そこに大きな板の戸が立ちふさがっていた。板がわれてそこから灯の糸が見える。

そのかすかな灯と、闇に眼がなれたのとで、村雨は上部をささえるふとい梁《はり》や、板戸をかこむ柱を見た。どうやら、こんなところに一室を作っているらしい。これでは灯をともしても、外部にはまったく洩《も》れないわけだ。

村雨はその灯の糸に眼をあてて息をのんだ。

戸の向うは二十帖《じょう》敷くらいの座敷になっている。横の唐紙があいてそこにも次の座敷らしいものの一部が見えるところから判断すると、少なくとも部屋はここ一つではないらしい。

——それが、どの唐紙といい、調度といい、また一方に積みかさねられている長持や葛籠《つづら》といい——館山の城の奥座敷にもおとらないほどの豪奢《ごうしゃ》ながめなのだ。

そこに十数人の女たちが環《わ》をつくっていた。みな若くて美しい女で、なかには、どういうわけかなまめかしい半裸のものもあった。

環の中に、ひとりの若い男が立っていた。身支度をととのえているところで、それを女たちが手つだっているのだ。環の外には、さっきの番人らしい二人の男がひれ伏して何かいっている声がきこえる。

「安房の村雨さま。……うぬら気でも狂ったか」

若い男は、あわてていた。しかし、凄《すご》いほどいい男だ。——その凄味にいちどは別人かとも思ったが、すぐに村雨はそこになつかしい八犬士の息子のひとりの顔を見出《みいだ》した。

「しかし、気が狂ったとしても、うぬらが村雨さまのおん名を知っておるはずはないな。……どこにおられる？」

身支度をととのえると、つかつかと歩いて来て戸をあけた。

「毛野。……わたしはここにいます」

「……や！」

「村雨です」

犬坂毛野はとびずさり、じいっと村雨を見つめていたが、いきなりそこへ坐《すわ》ってしまった。

「おお、村雨さま。……大きゅうなられましたなあ」

凄味のある美貌《びぼう》が、一瞬まのびして、また別人のようにやさしい顔に一変した。

「村雨さま、村雨さまが江戸へ？　どうして？」

「里見家の大難を救ってもらうために」

毛野は、はたと沈黙した。

「毛野、伏姫さまのおん珠《たま》が盗まれたことは知っていますか」

「……存じております」

村雨の顔にチラとふしんの色がながれたが、すぐに眼をかがやかせて、

「ああ、そなたはこんなところで、味方をあつめて珠をとりかえす謀事《はかりごと》を練っているのですね。何しろ、相手は天下の公儀だから、あたりまえです」

毛野は眼を白黒させていたが、やがていった。

「奥方さま、どうして拙者の居場所をお知りなされました」

「八房につれてきてもらいました」

「八房——おお、八房が二頭、一頭は小文吾の八房ではありませぬか。小文吾にお逢《あ》いなされましたか。小文吾もお供してきたのでござりますか」

「犬田小文吾は、本多佐渡守どののところへ、棒一本だけもってのりこんでゆきました」

二

——話をきいて、

「やったな、小文吾」

と、思う。

犬田小文吾が、何はともあれ、真一文字に本多佐渡守の屋敷にのりこんでいったわけも、そのふんどしの文字の意味も、こだまのように胸にひびく。それは珠を盗んだ伊賀者の自尊心を挑発し、珠とり争いを成立させるためだ。そして何よりも小文吾が、村雨さまに逢うや否や、そんな行動に出たきもちがわかる。

「毛野、小文吾はどうしたのであろうか」

「……死んだでありましょう」

「死んだ？　小文吾は死んだ？」

村雨はさけんだ。

「ああ、やっぱり——けれど、小文吾は、きっとぶじに珠をとってくるといったのに」

「珠は拙者がとって参りまする」

と、いって、犬坂毛野はじぶんであっけにとられている。しかし、それは真実の声であった。

「そなたが——いつ？」

「これから」

「これから？——小文吾が死んだというのに」

「それもたしかめる必要がありますれば」

「毛野、それは、早い方がよい。一刻もはやく珠をとりかえして、殿のところへおとどけし、御安心させたい。——けれど、相手は本多佐渡でありまするぞ。そなたの家来は何人いる？」

「十三人おります。おい、一同出て参れ」

するど、となりの穴蔵みたいなところから、ぞろぞろと男たちが、うやうやしくあらわれた。十一人、先刻の番人とあわせて、いかにも十三人である。しかし、その顔をみて、村雨はちょっと小首をかたむけた。

いずれも、あんまり強そうにない。病人みたいに痩《や》せこけた男もいるし、お盆みたいにまるい好人物そのものといった顔の男もいるし、口をあんぐりあけて、ふつうではないのではないかと見える男もいる。

「これが……伏姫さまの珠をうばいかえすために働いてくれるそなたの家来か」

「さ、左様でござります」

「御苦労です。かたじけない。……村雨、お礼を申しまするぞえ」

村雨があたまをさげても、なお口をあんぐりあけている奴がいるので、

「おれの御主君さまだ！　お辞儀せぬか！」

犬坂毛野が叱咤《しった》した。十三人の男はおどろいて、がばとひれ伏したが、まだめんくらっている。この精悍《せいかん》無比、どこか残忍なところすらある首領に、主君とあおぐような女人があろうとは、いま初耳だからだ。

彼らはみんな泥棒であった。もともとコソ泥だった奴もあるが、しかし半分は俠盗《きょうとう》犬坂毛野に万死に一生を救われた貧乏人の中から、特別志願をして一味に加わった連中だ。いずれにしろ、いまは富者から奪って貧者に配するという毛野の人生目的に共鳴し、心酔している男たちなのだ。

おれの御主君さま、と毛野は心中にかんがえた。まことにこの村雨のおん方こそ、じぶんの主君だ。おれは、あの安房守忠義さまなどのために死ぬのではない。

おれが死ぬ？　おれは死ぬつもりでいるのか？

「毛野、たったこれだけの人数で、大丈夫かえ？」

何やら漠然とした顔色になった毛野に、村雨は不安をおぼえたらしくいった。

犬坂毛野はかんがえこんでいる。先夜の本多屋敷につめていた伊賀者たちの凄《すさま》じい追跡ぶりを思い出している。

「いや、このものどもは使えませぬ」

と、彼は顔をあげた。

「拙者ひとりで参ります」

「そなたひとりで……」

「小文吾は、甲賀伊賀、珠とりの忍法争い、と果し状を投げつけたとやら……ただ、珠をとるばかりでなく、これは忍法争いなのでござります。甲賀の名において、拙者ひとりで立ち合って参りまする」

「甲賀忍法、それは、どんな――」

「村雨さま、恐れ入った儀にはござりまするが、しばらくこの寺の外にてお待ち下されまし。拙者おあとよりただちに参ります」

と、犬坂毛野はいった。

「拙者ひとりとは申しましたが、密々にこのものどもに頼みたいことがござりますれば」

村雨は素直にうなずいて、八房をつれて去った。

その姿が土の階段の上に消えると、犬坂毛野はふりむいた。

「うぬら」

と見まわして、

「おれのためなら、いつでも死んでくれると申したな」

「その通りでござります」

と、十三人の男たちはいった。男たちばかりでなく、そこにいた十三人の女たちも。

女たちは、毛野がさらって来たものではない。やはり毛野に救われた貧しい娘たちだ。しかも、世に出れば法の仕置にかけられずにはいられない女たちであった。しかし、それが美しい女ばかりであることは、毛野がたんなる慈善だけで養っているのではないことを証明している。毛野は、十三人の女をみんな愛していた。むろん、肉体的な意味だけだ。そんなことに遠慮があるくらいなら、はじめから盗賊などはやらない。盗賊稼業の面白さ、盗んだものを貧者にばらまく愉《たの》しさ――それとこれとは別の話だと、頭からわりきっている。そしてその女たちを愛撫《あいぶ》する方法は、いつか彼が犬田小文吾に「――いま、やりたいことをやれる人間は、天下におれが第一だろう」と誇ったほど傍若無人なものであった。そして女たちもみなこの世の規矩《きく》を越えた若い首領を愛し、彼の快楽の泉となることに全精魂をささげていた。

「うぬらにはじめて働いてもらうときが来た」

むしろ、冷たい笑顔で毛野はいった。

実際彼は、二十六人の男や女を、盗賊そのものに使ったことはない。せいぜい見張りか運搬か、或《ある》いは分配作業に使うのみで、あとは彼一人の働きであった。

「いのちをくれとはいわない。女は――からだをくれ」

「からだを――？」

女たちは、からだはすでにささげてあるではありませんか、といった顔をした。

「おまえたち、この十三人の男に身をまかせろ」

「えっ、それは——」

「おれが頼むのだ」

それから、男たちにいった。

「うぬらは、うぬらの摩羅《まら》をくれ」

「えっ、それは」

「おれが命じるのだ」

顔見合わせる配下たちのまえで、いまじぶんのいったことを忘れたような顔で、犬坂毛野は思案している。

それは甲賀卍谷で学んできたものではなく、曾《かつ》てじぶんの首領であった大盗賊向坂甚内から教えられた風摩の忍法であった。教えた甚内も試みたことがないといったが、教えられた毛野もいままで使ったことがない。その忍法を実現するのに要るものが、容易に求めうべからざるものであるし、さらに、それを使うことは、当人のいのちを確実にちぢめるものときいていたからだ。

「おれは、ひょっとしたら、死ぬかもしれぬ」

「お頭が、いったい、何をなさろうってんで？」

「おれが今夜、朝まで帰ってこなんだら、おれは死んだものと思ってくれ。犬坂党は解散だ。ここにある財宝はみなで分けろ。そして正業につけ」

「なんのことかわからねえ。お頭！　お頭が死になさるなんて！」

うすばかの配下が、ふいに泣き声をあげた。毛野は微笑した。

「おれを殺したくないと思ったら、いまいったものをおれにくれ」

犬坂毛野が、配下の男女たちに服従させた行為は、実に途方もないことであった。

彼は、配下たちをことごとく裸体とさせ、男たちすべてに女を抱かせた。交わらせた。立たせた。歩かせた。そして、腹と腹のあいだに、一本ずつの刀身をはさませた。それから、念仏をとなえることを命じた。

「南無阿弥陀仏《なむあみだぶつ》、南無阿弥陀仏。……」

一本の燭台《しょくだい》を中心におき、彼はその下に坐《すわ》った。

「廻れ」

奇怪な十三組の群舞は、地底の座敷をめぐりはじめた。腹をはなすと、刀身がすべりおちるので、それはできない。必死に密着させ、しかも歩いているので、刀身は徐々に下がってゆく。

「南無阿弥陀仏、南無阿弥陀仏。……」

この努力と恐怖が、筋肉の異様な緊張と微妙な蠕動《ぜんどう》をひき起して、はじめ蒼《あお》ざめ、粟《あわ》を生じ、こわばっていた男と女たちは、いまだ曾て知らなかった感覚に巻きこまれ、ついにあちこちで、たまぎるような快美のさけびをあげはじめた。

「南無阿弥陀仏！」

それは快美のさけびであったか、痛苦のさけびであったか。――そのさけびをあげた刹《せつ》那《な》、つぎつぎに彼らのからだははなれた。はなれたあとに、一本ずつの刀と、一本ずつの肉筒がおちた。

忍法「盗」

一

「お頭」

闇の中から駈《か》けてきた四つ五つの影がそう呼んだ。

「葭原一帯、眠っておる芸人や香具師《やし》のたぐいをたたき起し、犬使いの軽業師二人の住家をきいて廻《まわ》りましたが、きゃつら両人ふだんはどこに住んでおるのか、だれも知っている者はありませぬ」

「左様か」

と、服部半蔵はうなずいた。

「よい、夜が明けたらわたしたちが見にゆこう」

女の声がいった。

真夜中をすぎて、もう夜明けにちかい時刻であった。三日月はすでに沈み、江戸城をめぐる濠《ほり》づたいにヒタヒタと歩く一隊はすべて黒衣であったから、常人ならばゆき逢《あ》っても気がつかなかったかもしれぬ。

葭原に捜索にゆかせた伊賀者が、これを見つけて駈け寄って来たのは、うるしのような闇でも薄明のごとく見える忍者なればこそだ。――しかし、報告して、彼らはその行列の中の八人の女のうち――船虫のかついでいるものを見て、おっ、と眼を見張った。

船虫は一本の槍《やり》をかついでいた。その槍の穂先には、生首が一つつき刺さっていた。蓬々《ほうほう》たる髪、両眼にうちこまれたマキビシ、しかも、その顔はにっと笑っているようだ。いうまでもなく、きのうの夕方、本多佐渡守の屋敷に単身なぐりこみ、凄惨《せいさん》無比の最期をとげた乞食《こじき》の首だが、そのニンマリとした口に、白い布がくわえさせてある。布には文字があった。

「伊賀甲賀珠《たま》とりの忍法争い、勝負やいかに、千秋楽は九月九日」

これは、彼自身がひきずってきて、本多屋敷の表門に縫いとめたふんどしの一部分を裂いたのだ。

「葭原にいってもむだ、存外、きゃつらはこのちかくにおるかもしれぬ」

「もし、あの軽業師がこの男の仲間ならば」

「少なくとも、この男の仲間の甲賀者がおるはず」

「でなくば、このような果し状をつきつけて、この男が死ぬはずはない」

女たちは陰々といった。みな、うす笑いを浮かべていた。

「きゃつらが、どこかでわたしたちをじっと見ているということは充分かんがえられる。これは、その果し状、たしかに受けたという合図じゃ」

と、船虫はいって、槍をかついだまま歩き出した。伊賀組の行列もうごき出す。

彼らは本多佐渡守の屋敷をひきはらい、服部屋敷にかえるところであった。

八つの珠は、船虫、玉梓、朝顔、夕顔、吹雪、椿、左母、牡丹の八人が、少なくとも九月九日までは、伊賀の忍者の面目にかけてきっと護《まも》り通してごらんに入れる。しかれば、これ以上この珠をお屋敷においておくのは、さきほどの騒ぎのごとく、かえって御迷惑となるおそれがあるといって、八つの珠を八人の女があずかることを佐渡守に請うたのである。

佐渡守はこれをゆるした。何をかんがえているのかわからない能面のような顔であったが、ともかくも黙ってうなずいた。

松原小路から城をめぐって半蔵門へ。——

半蔵門の名はいまだに残っているが、これはこの門のちかくに——現在の麹町《こうじまち》八丁目あたりに——服部半蔵の屋敷があったからこう呼ばれたのである。服部半蔵ひきいるところの伊賀組は、表面江戸城諸門の警衛にあたっていたから、こうあからさまに呼んでも、人は異としなかったのであろう。

彼らは、ひそかに服部屋敷に帰った。

しかし、むろん、里見の甲賀者がこれを追っていることは充分可能性ありと見て、屋敷のいたるところには、伊賀者が見張っていたのである。

とはいえ、見張りの伊賀者たちは、まさか昨夜のきょう——いや、その夜がまだ明けぬうちに、音にきこえたこの服部屋敷に、またも第二の甲賀者が入ってこようとはかんがえていなかった。

それなのに、それは入って来た。

二

だれかひとり、塀の軒下に一本の蠟燭《ろうそく》がもえているのを見た。あまり堂々ともえているので、邸内の者の持つ蠟燭であろうと思い、さらに、それがうごかず、且、塀の内側という位置の怪しさに、

「——はてな？」

と、くびをひねったとき、その蠟燭がふっと消えた。

消えたのではない、そのまえにだれか立ったのだと気がついたとき——気がついた男は即死していた。

即死した男も、なぜじぶんが死んだのか、わからずじまいであっただろう。何者もそばに寄らず、何物も飛来しなかった。にもかかわらず、彼はみぞおちに凄《すさま》じい拳《こぶし》の一撃をくらって、声もたてずに崩折《くずお》れたのだ。

二人組で警衛している伊賀者があった。ひとりが玄関にちかい立木にこの蠟燭を見た。その蠟燭の根もとが横に錐《きり》のようなものでつらぬかれて、それが立木につき立てられてい

るのに気がついたとき、遠い影が灯をさえぎって、これまた当身をくわされて絶命した。

「やっ？」

一間ばかりはなれていた伊賀者が声をあげたのは、ふいに同僚がたおれたことに動顛《どうてん》したただけで、位置がちがっていたから、蠟燭をへだてた影にはまだ気がつかなかったが、しかしこれも次の瞬間には友を追ってあの世へいった。

「なんだ？」

庭から、屋敷の奥から、疾風のように伊賀者たちが馳《は》せ集まり、駈け出してきたが、彼らは、こんどはたおれている仲間よりも、玄関から廊下へ、点々とつらなっている数本の蠟燭に仰天した。

「曲者《くせもの》だ！」

「出合え！」

さけんだが、曲者の姿は見えない。——いや、何者の姿も見えないのに、ただ黒くながい影だけが廊下を這《は》い、壁を這い——その影が、じぶんたちにふれた刹那、彼らはみな血しぶきをあげた。

廊下の壁にうつる影は、たしかに腕をもち、一刀をひっさげ、一刀のさきからは血のしずくがおちていた。刀身も血のしずくも、いずれも影だ。

「甲賀者か！」

服部半蔵と八人の女忍者は駈け出してきて、一党の伊賀者たちが右往左往し、また算をみだしてたおれている光景よりも、点々とあちこちにもえている蠟燭を見て、かっと眼をむいた。

蠟燭とみえたのは、男根であった。

錐で横なりに串刺《くしざ》しになった男根が、その錐で壁や柱に刺しこめられて、めらめらともえているのだ。

「里見の甲賀者か」

と、半蔵は絶叫した。

「ちがう」

どこか——すぐちかくで笑う声がかえってきた。

「盗賊だ。ただ、珠盗みの——」

その盗賊が、どこにいるのかわからない半蔵はこのとき、男根の蠟燭の奇怪な影響にはじめて気がついた。

その灯は見える。が、その灯のあかりの及ぶ範囲外、物蔭《ものかげ》はまったく闇黒なのだ。これが常人なら当然のことだが、闇をも見通す伊賀の忍者にはあり得ないことであった。なまじ灯があるだけに、その灯が、かえって伊賀者に闇を作った！

声がまた笑った。

「伊賀甲賀、珠とりの忍法争い。——」

半蔵と八人の女忍者は狂気のごとくその声のあたりにマキビシを投げた。マキビシはむなしく壁や床につき刺さって霰《あられ》のような音を発しただけであった。

突如として朝顔が悲鳴をあげた。

彼女のきものは胸もとから帯にかけて、ばらりと切り裂かれた。まっしろな乳房と腹がむき出しになった。その乳くびがぐいと指さきでつかまれて、ねじあげられた。

「あーっ」

さしもの朝顔がのけぞりかえって、悲鳴をあげた。一方の乳くびをねじ切られたのだ。はじけた柘榴《ざくろ》みたいになった傷口に、キラッと何やらひかった。

どうとうしろへたおれた朝顔の乳房にひかるものを見て、服部半蔵はとびのいた。

「盗」

その字が見えた。

傷口にねじこまれたのは珠だ。

そこから影がさっとひくと、廊下にころがっていたもう一つの珠を——朝顔のふところからころがりおちた「悌《てい》」の珠をつかんで遠くへ消えてゆくのを、半蔵は見た。——余人ならば、その「悌」の珠がひとりでにすべってゆくように見えただろう。

「影だ！」

半蔵は絶叫した。

「影が生きておるぞ。きゃつ、影を使うぞ！　影にふれるな、影から身を避けよ！」

朝顔をのこして、七人の女忍者はとび散った。

半裸というより全裸にちかい姿となってのたうちまわる朝顔の上に、また影がすうと這いのぼった。その影の手に刀影らしいものがつかまれているのが見える。——と思ったとき、刀影は朝顔のくびをかすめて、その首が胴からはなれた。

声がきこえた。

「勝負やいかにっ」

声は廊下の床から出た。そこに伸びている影の頭部らしいところから発した。

とびのいた半蔵は、その奇怪さよりも、心眼をこらしてじいっと向うの男根蠟燭の方をにらんでいる。——そのまえに、たしかに何者か立っている。黒い影が朦朧《もうろう》と浮かんでいるようだが、さらに凝視すると、かえってそれは半透明になった。

びゅっ！

半蔵の手から鏢《ひょう》がとんだ。鏢はその影に命中したが、それはそこに実体のないもののごとく通りぬけて、向うの壁につき立った。

と、みるや、その半透明の影はふっと消えて、ちがった場所に火の糸がとんだ。ぴしっと音をたてて、そこに別の男根蠟燭がつき立てられ、そこからめらめらと炎があがりはじめ——思いがけないところで、伊賀者のひとりがまた血けむりをたててのけぞった。

「あれを消せ！　あの蠟燭を消せ！」

半蔵は柱のかげで、地団駄ふんでさけんだ。

この敵は影をあやつる。その影は、あの奇怪な蠟燭によって生ずるのだ。そうと見きわめて絶叫したのであったが、声に応じて蠟燭のところへ駈《か》け寄ろうとした伊賀者は、影によって斃《たお》されるのだ。

数本の蠟燭めがけて、七人の女忍者の手からマキビシや鏢がみだれ飛んだ。それはいずれも、みごとに命中した。

しかも——蠟燭はたおれない。落ちない。消えない。蠟ではなくたしかに肉につき刺さる音はきこえるのに——それどころか、つき刺さったところから、血とも粘液ともつかぬものをしたたらせているのに、脂《あぶら》のようにいっそう勢いよく炎をあげはじめるのだ。

「——おおっ、影を斬れ！　影こそ実体であるぞ！」

ついに服部半蔵は見破った。

声と同時に、蠟燭を背にして、床に壁に這う巨大な影に、無数の鏢や手裏剣がとんだ。

「——うっ」

果たせるかな、うめきがあがった。が、次の瞬間、また二三本の蠟燭が天井にとび、逆さに吸いついた男根が、そこからぼうと燃えはじめる。影は消えた。

「きゃっ！」

「どこへ？」

物蔭から駈け出した七人の女忍者のうち、夕顔の裾《すそ》がひとりでにまくれあがった。それは乳房の上まで巻きあげられて、みなの眼に蛙のように白い腹が見えた。

「あっ」

思わずしゃがみこむ夕顔の背に、血すじがはしった。こんどはのけぞりながら、夕顔は片腕で胸をおさえた。その胸からキラとひかりつつ、何やらすべりおちようとする。

「やらぬっ！」

夕顔は絶叫して、片手の一刀でおのれの胸の前一寸の空間を斬った。——と、どこかで、どすっという音がして、壁にぱっと血しぶきが散った。

一瞬、その壁の下に、腕をつかんだ黒頭巾《ずきん》黒衣の男の姿が、ぼうと浮かびあがった。彼は刃を口にくわえ、斬られた左腕のこぶしがつかんでいるものを、右手でとろうとしていた。

半蔵は、夕顔の「智」の珠も奪われたことを知った。まっしろな背を鮮血に染め、床に這って絶命した夕顔をかえりみるいとまもなく、

「あそこにおるぞ！」

半蔵を先頭に、六人の女忍者は殺到した。そのまえに、肘《ひじ》から切断された片腕がたたきつけられた。

「うふふふふふ」

ふくみ笑いとともに、こんどは庭の立木に二三本の摩羅蠟燭《ろうそく》がもえあがり、座敷から彼の姿はふたたびふっと消えていた。

「逃がすな！」

伊賀組は、いっせいに庭へ馳《は》せ下りた。

庭にながく影が指す。影にふれた伊賀者は血しぶきをまいて、そこにたおれる。影から逃げながら、影をめがけて伊賀者は手裏剣を撃つ。

これは影と実体の死闘であった。

蠟燭は庭の立木につき立てられながら、しだいに塀の方へ移動してゆく。あきらかに逃げようとしているのだ。

いうまでもなく、この奇怪な蠟燭は、交合中切断された犬坂党の配下の十三本の摩羅であった。

これをもやすことによって、生ずるおのれの影に生命力を与える。――影によって斬り、影によって盗む。音もなく、匂いもなく、思わざる位置まで這《は》い寄って、目的を達する。――それはほとんど不可抗の力をもつようで、しかし、ひとたび敵に気づかれれば、実体以上の弱点があった。影を刺され、影を斬られれば、同時に実体もまた同様の損傷を受けるということだった。

そしてまた、おのれの影によって実体と同様のはたらきをするということは、破天荒の自在さをもつようで、思いがけぬ不自由さもあった。それは、人間が影をあやつるということに馴《な》れないからだ。あやつる当人が、その距離、方角、うごきに錯覚を来たさざるを得ないからだ。

さらに、この忍法を伝授されても、これを自由にふるうだけほしいままに練磨できぬ理由があった。このわざを教えた風摩流忍者の向坂甚内が、ほとんどこれを試みたことがないというのもむべなるかな、この忍法をあやつるものは、同時におのれの生命力を削るからだ。

影におのれの生命を移す。——この驚倒すべき忍法は、移しただけの生命力を失うといっていいほど凄《すさま》じい念力の消耗を必要とした。それだけに、実体のうごきは、きわめて緩慢とならざるを得なかった。

「おれにとっては、恥っかきだ」

と、侠盗《きょうとう》のほこりを持つ犬坂毛野はつぶやいた。いままで何十回何百回泥棒をしてきたか数も知れないが、しかし、いちどもこんなじぶんのいのちをわれから削るようなまねをしたこともないし、必要を感じたこともない。

しかし、こんどばかりは。——

すでに身を以《もっ》て恐るべきことを知っている伊賀組の本拠に入る。しかも、そこから敵の護《まも》る珠を盗む。——この大難事をなしとげるには、さすがの怪盗犬坂毛野も、みずからのいのちを削る忍法摩羅蠟燭をつかうよりほかはないことを覚悟したのだ。

彼は八犬士の仲間が江戸にいることを知っていた。その所在を知っているものもあった。しかし彼は、その助けを求めることはおろか、相談することもしたくなかった。彼は、ただひとりでやってのけたかったのだ。それは、或《あ》る女人に対する彼の見栄《みえ》であった。たとえいのちを削ろうと。

いや、いのちを削るどころか。——

いま犬坂毛野は、服部屋敷の土塀の上におどりあがった。そして最後の一本の摩羅蠟燭を右腕に持った。とみるや、それを片手なぐりにうしろの欅《けやき》の木へ投げた。蠟燭は、ぴしいっと音をたてて、高い幹につき刺さった。

「おおっ、きゃっ！」

庭でうなるようなどよめきがあがった。

伊賀者たちは、いまやあきらかに曲者《くせもの》の姿を見た。黒衣の姿はズタズタになり、鮮血にまみれ、そのうえ左腕は肘から断たれた姿を。

見えたのは、蠟燭が彼の背後に立てられたからだ。妖《あや》かしの影は庭におちず、外部に投げられた。

蠟燭は無惨なばかりに彼の凄じい姿をはっきりと浮かびあがらせた。それは死の標的以外の何物でもなかった。

けものの吼《ほ》えるような声とともに、夜気を切って十数本の手裏剣がとび、その背にはりねずみのようにつき刺さった。

それでも彼は、しばしがっしと塀の上に立っている。のみならず、右腕をながく、だれかにささげるように前へさしのばした。その掌にのっていた二つの珠《たま》が、ふっと日に照らされた小さな氷塊のように溶けて消えた。

同時に彼は、塀の内側にころがりおちた。

塀の外の往来にながく——十間以上の距離の木蔭《こかげ》に、二頭の八房とともに立ち、不安げな顔で服部屋敷の方をながめていた村雨は、じぶんの足もとに黒い影がのびてきたと見た瞬間、そこに二つの珠が忽然《こつぜん》ところがっているのを見た。

彼女はそれをひろいあげてさけんだ。

「おお、智！　悌《てい》！」

八門遁甲《はちもんとんこう》

一

「智」と「悌」の珠は、血にぬれていた。

村雨は、犬坂毛野が死んだことを知った。どういう経過で死んだかはわからない。ただ服部屋敷の中の欅の大木に燃える妖《あや》しい蠟燭の光芒《こうぼう》を背に、土塀の上に立って、はりねずみのように手裏剣を浴びた毛野の姿を見たのである。

そして彼女は突然、じぶんの足もとに二つの珠を発見した。

それが、どうしてそこにころがって来たのかは知らず、村雨はそれをつかむと、ともかく数十歩逃げた。

ふりかえってみると、服部屋敷の叫喚ははたと消え、静寂にもどっている。村雨は、その静寂をむしろ怪しむという疑惑をもたなかった。

「毛野の八房」

と、一頭の犬をよび、血まみれの「智」の珠をくわえさせた。

「小文吾の八房」

と、もう一頭の犬をよび、これまた血まみれの「悌」の珠をくわえさせる。

「安房へおゆき、わかるであろう、里見家を滅ぼさないための伏姫の珠じゃ。早う、館山の城へいって、正木大膳にとどけてたも。――」

かろく尻《しり》をたたくと、二匹の八房は猛然として東の方へ走り去る。

……じぶんが館山をぬけ出してきた意味はあったのだ。じぶんが江戸に来ると、たちまちらとそう思ったが、しかし村雨は、それをじぶんのせいとかんがえなかった。いうまち二つの伏姫の珠をうばいかえし、殿のところへ送ることができたではないか。でもなく、犬田小文吾と犬坂毛野のおかげだ。小文吾と毛野は、じぶんが頼むやいなや、まるで待ちかねたように敵中に斬りこみ、懐の中のものをとり出すようにこの珠を奪ってくれたのだ。何という忠義な奴ら。……

信じてはいたけれど、恐ろしいほどに思う。正直なところ、二つの珠は安房へやったが、それほどまでして奪いかえさなければならぬものかと思う。……

村雨は、もうふたりの八犬士のいどころを知っていた。犬塚信乃と犬山道節であった。彼らがどこに住んでいるのか知らないが、ひるは葭原というところで、大道芸人をやっているという。――そう、犬坂毛野が、別れるときに教えてくれたのだ。

それならば、彼らと連絡してから珠の奪還にとりかかればいいものを、なぜか毛野はそんな手間ひまもおしむように、真一文字に服部屋敷に入っていった。――それもわからないが、また犬塚信乃や犬山道節が、江戸で大道芸人をやっているというのもそのきもちがわからない。

とにかく、その葭原とやらへいって見よう、そう思いながら村雨は、死んだ豪快な小文吾の顔や、何となく妖気《ようき》にみちた毛野の姿が、それなりのいたましさで胸をかんで、しばしは夜明前の闇の中に立ちすくんでいた。

「――おお」

やっと、気をとりなおして歩きかけた村雨は、ふいに眼を見張った。

「八房ではないか、どうして帰ってきやったえ？」

たったいま安房へ駈《か》け去ったはずの二匹の八房が、ノソリと彼女の足もとに寄ってきて、なつかしげにからだをすりつけた。

「――はてな？」

向うで声がした。

「そこにいるのは、誰だえ？」

「若衆らしいが、はてな」

ふたりの声だ。――それが、音もなく、ちかづいて来た。

村雨はずっと闇を見すかして、小さくさけんだ。

「おお、犬塚と犬山ではないかえ？」

「――あっ、村雨さまではござりませぬか？」

ふたつの影は仰天して、そこへがばとひざをついてしまった。

「やはり、おまえたちもここへ来てくれたのですね。これからわたしはおまえたちのところへゆこうと思っていたのですけれど」

「拙者どものところへ」

「拙者どものいどころを誰におききです」

と、犬塚信乃と犬山道節がいった。暗いので、かえって村雨には、ふたりが誰かかんでわかったようだ。ちかづくと、両人は実に奇怪な服装をしていた。犬山道節はどじょうひげをたれて、香具師《やし》みたいな姿をしているのはいいとして、犬塚信乃は、まったく町娘の姿である。

女だ。……どこからみても女だ。村雨はあきれて、信乃の可憐《かれん》な姿を見下ろした。

「犬坂毛野から」

やっと彼女はいった。

「毛野は、いつか葭原というところで、おまえたちを見たことがあるそうです」

「村雨さま、しかし、あなたさまは」

ふたりは、あえぐようにきいた。

「どうして、そんなお姿で、こんなところへ？」

村雨はこれに対して安房をぬけて江戸へ来たじぶんの悲願をのべたが、ふたりは口をアングリあけたままであった。

村雨は、てっきり両人も伏姫の珠を奪還するためにこのあたりに忍んできたものと信じきっているらしいが、べつにふたりはそんなつもりでやってきたのではない。

実は、信乃と道節は、きのうの夕方、ひとりの乞食《こじき》が本多佐渡守の屋敷に「東西東西、天下のお立合い、本多佐渡守様御興行、伊賀甲賀珠とりの忍法争い、勝負やいかに、千秋楽は九月九日、伏して御見物願いあげ奉る」という途方もないふんどしの広告をひきずって乗りこんでいったという噂をきいた。

むろん、思いあたることがある。彼らもまたそれぞれの父から、悲壮な依託の遺書を受けとっているからだ。どうやら、その乞食の人相、からだつきからして、それは犬田ではないか、と胸にひびくものがあった。

では、犬田は、父の遺書にうごかされてそんなことをやってのけたのか？

感動はしない。むしろ、ばかなことをしたものだ、と思う。甲賀卍谷からの帰り、東海道でたもとを分ったとき、無為にして化《か》す、というのがおれの理想じゃ、などといっていた犬田が、どうしてまた里見の亡霊にとり憑《つ》かれたものか？

それがふしぎで、弥次馬《やじうま》精神旺盛《おうせい》な犬山道節が、いったい犬田はどうなったのか、ちょいと本多屋敷をのぞきにいってみようではないか、といい出したのだ。相棒の信乃が、これは美少年のくせに恐ろしく無精者で、本来なら、そんなことは大儀だよ、と寝ころんでいる男なのだが、このときばかりは、ではいってみようか、と思いがけなくあっさりと腰をあげた。実は信乃は、その無精な点でひどく犬田とウマが合って、別れるとき犬田と行をともにしようか、と思ったくらいなので、さすがに少しは気にかかったとみえる。

ふたりは本多屋敷にいった。それが半刻前ほどのことであった。本多屋敷は、何事もなくしんと静まりかえっている。そのうち、彼らは、夜道を酔って歩いていた二三人の中間《ちゆうげん》から、だいぶまえに生首を槍《やり》にさした黒衣の一隊が、本多屋敷から濠《ほり》づたいに西の方へ歩いていったということをきいた。

父の遺書から、それは、伊賀組ではないか、という直感がはたらいた。槍の首は、犬田らしい。……と信乃と道節は顔を見合わせた。

……危《あやう》いかな、彼らの行方を求めて、その伊賀者が葭原一帯を捜索にいったのと行きちがいになったとは、ふたりは知らない。

知らないから、ノコノコと、こんどは服部屋敷の方へやってきて、おっかなびっくり、ソロソロとちかづいて来たところなのだ。

「それで、毛野はどうしました」

と、信乃がきいた。村雨は話した。

「……そして、服部屋敷は、あの通り古沼のごとく静まりかえっている。……」

と、ふしぎそうにその方をすかしてみていた犬山道節が、ふいにぎょっとしてまわりを見まわした。

「いかん、信乃、見張られているぞ」

「なに？」

信乃も愕然《がくぜん》となり、五六歩、あとへ歩きかけたが、

「……なるほど」

と、うめいた。さすがに両人とも、いっときは甲賀卍谷で修行したほどあって、いつしか蒼茫《そうぼう》と水色になった夜明前のうす闇に、姿は見えないが、たしかに何十人ともしれぬ何者かの眼が、じいっとひかっているのを肌に感じたのであった。

服部屋敷の塀の内側にまろびおちた犬坂毛野が、完全に息絶えているのに、そのからだに、たしかに彼が盗んだはずの二つの珠がどこにもないことを、六人の女忍者は知った。

「……珠はどこへ？」

「……どこかへ、投げたか？」

「……いや、そうは見えなんだ」

「……影ではないか。影をつかって、外の仲間へ渡したのではないか」

「……そういえば、欅《けやき》に妙な蠟燭《ろうそく》の立て方をした」

「……その仲間を逃がすな」

ささやきかわすと、彼女たちは、服部屋敷の伊賀者たちに、外部にいると推定される曲者《くせもの》を網につつむことを依頼した。

内部から外への逃げ道をふさぐ服部一党の独創的な「外縛陣《げばくじん》」。

二

「……しまった」

信乃と道節はさけんだ。小さな声であったが、その声がずーんとじぶんの脳髄までつらぬき通った感じであった。

まさかこの夜、服部屋敷で、村雨の話から想像されるような犬坂毛野の死闘が展開されたとは知らず、知らなければこそノコノコやってきたのだが、このような包囲にあうまで、カンのいい両人がぼんやりしていたというのは、こんなところで村雨のおん方にめぐり逢《あ》ったという、そのことによる自失以外の何物でもなかった。

そして——いま、「しまった」とさけんだのは、じぶんたちのことではなかった。村雨のことであった。

じぶんたちだけなら、何とかして逃げる。或《あ》いはつかまっても、いいのがれる。——もっとも事実は、すでに女忍者に目をつけられていたのだから不可能であったろうが、それは彼らは知らぬが仏である。——しかし、この奥方さまをつれては逃げられない。もしつかまって、村雨さまの正体が曝露《ばくろ》されたら容易ならぬことになる。

のんきな、風来坊のふたりが、吊《つ》りあがったような眼を見合わせた。そしてふたりは、相手がそんな眼つきをしているのをはじめて見、それが村雨さまへの危惧《きぐ》であることをたがいに知ったのである。

「とにかく、濠までゆけ」

「そうだ」

うなずき合うと、道節はいった。

「奥方さま、どうやら伊賀者にかこまれたようでございます」

「えっ――どこに？」

「どこにいるか、わたくしたちにもしかとは見えませぬが。……こうおいでなされませ」

ふたりは両側から村雨をかこむようにして数十歩あるいた。二匹の八房がついてくる。

むろんこの犬は、村雨が安房へやった犬ではなく、信乃と道節の八房だ。薄明というより、まだ常人には闇にちかい暗さであったが、その中に、ふたりはいまにも無数の手裏剣が飛んで来そうな冷気を背におぼえた。

「濠に入るか」

「……まさか、この春寒《はるさむ》に奥方さまを」

と、道節はささやいた。

「それに、三人、濠に潜ったとて所詮《しょせん》のがれられぬわい」

それから、二頭の八房を見て、眼がピカとひかった。

「うん。……信乃、はだかになれ」

「なんだと？」

「そして、きものや襦袢《じゅばん》をわけて二匹の犬にかぶせろ」

「な、なんにするのだ？」

「おまえは、奥方さまを抱き、この濠の石垣にぶら下がるのだ。そして八房を人間に見せる」

「ば、ばかな！」

「などといっているひまはない。それよりもほかに伊賀者の眼をくらます法はない」

――くるくると、犬塚信乃は女衣裳《いしょう》をぬいだ。この春寒に――といまいったくせに、裸になれと命じた道節もひどいが、しかし信乃のように横着な若者が、たちまち下帯ひとつの姿を寒風にさらしたのはよくよくのことだ。

「この世の馬鹿どもに一杯くわせる香具師《やし》稼業は実に面白かったが」

濠端の松の大木を背に、その信乃をかくすようにして立って、犬山道節はどじょうひげをなでてニンマリとした。

「天下にきこえた伊賀者に一杯くわせるのには及ぶまい」

「おい、いったいどうしようというんだ。おれには、まだわからんが」

道節は、信乃の耳に口をあて、二語三語ささやいた。信乃の顔に驚愕《きょうがく》の色がひろがった。

「で、おまえは？」

「大丈夫だろう」

といって、道節はじっと村雨を見つめた。おどけたような眼に、哀しみに似たひかりがやどっているのを村雨は気がつかず、ただ事のなりゆきに茫乎《ぼうこ》としている。が、村雨と眼が逢うと、

「奥方さま、あとは信乃によく頼んでおきましたで」

と、彼は笑った。

「ようござるか、見ておりなされ。犬山道節、卍谷修行のわざを。――」

そういうと、いきなり彼は四つン這《ば》いになった。そのまま、ツツツ――と十数歩あるく。


――

突如として、

「わわわわうっ」

犬そっくりの咆え声をあげると、犬そっくりに駈《か》け出した。あっと口をあけて見送る村雨は、ぐいと横抱きにされた。

「奥方さま、しばらくの御辛抱を。――八房、おまえらはちょっとここで待て」

そういうと、犬塚信乃は村雨を抱いたままスルスルと石垣から濠の水へ下がっていって、ぶらんとぶら下がった。いつのまにか帯の一端を松の根にゆわえつけて、その帯を片腕ににぎっていたのだ。

犬山道節は四つン這いのまま駈けた。

「……あっ」

どこかで声があがった。

「あれは、犬か？」

「いや、人間だ！」

そして、はじめて濠に沿う道に十数の黒影が湧き出した。

犬山道節の疾走は、まさに人間業とは思われなかった。……が相手が伊賀の忍者である。そのうしろを、十数本の手裏剣が流れ星のように追う。二度三度、彼はころがって避けたが、そのあいだに伊賀者たちはどっと殺到する。いや、彼の逃げようとした方角からも、十数の黒影が浮かんで駈けてくる。

「わわわわうっ」

と、犬山道節はまた咆えた。

そのからだに、はりねずみのように手裏剣がつき刺さっていたが、これは悲鳴ではなかった。――彼はこの場合におどけたのである。同時に、犬塚信乃に合図したのである。

「八房、ゆけ！」

石垣の中で、ひくく信乃が叱咤《しった》した。

二頭の八房は、ぱっと両側にわかれると駈け出した。これはほんものだから、まるで矢のごとく早い。

しかも――その胴から四肢へ、女衣裳が着せてあるのだ。しかも、頭部までたくみに袖《そで》でくるんである。白昼、しかも、うごかずにうずくまっていたら、それは犬の品評会みたいに滑稽《こっけい》な姿であったろうが、黎明《れいめい》の闇の底、疾走するこの異形の影は、当然伊賀者らの眼をくらませた。

人間をのせて走るほど巨大な犬である。しかも伊賀者たちは、いま四つン這いに犬みたいに走る人間を目撃したばかりなのだ。

「あれは」

「人だ。三人おった！」

「逃がすな！」

伊賀者はふたつにわかれた。雨を横に吹かせたように手裏剣が走った。が、犬だ。しかもただの犬ではない。妖犬といっても然《しか》るべき八房だ。

二頭の八房は、手裏剣の雨をのがれ、みるみる伊賀者たちをひきはなし、疾風のごとく馳け去った。

「……うまくいったらしゅうござる。しかし、道節は」

濠《ほり》の上で犬塚信乃は、あたりが静寂に帰したのをききすまして、村雨を抱いたまま、そっと帯をつたってのぼり、石垣から眼の上だけをのぞかせた。

遠く、六つの影が立っていた。それが地に伏したもう一つの影を見下ろして環《わ》を作っている。

「……例の葭原の香具師ではないか」

「果たせるかな。きゃつら、甲賀の一味であった」

「もうひとりの女は？」

「いた、人間は三人いた」

そんな話し声がながれてきて、それから信乃をぞっとさせるようなつぶやきがきこえた。

「いま逃げたのは、あれはほんものの犬じゃ、余人は知らず、われら服部くノ一衆の眼はくらまされぬ。あとのふたり、まだそこらにひそんでいるに相違ない」

犬塚信乃は、あわててまた帯をつたって水面ちかくまで下りてきた。水は蒼《あお》みがかったひかりをおびはじめている。夜が明けてきたのだ。

そして、上の道をこちらに歩いてくる跫音《あしおと》がきこえはじめた。

三犬評定

一

濠の上の跫音はちかづいた。

帯ひとすじで水の上にぶら下がった信乃は、帯から手をはなすことをかんがえた。水に入れれば、じぶんは助かる。必ず逃げてみせる。しかし。――

「村雨さま」

と、彼は息をきざむようにいった。お泳ぎになれますまいなあ、といおうとしたのだ。が、すぐにその言葉をのどでのんだ。たとえ泳げようが、この春寒《はるさむ》に奥方さまを水に入れるわけにはゆかぬ。

「しばらく、ここにひとりで帯をつかんでいて下されまし」

「そなたは？」

「拙者は、もういちど様子を見て参ります」

実は、じぶんひとり往来へ出て、できるできないは別として、伊賀者を相手にひとあばれして彼らの注意を濠からそらそうと信乃は決心したのだ。

村雨の返事もきかず、信乃はそのままひとり帯をつたってスルスルと上り出した。

六つの跫音がちかづいて来た。

その跫音が、ふいにとまった。

服部くノ一衆が立ちどまったのは、そのとき南の方からべつの跫音がちかづいてくるのを耳にしたからであった。

ひとりではない、十余人の跫音だ。

女忍者たちは闇をすかし、それが女ばかりらしい、と見て、顔見合わせ、それから疾風のようにその方へ馳け寄った。そして、それがことごとく遊女風の姿をしているのを見て立ちどまった。

この夜明前の時刻、江戸城にちかづく遊女の一団、そうと知って、かえって女忍者たちは拍子抜けしたようであった。女忍者たちは、すぐにその正体を知ったのである。

ところが――二頭の妖《あや》しい犬を追って馳け散った伊賀者で、二三人、この一団を遠くから見とがめた者があったとみえて、ばらばらと馳け寄って来て、

「うぬら、何者か。どこへゆく」

と、逆上した声できいた。

「きょうの御評定所《ごひょうじょうしょ》へ、御給仕に参る西田屋の傾城《けいせい》どもでござりまする」

答えているのは、男の声であった。遊女たちの宰領《さいりょう》らしい。

「――あっ、あれか」

「それなら、よい。ゆけっ」

行列はやって来た。薄明の中にも脂粉の香が匂ってくるような、シャナリシャナリとした歩みぶりであった。

女忍者たちがその正体を知ってああそうかと思い、訊問《じんもん》した伊賀者がすぐに釈放したのは、わけがある。

この時代、遊女というものに対する世間の観念は現代とはまったくちがっていて、それほど不道徳視してはいなかった。

いま葭原の遊女町の支配者たる庄司甚右衛門は、葭原に移るまえ、いちじ鈴ヶ森に傾城屋をひらいていたことがあるが、このころ家康がそのあたりに鷹狩《たかが》りにいった際、いつもそこに立ち寄って、遊女の接待で茶をのんだという。

それくらいだから、いつのころからか、幕府の評定所の開廷日には、葭原の遊女を呼んで茶の接待をさせるという慣習が出来ていた。評定所というのは、一定日に老中や町奉行など幕府の重職が立ち合って、いろいろと公事を評定する場所のことで、のち寛永十三年にいたって和田倉門外竜《たつ》ノ口《くち》に特設されたが、このころはまだ一定の機関があるわけではなく、老中乃至《ないし》奉行の私邸の廻《まわ》りもちになっていた。

「洞房梧園《とうぼうごえん》」という書に、このことについて、「さて御老中御奉行と申すは日に日に諸方の公事をお裁きなされ、御政務のことしげく、ただびとともがい年中に私の御暇あること稀《まれ》なり。されば御評定所の御会日《おんかいび》の節、白拍子などを御給仕にお召しあり、公事御裁許以後、一曲ひとかなでをも仰せつけられ、お慰めに備えられんために上様より仰せつけられしものか」とある。――いまの政治家が、何かといえば新橋赤坂で美妓《びぎ》を侍《はべ》らせて会合する伝統は、万世一系といわなければならない。

むろん、それは下級の売春婦ではなく、しかるべき傾城屋の遊女たちにかぎるのだが、それでもその役を命ぜられた遊女は、さすがに前夜から客を絶ち、身を清潔に保って茶を挽《ひ》いて夜を過した。それから遊女のひまなこと、「茶を挽く」と形容する言葉が生じたという。――

といって、白昼公然となまめかしい遊女が評定所へ出入りするのも、何やらはばかるところがあったのであろう。来るときは夜明前に入って待ち、帰るときは日がくれてから出る。

「……そういえば、きょうは評定衆のおん立合い日」

「そして、本多佐渡守さまのお屋敷」

と、船虫と玉梓がつぶやいた。

遊女の一行は、夜明前の薄闇の中を、濠づたいにシトシトと松原小路の方へ消えてゆく。それを見すまして、六人の女忍者は濠端に駈《か》け寄った。しかし、いかに忍者眼を凝らしても、そのあたり一帯、石垣にも濠の水にも、怪しい影はおろか水鳥一羽も見えなかった。

いや、ただ一本の松の木からダラリと水に垂れ下がった長いひとすじの帯。――それを見て、女忍者たちは眼をひからせ、

「……水じゃ！」

さけぶと、彼女たちは濠づたいに、水面のさざなみをながめつつ、右に左に走り出した。

——それより前。

「——おい、犬飼」

だれにもきこえぬ、地を這《は》ってくる霧のような声を、遊女の宰領をしていた犬飼現八だけがきいた。

「犬塚だ。服部党にかこまれて、そこの松の木から帯で濠にぶら下がっておる」

現八のふとい眉《まゆ》があがった。

「そこの女どもの裲襠《かいどり》を剥《は》いで、二枚投げろ」

だまって、現八は両側をあるいていた遊女の裲襠を剥ぎとって、松の木の下に投げた。ふりむいたのは、そのふたりの遊女だけで、ほかのだれもが気がつかないほどの動作であった。

一瞬のうち、濠から四十五度の角度をえがいて、二羽の風鳥のような影が石垣を翔《か》けのぼっていった。

裲襠を羽織った犬塚信乃は、片手に村雨を抱きかかえ、片手に帯をつかんで、帯のながさだけの振幅を以《もっ》て、身を水平にしていっきにななめに石垣を駈けのぼったのである。

それが地上に現われたとき、濠端をあるいていった遊女の一行は、ちょうどそこを通過しているところであった。

「声をたてるなよ」

と、現八が遊女たちにいったとき、信乃と村雨は、もう遊女とならんで歩いていた。

「助かったよ、犬飼」

と、信乃はいった。そのあでやかな笑顔に現八は笑いもせず、

「どうしたのだ、犬塚」

「まず、このおん方を見ろ」

横に裲襠を羽織った女をのぞいて、犬飼現八のふといのどが、くえっ、というような音をたてた。

二

門番に名乗りをあげて大手をふって通り、本多佐渡守の屋敷の中を、玄関にむかって、そっくりかえって歩いてきたひとりの武士があった。

顔もからだも、おかしなほど四角な武士であった。

その足もとに、どこからか、白くひかる珠がころがってきた。拾いあげて、

「淫《いん》」

と、読み、さすがにはっとした顔で、彼はキョロキョロした。

それから、正確に九十度の角度を以て、彼は横の方へ歩き出した。

「こっち、こっち」

と、犬飼現八があらわれて、心得きった顔で案内した。彼はいくどか、遊女の宰領として、この屋敷に来たことがあるらしい。

「また思いがけぬところで逢《あ》ったの、犬村円太郎」

と、現八は笑顔でいった。

「円太郎ではない。角太郎だ」

と、犬村角太郎はニコリともせずにいった。それっきり、彼の足はうごかない。じっと現八の顔を見ていたが、

「おぬしは、なんのためにかようなところに現われた」

「遊女の宰領だ。それ、きょうの御評定の」

「なるほど」

と、いって、犬村角太郎はしばらく思案していたが、「天下の公事を議するに、御老中衆が遊女風情をそばに侍らせるとは、実に慨嘆にたえん。なんじゃ、いい年をして。——」

と、現代の婦人代議士みたいな、苛烈《かれつ》な、憤然たる顔をした。

「以前から、わしは世にもにがにがしいことに思っておった。そうだ、きょう講義のあとで、是非このことを談じて、撤廃させねばならぬ」

「きょうの講義？　おぬしは何しにここへ来たのだ」

「師匠小幡勘兵衛先生が大坂へ上られた留守中、御評定衆が公事を評定されたあと、先生に代って拙者が軍学の講義をすることになっておるのだ」

そういうと犬村角太郎はくるっと、また正確に百八十度廻れ右してもと来た方角へ立ち去ろうとした。

「おい、待て犬村、話がある」

「おぬしなどと話すことは何もない」

「いま、犬村角太郎と改名したといったな。してみると、おぬしのところへも八房がいったな」

「来た」

向うむきのまま、犬村角太郎はいった。

「しかし、わしはとり合わぬ」

「そうか。そのために犬田小文吾は、昨日この本多屋敷に斬りこんで死んだそうな」

「なにっ？」

「いま、おれはそれとなくそこらをブラブラして見たのだがな、玄関のあたりにまだ刀や槍《やり》のあとが残り、洗いおとしてもまだ血が残り、いや凄《すさま》じいものだ、あのグータラの小文吾がなあ」

「ほほう」

と、いって、角太郎はしばらく玄関の方角に眼をむけている様子であったが、すぐにまた歩き出そうとした。

「ばかげたことに、わしはつき合えん」

「おれも、そう思っていたのだが……ちょっと待て、是非おぬしに逢わせたい人がある」

「誰だ」

「まあいいから、ちょっとこっちへ来てくれよ」

犬飼現八は、犬村角太郎の袖《そで》をひいて供待《ともまち》部屋らしい一劃《いっかく》へつれていった。

一歩入ると、花が咲きみだれたようだ。そこには十数人の遊女がズラリと壁に沿って坐《すわ》っていた。きょうの評定に参会する奉行さまたちがまだやってこないので、ここで遊女たちは待っているとみえる。

その中央に、ひとりの遊女が、ひとりの遊女を遊女髷《まげ》にゆいあげていた。

「おい、犬村、入らないのか」

と、入口に頑張っている角太郎をふりかえって、現八はウンザリしたようにいった。

「入らない。かようなところに入れば、身がけがれる」

「相変らずだな、犬村」

と、髷をゆわれている遊女がいった。あらためて見て、犬村角太郎はさけんだ。

「犬塚小信乃！」

「信乃だ」

と、笑った顔は、髷をゆっている遊女よりもなまめかしかった。――彼はもともとふだんから女装をしている。遊女風に髷をゆわせる髪にことはかかない。

さすがに犬村角太郎はそばに寄って、ピタリと坐り、――まじまじと犬塚信乃をながめて、

「奇態な奴だ。……どうみても女だな」

と、長嘆した。

さて、それから信乃は、犬田小文吾の斬死のこと、犬坂毛野の討死のこと、「智」と「悌《てい》」の珠だけは奪い返したことなどをしゃべった。

犬村角太郎の四角な顔に、しだいにおどろきの色がひろがって来た。ふたりの友人の悲壮な死をきいて感動したのかというと、そうではない。実はこの犬塚信乃が――犬田小文吾とは別のかたちで大変な横着者であることを知っているから、その信乃が、いま生まれてはじめて見るほどの情熱を美しい血とともに頰に浮かべているのにおどろいたためである。

「それで、おぬしは、あとの珠を奪いにこの屋敷に来たのか」

「いや、そうではない。しかとはわからぬが、珠は服部屋敷に、伊賀者が持ち去ったらしい。しかもそれをかくすところなく、おれたちに誇示して、たたかいを挑もうとしているらしいふしが見える」

「では、その衣裳《いしょう》はなんだ」

「思わぬなりゆきで、遊女としてこの屋敷に入ってしまったのだ。遊女に化けねば出られまい。で、くる途中、水におちたといって、現八にたのんで、ここの屋敷から女衣裳一式を借りたところだ。ただし」

と、信乃は笑った。

「これから、これらの遊女とともに佐渡の前にまかり出て、ちょっとからかってやろうと思っての」

「よせよせ」

と、犬村角太郎はいった。

「いま徳川家や本多佐渡守どのに敵対するのは、竜車にむかう蟷螂《とうろう》の斧《おの》だ。わが兵法眼を以《もっ》てすれば、遠からず完全に徳川の天下となる。わしはこの潮流に棹《さお》さして世に出ようと努力しておる。きょうの兵学講義などは、その機会がいよいよ到来したということだ。おぬしら、眼をさまして、わしの真似をしろ、小幡一門に加われ」

「おぬしは、もとから立身主義者だからな」

と、信乃は苦笑いした。

「ばかをいえ、おれが世に出ようとするのは、孫子や韓非子《かんぴし》と同様、法や術を以てわしの志をのべんがためだ。……それは、佐渡守さまのやりくちに気にくわないところもある。気にくわないところがあればこそ、わしが教導する必要があるのだ」

それから、さも軽蔑《けいべつ》したように唇をひんまげていった。

「気にくわぬところはあるが、本多流のやりかたは、あれはあれなりに理屈の通っているところがある。それにくらべて、わが安房藩には、サッパリ理屈が通らん。われらが親ながら、あの八犬士と称する老人連中は非論理の権化であった。それがどのような死に方をしようと、わしは敢《あえ》て眼をつぶる。またつらつら熟考してみるに、安房藩そのものが、主《あるじ》は暗君、家来は無気力、どうみてもカビが生えて、やがて、死滅する国だ。おれは敢て、それも見捨てる」

彼は昂然《こうぜん》とふとい四角な眉をあげた。

「負け馬に賭《か》けるな、というほどわしは功利的ではない。しかし、死馬に賭けるな、とはいう。それが理が立たんからだ。里見家は死馬だ。それを生かそうとして、犬田や犬坂があばれ死しようが、わしはとり合わん。わしはいまはっきりといっておく。大義親《たいぎしん》を滅す。もしおぬしらが里見家のために蠢動《しゅんどう》しようが、わしとは何の関係もない！」

「犬村、うしろを見ろ」

と犬飼現八がいった。

「右から五人目の女人を見てから、もういちどいまのせりふをいってくれ」

犬村角太郎はけげんな表情でくびをねじまわし、じゅんじゅんに遊女の顔を見ていって

——突如、

「おおっ」

と、いままでの荘重な声とは別人のような奇声を発した。

「あれは――あれは――」

四角の口から、骰子《さいころ》みたいな歯があらわれて、カチカチと鳴る。

「村雨のおん方じゃ。十七歳におなりなされたという――」

こんどは、犬飼現八のほうが、それまでの犬村角太郎のような荘重な声でいった。

「村雨さまは、このたびの里見家の大難のもとはじぶんにありと思召《おぼし》されて、たったひとり安房を出て、われらの力を借りようと江戸へおいでなされたそうな」

「それは――それは――」

と、犬村角太郎は口から泡をふいて、くいいるように村雨を見つめた。

遊女髷にゆいかえられた村雨は、なつかしげに角太郎をながめていたが、そのときそっとあたまを下げた。

「犬村、わたしを助けておくれでないか」

犬村角太郎は全身を胴ぶるいさせ、がばと屛風《びょうぶ》みたいにひれ伏してしまった。

「恐れ入った仰せ。……拙者ごときに助けてくれとは……承わるだに、たただだ感泣のほかはござりませぬ！」

「どうぞ、ここにいる三人力を合わせて」

「拙者もう一人、犬江子兵衛を存じておりまするが、しかし、余人の力は借りませぬ、拙者一人だけにて、必ず、必ず！」

「……こちとらとおんなじじゃあねえか」

と、信乃が現八にささやいた。

「いや、こっちよりひでえや」

外《げ》縛《ばく》陣《じん》

一

「おいおい、いつまでもそう這《へ》えつくばっていねえで、頭をあげて、これからどうしたら伏姫さまのおん珠がとり返せるか、かんがえてくんな」

と、犬塚信乃がいった。

「おまえ、兵学をやってるなら、そんな軍略はお手のものだろうが」

「伏姫さまのおん珠は、伊賀屋敷にあると申したな」

「そうらしい。しかし、この屋敷にあるのかもしれねえ。よくわからねえ」

「念のため、佐渡どのに探りを入れて、たしかめて見よう。しかし、伊賀屋敷にあるとすると、ちと骨だぞ」

と、犬村角太郎は腕をくんだ。

「むしろ、この本多屋敷にとどめておいた方がよかったかもしれぬ。犬田小文吾があばれこんだというのは、かえって要らざることをした」

「小文吾は、伏姫さまのおん珠を佐渡がひそかに闇から闇へ葬むってしまうことを恐れたらしい」

　と、犬飼現八がいった。

「それにしても――みすみす死ぬとわかっているものを――あまりに無芸だ」

「小文吾が無芸なことは、はじめからわかっていたではないか」

「ばかだ」

　すると、村雨がきっとしていった。

「死んだ小文吾の悪口をいうことはゆるしませぬ」

「へへっ」

　犬村角太郎は碁盤のごとく平伏した。

「角太郎、ゆるす。顔をあげなさい」

　と、ニヤニヤしていったのは信乃で、

「そこで相談のつづきだが」

「うむ」

「毛野みてえに死なねえで珠を取返す兵法があるか」

「それはこれより、拙者、小幡屋敷に帰宅してのち、端座瞑目《めいもく》、肝胆をくだき、心血をそそいで軍略を練ろう」

「いやにおちついていやがるな」

「日はまだある。九月九日までに奪い返せばよいことじゃ」

「それはそうだが、それまで村雨さまを江戸において、艱難《かんなん》辛苦をおさせ申すつもりか」

と、角太郎の耳に口をあてててささやいたのは犬飼現八だ。

「そんなことをしていたら、村雨さまはおやつれなされ、御病気におなりなされるぞ」

「——あ！」

「小文吾や、毛野が猪突猛進したのは、それを案ずればこそだろう」

「もうひとつある」

こんどは信乃が、角太郎の反対側の耳に口を寄せた。

「あいつら、奥方さまに、てめえのいいところを見せたかったんだよ」

「では、なるべく急ぐ」

と、角太郎はうなずいた。

「ただおれは、伏姫さまのおん珠を奪い返すより、もっと大事なことをかんがえねばならんと思っておる。それは、佐渡の目的は、たんに珠を奪うことにあらずして、里見家をとりつぶすことにあるということだ」

「なんのために里見家に眼をつけたのだ」

「大久保につながる者を根こそぎ始末するためだ。それから、大坂攻めをひかえ、論功行賞の餌を、なるべく多く用意しておく必要もある……」

むろん、これらは村雨にきこえないように、ヒソヒソ話である。

「しかし、これは絶対的なものではない。論功行賞の餌なら、べつに里見家をあてなくともよかろうし、大久保につながるといっても、それなら服部半蔵もそれにつながる」

「お、服部が――」

「里見家がそのいけにえの座からはずされることこそ、いちばん大事なことだ。伏姫さまのおん珠を奪い返しても、里見家が滅ぼされては何もならぬ」

「しかし、珠を奪いかえさねば、里見家が滅んでしまうではないか」

「むろん、珠は奪いかえさねばならん。しかし、そのやりかたに一工夫が要る」

「どうするのだ」

「それをゆるゆると……なるべく早く思案する」

「ゆるゆると、早く、か。なるほど軍学者というものはむずかしいものだ」

「で、本多佐渡に真正面から盾つくのは、毛を吹いて疵《きず》を求めるのたぐいだ。さっきおまえは、佐渡をからかうといったが、あれはよすがいい」

「わかった。わかったが、ちと癪《しゃく》だな」

「どうも、おまえらは智恵が足りないから、放っておくと、何をやり出すかわからん。きょうから、おれのところへ来て、おれの指揮に従え」

「いやだ、軍学者の家など。それくらいなら、はじめから香具師《やし》などにはならねえ」

「現八はどうじゃ」

「女がいるか」

「ばかめ、わが小幡屋敷に出入するのは、兵法に志あるものの、ふばかりだ」

「そんなところにいたら、おれは干上って、死んでしまう」

「では、追ってわしの指示あるまで待機しておれ」

「ほほっ、いばってやがるな」

「ともあれ、村雨さまはわしがおあずかりしておくが……さて、実のところ、わしも小幡屋敷には居候でな。村雨さまをお迎えするとなると、家人にちと手を打っておかねばならんが……」

「なんだと？　奥方さまをおまえのところにお迎えすると？」

急に、犬塚信乃がとんきょうな声を張りあげた。

「そんなことは承知できねえ。いまおまえ、小幡屋敷には、荒くれ男ばかり出入りしているっていったじゃあねえか。そんなところに村雨さまを置くのは、熊のすみかに白魚《しらうお》を投げこむようなものだ」

「では、どこにおつれするつもりだ」

「おれがおあずかりする」

「おまえ、どこにいる」

信乃はつまった。

「実は……海の上だ」

「海の上？」

「葭原の沖に苫舟《とまぶね》を浮かべて、犬山と暮していた」

「ばかめ、そんなところに奥方さまをおつれできるか」

「それでは、拙者のところ。——」

と、犬飼現八がいいかけると、犬村角太郎は四角な眼をむいた。

「た、たわけっ、ところもあろうに、傾城《けいせい》屋に、奥方さまを——」

「奥方さまを傾城にするわけではない。拙者、身を挺《てい》して、断じて護《まも》る」

「その、おまえがあぶない。——」

「いや、拙者、歯をくいしばって——ば、ばか、何をぬかす。相手は、奥方さまであるぞ」

「そうだ。現八のところがいい」

と、加勢し出したのは信乃である。

「軍学者の家よりゃましだ。だいいち、おれも気楽に出入りできる」

と、いいかけて、

「いや、おれもいっしょに西田屋にいよう。犬村、安心しろ、おれが現八から奥方をお護りする」

「おまえも、胡乱《うろん》な奴だ」

「何を」

いきなり遊女姿の信乃は、角太郎の四角な頰をぶんなぐって、

「痛《い》て」

と、悲鳴をあげた。

「恰好《かっこう》ばかりでなく、固さも碁盤みたいな奴だ」

「それに、女の中の女、まるで森の中の木の葉のごとく、まさか伊賀者もかぎつけることはあるまい」

と、現八がいうと、角太郎は泡をふいて、

「な、ならんっ」

と、吼《ほ》えた。

先刻まで、何やら親密げにヒソヒソ話をしていた三人が、後半突如として理性を失ったように声高に口論しはじめたので、びっくりした顔をしていた村雨が、あわてて声をかけた。

「喧嘩《けんか》はおやめ、仲間われはいや！」

「――はっ」

「何をいさかいしているのか、わたしにはよくわからないが……わたしをどこへつれてゆこうかということですか」

「されば。――」

「それまでわたしを案じてくれるとは……そなたらの忠義、涙がこぼれます」

「――へへっ」

三人は、手をついて、赤面した。

「わたしはどこにいってもよいけれど……それでは順番に、いちばんさきに逢《あ》った犬塚のところへ参りましょう。でも、犬塚は、どうやら舟に住んでいるとかいいましたね。では犬飼のところへゆきましょうか」

「お、お、奥方さま。――」

と、犬村角太郎はいいかけたが、あとは絶句した。犬飼現八のすみかの素性は説明しかねたのだ。

「みなさま、お世話になりまする」

と、村雨は、ほかの遊女たちにあたまを下げた。村雨は、むろん彼女たちの正体をよく知らないらしい。

二

「――はて」

と、服部くノ一衆の船虫がくびをかしげたのは、葭原の見世物広場――もうひるまの雑踏がそろそろまばらになろうとする時刻であった。

彼女たちは、その日、伊賀者たちとともに、終日このあたりを捜索していたのである。むろん、あの香具師のうちの女香具師を求めて。

きのうの夜、その香具師たちのすみかがわからぬという報告は、伊賀者から受けた。かんがえてみれば、その時刻、あの香具師たちは服部のちかくを徘徊《はいかい》していたものと思われるから、彼らのゆくえがわからなかったのは当然である。

あの香具師たちには、以前から一抹の疑惑を抱いていたが、きのう半蔵門ちかくの濠端《ほりばた》で、犬に化けて遁走《とんそう》しようとして、伊賀組の手裏剣をあびて殺された男が、まぎれもなくその一人であったことが判明して、その疑惑は裏書きされた。

いつぞや、役人と町娘に化けて、じぶんたちに一杯くわせようとしたことも、あれは探りを入れようとしたのかもしれぬ。その行状といい、風態《ふうてい》といい、あまりにひとをくっているので、まさか里見家の甲賀者とは思わず、かえって眼をはなしてしまったが、いまにしてそのゆだん、「緩手《かんしゅ》」がくやまれる。

ともあれ、その一人は斃《たお》した。が、もうひとりの女香具師はどこにいる？

もはや、この葭原界隈《かいわい》にいるはずがない。と思いつつも、終日、一帯を捜索していたのだが、そのうち船虫がふっとあることを思い出したのだ。

けさ未明、濠端での決闘で、逃げた奴は二人いた。ひとりは女香具師にきまっているが、もう一人もどうやら女であったような感じがする。それが何者かはわからないが、里見家から派遣された甲賀者であることに相違はない。その女二人が、どうして服部の外縛陣《げばくじん》からみごとぬけて消え失《う》せたのか？

こちらが忍者だけに、それこそかえって奇怪であったが、いま——船虫は、ふいにあのとき濠端を通った遊女の一団を思い出したのだ。

そのふたりは、あの遊女にまじって逃げたのではないか？　そうならまことに大不覚だが、しかし、まさかきゃつらが、本多屋敷の評定所《ひょうじょうしょ》へ？

いや、甲賀者なればこそ、それくらいのことはやりかねない。とはいえ――遊女のむれにまじるには、遊女たちもそれを承知の上でなければ不可能だ。

あのとき。――

「うぬら、何者だ」

という伊賀者の誰何《すいか》に、

「評定所の御給仕に参る西田屋の傾城どもでござります」

と、宰領の男の声がきこえたが。――

いま、思い出すと、あの声はどこかできいたような気がする。しかし、どこできいたか、どうしても思い出せない。が、遊女屋などへいったこともないじぶんに、その声におぼえがあることこそ、かえってふしぎだ。

「西田屋は、たしかこの葭原にあったたな？」

そばにいた伊賀者は、突然こうきかれて、けげんな顔をし、

「されば。――」

「けさ、評定所へいった遊女どもはもう帰ったであろうか」

「御給仕に参った遊女どもは、未明に評定所へ入り、日ぐれから出ることになっておるゆえ、まだであろう。いまごろ評定所を出たところではないか」

「では、しばらく待つか。ともかく、——女香具師《やし》探しはもうやめや」

「どうしたのだ、船虫」

「もはや、評定所へとってかえしても間に合わぬな。しまった。待っていても、あの女香具師をのがしているに相違ない」

「何のことだ、船虫」

黄昏《たそがれ》の辻《つじ》に、船虫はほかの五人の女忍者と十数名の伊賀者を呼びあつめて、じぶんの疑いを話した。

「わたしは、あの宰領の男の素性を知りたいのじゃ」

と、船虫はいった。

彼女は左眼をとじていたが、夕闇せまるとともにそれをひらいた。見る者もないと思うからだろうが、伊賀者たちにはありありと見える。それは眼球ではなく、「悦」という字を浮かせた白玉であった。

「あの男の帰ってくるまえに、西田屋の亭主に逢《お》うてそれをききたい。が、女で傾城屋にものをききにゆくわけにはゆくまい。男の衆、いってきいてきて下され」

「心得た」

やがて、四五人の伊賀者が「西田屋」と染めた柿いろののれんをくぐった。

呼ばれて、あるじの庄司甚右衛門が出て来た。何気なく、けさ、評定所へいった遊女の宰領の男についてきいた。客ではない、と知った亭主は、露骨に無愛想な、うさんくさい

顔つきをして、

「それなら当家の男衆、現八と申すもので、二年ばかり前、駿府で拾ってきた男でございます」

「駿府の人間ではあるまい。どこから駿府に来たのだ」

「それがわかりませぬ。何でも西国の方から来たとはいっておりましたが、当人はそれ以上、くわしく申しませぬ」

伊賀者たちは、ひきかえして船虫に報告した。船虫はくびをかしげた。西国から来た云々《うんぬん》はあてにはならぬとしても、二年前からこの遊女屋にいたというのはおかしい。このたびの珠《たま》盗り騒動の勃発《ぼっぱつ》したのは、去年の暮だからだ。

「その女郎屋者を疑うのは、人ちがいではないか？」

そういう伊賀者に、なお船虫はじっとかんがえこんでいたが、

「どうも、気にかかる。それでは、当人をつかまえてきいても、いよいよひとすじ縄ではゆかぬような気がする。わたしたちが探ってみよう」

「くノ一衆が？」

「遊女望みの女に化けて、西田屋に入るのじゃ」

「おまえが遊女になるのか」

「いや、わたしはこのような眼、甚右衛門の方でつかうまい」

船虫は美しい顔に珠の義眼を白く剝《む》いて、ぶきみな苦笑を刻んだ。

「椿と牡丹にいってもらおう」

「遊女に化けて、どうするのじゃ、船虫」

「その宰領の素性をさぐる。もしそれが里見の甲賀者なら――そのものだけでなく、一味の人数、名前、居場所まで探っておくれ」

それから、伊賀者たちを見まわしていった。

「もし甲賀者なら、つかまえて拷問にかけてもやわか白状はすまい。女としてちかづけば――しかもほかならぬ椿と牡丹なら――くノ一の忍法にかけて、どのような男でも白状せずにはおかぬであろう」

ようやく船虫の意図が腑《ふ》におちたとみえて、椿と牡丹は顔見合わせ、それからにっと笑った。仲間の伊賀者たちでさえ、ぞっとしたほどなまめかしい笑いであった。

やがて、椿と牡丹は貧しげなみなりの娘に扮《ふん》して、西田屋の裏口から入っていった。

彼女たちほど美しい遊女志願の女を、傾城《けいせい》屋で追い返すわけがないと予想していた通り、ふたりはそれっきり、西田屋から姿を現わさなかった。

まもなく、親父橋の方から、シトシトと一団の行列がちかづいて来た。

「帰って来たようだ」

伊賀者が顔をあげ、眼をひからせた。

「つかまえて、調べるか？」

「――待ちや」

船虫がとめた。

「それでは、椿と牡丹に入ってもらった甲斐《かい》がない。この敵は、なるべくわたしたちくノ一衆で始末したいのじゃ。椿と牡丹の忍法で――もしきゃつが里見のものならば――その口から白状させ、そして一味を一網打尽にするが利口じゃ」

評定所から帰ってきた遊女たちは、何も気づかず、西田屋に入ってゆく。

船虫がいった。

「念のため、今宵《こよい》一夜は、西田屋のまわりには外縛陣を張っておこう」

どこかで、びょうびょうたる犬の吼《ほ》え声がしていた。

忍法「淫」

一

「現八」

西田屋ののれんをくぐりながら、犬塚信乃がいった。

「おかしいぞ」

「なんだ」

「この家のまわり。——」

「どうした」

「これ、ふりむくな。なんだか、半蔵門の濠端《ほりばた》でかいだのとおんなじ匂いがするぞ」

「ばかな！　ここが感づかれているはずがない」

「おれが女郎屋にまぎれこんだのをかぎつかれたのではないか」

「それなら、早速評定所へおしかけてくるはずだ。枯れすすきを幽霊と思うたぐいじゃないか」

「そうかな？」

「それより、信乃、いいか、これから当分、女に化けるんだぞ。女郎に化けていねえと、しょっちゅう村雨さまにくっついて、お護《まも》りしてあげることができない。女郎屋者ということになると、おれみたいに用事で他出しなければならんこともある」

「女郎に化けるのはいいが、客はとらねえよ」

「あたりまえだ」

「客をとらなくて、甚右衛門が文句をいいやしねえのか」

「そこは、おれが何とかうまくいっておく。おれがこの西田屋にいなくちゃ、西田屋はつぶれてしまうんだから」

店の中に入ってゆくと、亭主の甚右衛門が愛想よく出迎えて、

「御苦労、御苦労」

と、ねぎらったが、ふと村雨と信乃に不審な眼をむけて、

「現八、それは？」

「これは、きょう評定所で頂戴《ちょうだい》したもので」

「評定所で？　遊女姿をしているではないか」

「されば、もと京の遊女です。実は、町奉行の島田弾正さまが評定所で、そっとおれを物《もの》陰《かげ》に呼び、このふたりの遊女はさきほど上洛《じょうらく》した際ひそかに身請けして来たもので、ゆくゆくは手活《てい》けの花と賞《め》でたいが、いま事情あってちょっと身辺にはおきがたい。当分、西田屋に置いてくれぬか、と頼まれたもので」

ぬけぬけといった。さすがの甚右衛門も眼をまろくして、

「お奉行さまが、お妾《めかけ》になさる女性を、遊女屋に。——」

「もともと、傾城ですからな。もっとも客などとらせるなら、むろん、獄門でしょうな」

「それより、おまえの方が大丈夫か」

「まさか、いくらおれでも、獄門は願い下げで」

「しかし、今夜はどういう夜か、思いがけぬ美女があとからあとからこの西田屋に舞いこんでくるとは」

甚右衛門はまんざらでもない顔をして、さて廊下にうずくまっていたふたりの女を紹介した。今夜、遊女を志願してやって来たという女だ。

「ほう」

ういういしくおじぎして、そっとあげたふたりの女の眼が、一瞬おどろきにキラッとひかったが、すぐにまた廊下にひたいをつけてしまった。

「これこれ、おれは何も、ここのおやじどのの伜《せがれ》でも孫でもない。女郎屋者だよ。用心棒だよ」

そういいながら、犬飼現八の、これはもうどうしようもない好色の眼が、ふたりの女の全身をなめまわしている。

「ところで、現八、ほんのいましがた、妙なお侍が四五人来て、おまえの素性をきいていったぞ」

「えっ。……それで？」

「駿府でひろった男で、西国生まれというしか、詳しくは知らぬと追い返したが」

「……そうですか」

「何か思いあたることがあるか。だいたい、わしにもおまえという人間がよくわからんのじゃが」

「おそらく、おれの家来どもでしょう」

「なに、おまえの家来？」

「おれはいやだいやだといっているのに、どうしても三十三万三千三百石をつがせたがっている馬鹿者がつきまとって、実にこまる」

狐につままれたような庄司甚右衛門に、

「いや、おれのことなんぞどうでもいいとして、このお奉行さまからおあずかりしたふたりの女性《にょしょう》に、どこぞお部屋を一つお貸し下さるまいか」

さて、その部屋に通されて、

「村雨さま、まずお坐《すわ》り下されまし」

と、現八はいい、信乃をふりかえった。

「信乃、あたったようだな。おれの素性をききにきた奴らがある。これはやはり犬村角太郎のところへいった方がよかったかもしれんぞ」

「服部党の奴らだ。いまさら、ここを逃げることはむつかしかろう」

信乃は立ったまま何やらじっと眼を宙にすえていたが、突然、

「そうか！」

と、ひざをたたいてさけんだ。

「あいつらか！」

「どうした」

「いまの遊女志願のふたりの女の顔、どこやらで見たと思ったら、あいつらか。——あのとき、あいつら玉鎖《たまぐさり》を使ったな。あのときから、ただものではないと思っていたが、いまにして腑におちる。きゃつら、女忍者だ」

信乃はいつかの——犬山道節と共謀の珠《たま》拾いのカタリで八人のふしぎな女とやり合った事件を思い出していたのだが、現八にはわからない。

「なに、いまの女が忍者？」

「服部組の奴だ。しかも、女忍者とすると——現八、おやじの遺書にある珠を盗んだ女忍者は、おそらくきゃつらだぞ」

「その女忍者たちが、どうしてここへ入って来たのだ」

「むろん、おまえの素性をさぐるためよ。……しかも、おまえよりも、おれの方が先に見破られた。さっきおれの顔を見て、はっとびっくりした顔をしたわ。道節が死なぬまえなら、おれもそらっとぼけていられたろう。しかし、道節は服部屋敷の外で死んだ。おれも一味だと思われている。従って、おれをつれて帰ったおまえも一味にまちがいないと悟ら

れたろう」

信乃は顔色をかえて、ちらっと村雨を見た。

「しまった、現八、きゃつらを外の服部組に合図させるな。おれたちのことはどうでもいいとして、村雨さまがおられる」

二

遊女志願のふたりの女はまだ西田屋から出てはいなかった。

伊賀くノ一衆の椿と牡丹だ。彼女たちは、まさに信乃が推量したようなことを知った。それでもふたりは逃げなかった。

逃げる必要はない。あわてて服部組と連絡する必要はない。

ふたりがこう判断したのには理由がある。第一に彼女たちは、信乃に感づかれたことを感づいてはいなかった。顔を見合わせたとき、信乃の眼になんの動揺もみえなかったからだ。第二に彼女たちの受けた命令は、現八という男の口から、里見の甲賀者一味の人数、名前、居場所を探れということで、しかも、彼女たちはその命令を果たす自信があった。第三は、すでに仲間の朝顔、夕顔を討たれた怒り——余人にはまかせたくない復讐《ふくしゅう》心だ。

「もう少し、様子を見よう」

「でも、一刻も早くあの現八とやらをつかまえたいが」

ふたりだけ廊下にとりのこされて、それでもようやく立ちあがろうとしたとき、当の現八が、ノコノコとひき返して来た。

「やあ」

と、笑いかけた姿を見て、ふたりの女忍者は啞然《あぜん》とした。

現八は女のかいどりを羽織ってはいたが、なんと、その下は一糸まとわぬはだかであったのだ。胸毛から下腹部の毛は密林のごとく、そのあたりから女のあたまをクラクラさせるような男の精気が吹きつける。……

このときにいたって、椿と牡丹は、いつかたしかにこの男も見たことがあったのを思い出した。そうだ、江戸山四郎のところで歌舞伎踊りを習った日、そこへやって来たのはこの男であった!

「傾城《けいせい》が望みとな」

と、現八はじぶんのひざに両手をあて、しゃがみこんで、ふたりの顔をのぞきこみ、ニタニタと笑いながらいう。

「この道はな、まずはじめがかんじんじゃ。はじめつらいと思えば、まさにこの世界は救いのない苦界となる。またはじめに愉《たの》しいと思えば、これからの夜々は極楽じゃ。その心得を、これからおれが手ほどきして進ぜよう」

椿と牡丹は、この男が十中八九まで甲賀者であることを知っていた。しかし、じぶんたちの素性が見ぬかれているとは知らないから、この男、初物と見て好色の手を出して来たな、と思った。

　これこそ、彼女たちの望んでいたことだ。が、ふたりははじらいの血潮を、ぽうと頬にのぼした。彼女たちは羞恥《しゅうち》の血潮を意識して頬にのぼすことができた。

「心配するな、いま見ていたように、女郎衆を宰領して評定所へゆくほど、おやじどのから信頼されているおれだ。安心して、さあござれ」

「どこへ？」

「そうれ、こっちへ」

　わざと、おどおどしている椿と牡丹の手をひいて、現八がひき入れたのは、例の蒲団《ふとん》部屋であった。

　むろん蒲団部屋は闇黒だ。しかし、忍者たる三人には、すべてが薄明りの中にあるように見える。眼をあけていて、しかも常人のように見えない動作をしてみせるのに、三人は苦労した。

「おまえさんたち、生娘じゃあないと見たが、それにしても傾城屋で商売しようとするなら、それ相応の作法があるのじゃ。まず、ふたりとも、そこに寝ろ」

　……魅入られたように、ふたりの女は夜具の上に横たわった。

　蒲団部屋の空気は、この一瞬、蜜《みつ》みたいに濃くなったようであった。たんに男女の情欲の祭典がくりひろげられようとするばかりではない。……この三人は忍者であった。そしておたがいに、相手が忍者であることを承知していた。

これはただの性戯ではない。肉の忍法争いだ。

もっとも、女忍者の方は「争い」を意識してはいなかった。おのれの忍法にかけて相手の心魂をとろかし、ききたいことだけをききとおすつもりでいる。

これに対して現八の方は、このふたりが易々《いい》としてここについて来たのを見て、彼女たちにそれくらいのたくらみがあるものと看破した。……が、この女たちを、いま殺してはならぬ。殺しては、外部を包囲した服部組が、その鉄環を槍《やり》ぶすま、火ぶすま、さらに忍法ぶすまと変えて殺到してくるだろう。ここにいるのはじぶんと信乃だけではない。あのチャッカリ屋の信乃でさえ気をもんだように、村雨さまがいっしょにおわすのだ。何としてもこの女忍者たちをこちらの忍法で堕《おと》し、服部組の警戒を解かせねばならぬ。

こちらの忍法。——実は、それを現八はまだいちども試みたことがない。

甲賀卍谷の或《あ》る忍者にひどく女好きの奴がいて、大いに意気投合し、ひそかにこれを伝授された。ほかの修行の基礎訓練にはあまり熱意を示さなかった現八も、これだけは異常の努力を傾注して指南を受けたが、この奥儀をやや極めたという自覚を持つと、あとは用なしとばかり、七人の仲間とスタコラ卍谷を逃げ出してしまったのだ。

現八もそんな忍法を使う必要はなかったし、また将来もそうあろうとは思わなかったが、とにかくその修行中の鍛練はむなしからず、彼といちどでも交わった女は、まるで見えない粘液に溺《おぼ》れる美しい昆虫みたいになってしまった。それでいい、平生のおれのわざだけで、充分この女どもを虜《とりこ》としてくれる。——

とはいうものの、相手は女忍者だ。しかも、こちらを甲賀者と承知している忍者だ。……三人をめぐる闇に、鬼気ともいうべきものが、一瞬ひろがったのは当然であった。

やがて現八は、椿を抱いた。

「もうひとりの女、見えんで気の毒じゃ」

と、彼は笑った。しかし彼は、もう一人の女が一間はなれて横たわったまま、じっとこちらを凝視しているのを知っている。

たとえ、牡丹の眼が常人のごとく闇にぬりつぶされていたとしても、彼女はしだいに肩で息をしはじめたであろう。……それほど、やがて、あげはじめた朋輩《ほうばい》椿のあえぎはただならぬものであった。

ましてや、彼女には見えるのだ。甲賀者に愛撫《あいぶ》されている椿の姿が。——愛撫というにはあまりにも凄《すさま》じいふたりの肢態とうごきが。

椿のあえぎは、もはやむせび泣きに変わり、さらに牝犬《めす》の吠《ほ》え声に似たさけびに変わっていた。

「つばき……」

いちど、呼んだときは、椿、そなた正気を失ったのではないか、といおうとしたのであったが、その声はかすれ、椿にはきこえなかったらしい。

「——椿！」

二度目に呼んだのは、見ている牡丹の方がわれを忘れ、たまりかねて声をあげたのであった。

その声は、椿の耳にひびいた。彼女はかすかにわれにかえった。そして、じぶんの特技を以《もっ》てこの男の心魂をとろかすなどということはとうてい不可能であることを知った。……しかし、負けてはならぬ。伊賀の女ともあろうものが、甲賀の忍者に、したいようにされたままで終っては面目にかかわる。――

「うむ……」

と、椿はうめいた。

この刹那《せつな》、彼女の性器の筋肉は、恐るべき収縮を起した。男のものは捕えられた。すておけば、それは鬱血《うっけつ》し、浮腫《ふしゅ》を起し、最後には壊死《えし》してしまうが、むろんそれまでの大苦痛に、いかなる剛強の男といえども悶絶《もんぜつ》せざるを得ない。

しかし、現八は離脱した。一見、何の苦もなく身を離して、

「次、もうひとり」

と、反転した。

牡丹は愕然《がくぜん》として、現八よりも椿を見つめた。椿はもだえている。先刻の通りにもだえている。苦悶《くもん》の相ではなく、法悦《ほうえつ》の姿であった。たしか、彼女はいま忍法「天女貝」をかけたのではなかったか？　にもかかわらず椿は、まるで男が離れ去ったのも気がつかないほど恍惚《こうこつ》として眼をつりあげ、四肢をのたうたせ、腰を波うたせているのであった。

まさにしかり、彼女の体内には男がいたのだ。女の柔らかな筋肉が、ふいに鎖のごとく緊縛してこようとした刹那、現八はたしかに離れた。皮一枚——筒形のうすい皮膚一枚をあとに残して。

ただこの皮の筒は、なお原形を保っていた。のみならず、体温よりもやや熱い温度と、微妙な波動を残していた。それはつづく。男がふたたびその皮膚に合う肉筒にかぶせてとりもどさぬかぎりは。

ひとたびこの奇怪な忍法をほどこされた女は、再度男に抱かれるまでは、男を虜にしたようで、かえって男の虜となり、昼も夜も、間断ないエクスタシーの状態におち入り、耳にささやかれる男の命令は、いかなることでもきかずにはいられない一個の甘美な夢遊病者となりはてるのであった。

これを甲賀忍法「蔭《かげ》武者」という。——

現八は牡丹を抱いた。

闇の中で、ふたたびなまめかしいあえぎがながれはじめ、さらに牝犬のさけびと変わった。

こやつ、やるか。——現八は、女の唇を吸いながら、大きくあけた眼を女のつぶったまぶたにおしあてて、その痙攣《けいれん》を測っていたが、何事も起らない。——

ふっと現八は、異様な感覚をおぼえた。おのれの性器をつつむ波動と、女の全身の律動が合わないのだ。——「二枚目の蔭武者」を残し、彼は身を離した。

「蔭武者」は残らなかった。のみならず、闇の中に現八は、おのれのものをピタリと覆っている桜色の粘膜を見た。

「伊賀のくノ一」

思わず、彼はさけんだ。

「これは何だ？」

「やはり、こちらの正体を知っておったか？」

牡丹ははね起きた。ただ身にまとうものとては帯ばかりといっていい姿で、なまめかしく肩で息をしながら、ぬれた唇が炎のように息をついた。

「伊賀忍法袈裟御前《けさごぜん》」

「何？」

「女の袈裟よ。それはとれぬ。未来永劫《えいごう》、それはうぬから離れぬ。——もういちど、わたしを抱いて、わたしからとってもらわぬかぎりは」

現八は、じぶんの「蔭武者」とおなじ性質の——しかも女にして、はじめて成る忍法をほどこされたことを知った。

いかにもそれは濡《ぬ》れ紙《がみ》のごとく貼りついてとれぬ。しかもそれは体温よりもやや熱い温度と、微妙な輪状のしごくような波動を残し、内につつんだものを硬直させている。

「うぬ」

さけんで、とびかかろうとしたとき、現八は、身をくの字なりに苦悶しはじめた。凄じい射精感覚をおぼえつつ、しかもその流出口はみごとにふさがれているのであった。

「蔭武者」血笑

一

呼吸は止めることができる。嘔吐《おうと》は呑《の》みこむことができる。

しかし、射出する精液を止めることができる男はこの世にない。

犬飼現八は、それを止められたのだ。彼の肉筒は、フィッシュスキンのごとき半透明な、桜色の薄膜で完全につつまれていた。それは牡丹の粘膜の扁平上皮《へんぺいじょうひ》であった。しかも、生きて、もだえて、うるおって、波うっているのだ。現八はしごきぬかれ、たまらず射出しようとし、そして止められた。

一瞬、肉筒はほそい串《くし》でつらぬかれたようであった。

「笑止《しょうし》や、甲賀者」

見すえて、牡丹は笑った。

「言え、うぬの一味はどこにおる、何人おる、名は何という。——いわねば、その苦しみはいつまでもつづこうぞ」

苦悶のあまり、現八はまたどうところがり、闇の底を車輪のように廻りながら、

「言う、言う」

と、うめいた。

「はやく、この……袈裟《けさ》御前とやらをとってくれ」

「言わねば、とらぬ」

「とらねば……苦しくて、口がきけぬわ」

「それだけ口がきければ、言えるはずじゃ」

しかし、牡丹はちかづいた。彼女は、この甲賀者が手に何の武器も持っていないことを知っていたし、また持っていたとしても、この大苦患《くげん》のためにそれを使うことなど思いもよらぬことを知っていた。

「これ、早く申さねばうぬの精汁は鼻口からあふれて、悶《もだ》え死ぬよりほかはないぞ」

「お、おれが死ねば、そこなもうひとりの女、いつまでもおれの蔭武者の虜《とりこ》となっておるがよいか」

「何、うぬの蔭武者？」

牡丹はふりかえった。相手のいった言葉の意味はまだしかとはわからないが、朋輩《ほうばい》の椿が、その瞳《ひとみ》には、眼前の光景はまざまざと映っているであろうに、なお夜具の上に法悦《ほうえつ》のうねりをつづけているのを見ると、さすがに一瞬、沈黙した。

「では、その袈裟御前をとってやろう」

と、彼女はうなずいた。

「ただし。——」

そういいながら、牡丹はふたたび現八のからだの上にみずからのからだを重ねていった。

「交わらねば、とれぬ。よいか。——」

かかる死闘が、またとこの世にあるであろうか。ふたりは交わった。ふたりは伊賀甲賀の仇敵同士なのだ。そして交わることが忍法の争闘なのだ。

「おう。——」

現八は吐息をもらした。おのれの肉筒を覆っていたものが、すうっとはなれるのを意識したのである。粘膜はもと通り、女の体内に吸着したのであった。——さっとほとばしるものが半ばでとめられて、

「言え」

と牡丹はさけんだ。熱い声は、耳というより現八の口に吹きこまれた。

「わたしをあざむいたり、わたしに危害を加えたりすれば、袈裟御前はまたうぬにまといつくぞ」

そのとき、蒲団《ふとん》部屋の戸があいた。

「現八」

信乃の声だ。いくら待っても現八がもどってこないので、不安になってのぞきにきたと見える。

「あっ」

信乃も、さすがに甲賀卍谷で一応の修行はしただけあって、闇の中でも眼が見える。一瞬で中の光景をみて、あわててピシャリと戸をしめた。

「信乃」

小さいが、さしせまった村雨の声がした。

「どうしたのじゃ、現八はどうしたのじゃ」

現八は、信乃が戸をしめたのは、村雨さまがうしろにいるからであることを知った。いかな現八も、村雨さまにこの姿は見せたくない。この姿を他人に見せることを恥いるどころか、見せびらかして誇りかねない現八も、いま村雨さまだけには、これを見られるならば死んだ方がましだと狼狽《ろうばい》した。

彼は身をはなそうとした。牡丹の腰はピタリと吸いついて来た。

「そうはさせぬ。それとも、もういちど袈裟御前をまとう気か」

牡丹はいった。

「これ、いまのぞいたのは、うぬの仲間じゃな。呼べ、呼びこんで、絶体絶命の虜となったうぬのざまを見せろ」

「見せよう」

と、現八はうめいた。同時に、その腕が牡丹の首に巻きついた。

「殺すか」

牡丹は愕然《がくぜん》としてさけんだ。

「わたしを殺しても、袈裟御前は生きて、うぬから離れぬぞ！」

声とともに、その口から血が溢《あふ》れた。四肢が痙攣した。

現八は身をはなし、がばと起きなおった。伊賀の女忍者牡丹は凄じい力で絞め殺されていた。が、現八は助かったとは思わない。見よ、桜色の粘膜は、ふたたびピタと彼にまといついている。しかも、あきらかに微妙な波動で彼をしごきつづけている。……

そこから全身の血管を鉄の串でさしつらぬかれたような激痛が現八を襲った。

のたうちまわりながら、彼は衣服を身につけた。

「信乃、入れ」

と、彼はいった。

「入ってもいいか」

「入ってくれ」

また戸があいて、二つの影が入って来た。すぐに信乃が戸をしめたので、先刻廊下の金網灯籠《どうろう》の遠あかりに、何やらここにたおれている姿をボンヤリ見た村雨も、こんどはただ闇につつまれて、

「現八、どこにいるえ」

と、壁に手をかけて、不安そうにいった。

「ここにおります」

「無事か」

「無事でござる」

と、いったが、現八は苦悶《くもん》のために夜具に爪をたてていた。

「信乃、そこに生きておるもうひとりの女をここへつれて来てくれ」

信乃にひきたてられて、椿ははじめて恍惚《こうこつ》の夢幻境からさめたようであった。が、さめたとはいっても、なおそこにたおれている朋輩牡丹の死骸《しがい》の意味も、入って来た二人の遊女の正体も、判断のうちには入らぬ様子だ。それよりもなお強い何かの力に、彼女は捕えられている様子であった。

「女」

あえぎながら、現八はいった。

「里見家から奪った珠はどこにある？」

「ここに」

と、椿はどこやらから、一個の珠をとり出した。彼女もまたあえいでいる。

「何、ここに持っておったか！」

信乃はうばいとって、

「忠」

と読んだ。

「信乃、代りに道節の珠《たま》をくれてやれ」

と、現八はいった。信乃はふところから、べつの珠をとり出して、椿の掌にのせた。それは犬山道節が死ぬまえに彼にあずけていった「惑」の偽珠であった。

「掌をとじろ」

現八の命ずるままに、椿は珠をつかんだ掌をとじた。――そのあいだも彼女はかすかに腰をうねらせつづけている。彼女はいまもなお感覚では交わっているのだ、そして交わっている男の――現八の命令は、催眠術にかけられたように従わずにはいられないのであった。

「では、もうひとりの女も珠をもっているな」

信乃は牡丹の死骸にとびついた。

「あった！　信の珠が！」

「では、そやつの首を討ち、代りにこの珠を口にふくませてやってくれ」

ふるえる手で、現八はおのれのもっていた淫《いん》の珠を信乃にわたした。――闇の底で、異様な音がした。

二

村雨が、息のつまったような声をあげた。

彼女には何も見えない。この部屋の光景も見えなければ、信乃の行動も見えない。ただ、信乃と現八の問答はきいていて、いま信乃が何をしたかわかった。そして失神しそうになった。

「奥方さま。……小文吾、毛野、道節を殺した女どもでございます」

と、現八がいった。痛みは下腹部からひろがり、全身の血管がはりがねに変わったようであった。その苦痛の中で、彼は村雨に神経を働かせている。彼が、色気ぬきで女性にこれほどやさしいもののいいかたをしたのは、はじめてだろう。

その声が変わって、――

「女」

と、冷たくいった。

「その首をもって、外の服部組のところへもどれ。そして、いうのだ。その首を討った甲賀者はたしかに西田屋におる。しかも、伊賀組を待ちかまえている。が、むやみに襲いかかれば、女だらけの西田屋は騒動となり、その騒ぎにまぎれてとりにがすおそれがある。……」

現八の口から、ごぼっと音がした。何かがあふれたのだ。村雨には見えなかったが、それは血ではなく、白い粘っこい乳のようなものであった。

「だから、亭主の庄司甚右衛門にそっと耳うちして、西田屋にいる女だけをまず外に出し……次は今宵《こよい》の泊り客を出し……なるべく現八という男ひとりを残してから襲った方がよかろうと、こう伊賀組に告げろ」

現八はまた白いものを吐いた。それが精汁の匂いをたてているのを知ると、

「ゆけ」

現八はいい、またがばっと吐いた。

椿は、牡丹の首を抱いて、フラフラと出ていった。——あと見送って、

「現八、いまおめえのいったことは、前半分はわかるが、後半分がわからねえ」

と、信乃がいった。

「女郎どもを先に出せというのは、その中に村雨さまを入れてお逃し申そうというのだろう。むろん、伊賀組の女どもは、その中におれの顔を探し出そうとするだろうが、おれはいねえ。おれは次に追い出される男客の中にいる。伊賀組は、おれを女と思ってるだろうからな。……しかし、あとに残ったおめえは、あんなことをいって、どうするつもりだ?」

「おれは死ぬからいいよ」

「なに、おめえが死ぬ?」

信乃は、眼をむいた。

「おめえ、みごとに伊賀のくノ一を一匹は忍法にかけ、一匹はお陀仏《だぶつ》にしたじゃあねえか。見たところ、どこにも傷はねえ、どこに傷があるんだ?」

どこにも、傷はなかった。いや、現八自身、しだいに体内から幾千本の錐《きり》が刺されるような痛みが消えてゆくのを意識している。しかし。——

「やっ、そういえば、おめえさっきから何か白いものを吐いてるな。ど、毒でものまされ

たのか、馬鹿野郎」

「毒なんかのまされないが、おれは死ぬんだ」

がぼっと、また現八は吐いた。白いものに、ようやく血がまじりはじめた。

このあいだ、彼の肉筒はたえずなまめかしい袈裟御前の波動にもまれつづけていた。ほとばしろうとし、その出口をとめられた彼の精液は、ついにあらゆる管をつき破って、口からあふれ出したのだ。

無限と思われるほどの精力の所有者であっただけに、その自己破壊もまた強烈であった。しかも、そのおびただしい精液もつきて、嘔吐《おうと》には血がまじった。同時に彼は、おのれの生命も流出し、あふれ出てゆくことを意識していた。

「寄るな！」

うすれゆく気力をふるいおこし、現八はさけんだ。

信乃にむかってさけんだのだが、実は壁から駈《か》け寄って来そうな村雨さまの気配を察して、あわてて制したのであった。奥方さまをおのれの吐いたものなどに触れさせてはならない。——

「そんなことより信乃、おまえには早くしてもらわねばならぬことがある」

「なんだ」

「なんだときく奴があるか。第一に、いまとりかえした忠と信のおん珠を、八房にくわえさせて、一刻も早く安房にとどけさせろ。裏庭に、おれの八房と犬川壮助からあずかった八房がいる」

「おう」

「犬川壮助は、この葭原のかぶき小屋、葛城太夫の一座におる。ここを逃げられた村雨さまは、そこにおゆき遊ばすように」

「よし、心得た」

「それから、おめえ、男に化けるなら、はやくその遊女姿をかえねばならんではないか」

「わかっておる。しかし、現八——おまえ、どうしたんだ。どうして死ぬんだよう、現八」

「現八はもう流れ出しちゃったよ」

犬飼現八は弱々しく、ニヤリと笑った。

「ここにいるのは、現八のぬけがらだ」

そして、彼はがくりとおのれの吐いた白い乳の中に顔をふせてしまった。

その直前——いかにも彼は、あの毛も体臭も濃い犬飼現八とは別人のような——妙に神々しいからんとした顔で、じっと村雨さまの方を見たが、それは、闇の中に息をのんで立ちすくんだ村雨の方には見えなかったかもしれない。

「……おお椿じゃ」

「椿がかえって来た。——ひとりで」

来た。

外縛陣《げばくじん》を張っていた伊賀組の中で、そんな声があがると、風のごとく四つの影が走って
「椿、どうしたのじゃ」

「頼んだことは果たしてくれたか」

「牡丹は？」

といって、四人の伊賀くノ一衆はぎょっと眼を見張った。椿が胸に抱いているものにはじめて気がついたのだ。

「あっ、牡丹！」

椿は、べたと土の上に崩れるように坐《すわ》った。首は投げ出された。

「つ、椿！　牡丹はあの犬飼現八とやらいう男に討たれたのか」

椿はうなずいた。

肩で息をして――見ようによっては、惨澹《さんたん》たる血路を切りひらいて逃げて来たようにも見える。

「牡丹が、どうして？」

と、船虫はしゃがんでその首を抱きあげようとして、ふとその眼が首の口にとまり、ふいにその歯のあいだに指をいれて何やらかきおとした。

夜目にもキラとひかる珠《たま》が、一個ころがり出した。

「淫」

と、彼女はさけんだ。いうまでもなくこれもまた彼女たちが里見家に残してきた偽の珠だ。

「やはり、きゃつは、安房藩の奴であったのじゃな。それで、犬飼現八はどうしている？」

「西田屋にいる。……」

と、椿はこたえた。

「そして、伊賀組が西田屋をとりかこんでいるのをもう知っていて、伊賀組が襲ってくるのを待ち受けている。……」

「えっ、待っていると？――よし、ではゆこうではないか」

まなじりをつりあげ、吹雪という女忍者がいった。椿はくびをふった。

「わたしが思うのに、きゃつには何やらたくらみがある。女郎をつかって騒ぎを起させ、ほかの客にまぎれて逃げるおそれがある。……」

「どのような人間でも、服部の外縛陣がぬけられるものかよ」

と、うしろにやって来た数人の伊賀者のうちひとりがいった。

「わたしが思うのに、何とぞして亭主の庄司甚右衛門に話して、まず女郎どもを外に出させ、次にほかの客を出して、残った現八を襲った方がよいのではないか。……」

「そんなことができるか」

左母《きも》という女忍者がいった。

「それはできる」

　と、伊賀者がいった。

「公儀のおたずね者をとらえるためだと甚右衛門をおどせば、できんことではない。しかし、左様に面倒な――」

「いや、それができるならばその方が首尾がよいのかもしれぬぞ」

　と、船虫が思案しながらいった。

「敵の甲賀者どもが容易ならぬ奴らであることは、本多屋敷や伊賀屋敷でのあの死にざまから思いやられる。いや、げんにこの牡丹をすら討ち果たした奴、手ごわいことは覚悟せねばならぬ」

　ふいにするどい眼で椿を見て、

「ところで、椿、遊女の中にあの女香具師《おんなやし》が化けておったか」

「おった」

　と、椿はこたえた。

「あれも知らんふり、わたしも知らぬふりをしていたが、何くわぬ顔で、たしかに遊女に化けておった！」

「ならば――ならば――」

　と、船虫はせきこんで、

「もしうまい口実で遊女たちをおびき出し、きゃつがそれにまぎれて逃げるつもりなら、これを捕えよう。それを人質にして、こんどはその犬飼現八とやらをとらえようではないか？」

数人の伊賀者が、ふたたび西田屋を訪れたのは、それから数分後であった。

虜

一

西田屋の亭主庄司甚右衛門と、どういう話をつけたのか。

先刻、犬飼現八についてさぐりを入れたときには胡乱《うろん》くさい顔をしていた甚右衛門も、正面切って公儀伊賀組にかけ合われては抵抗できなかったろうし、それにもともとこの葭原に廓《くるわ》をひらくことを公儀に申請中の甚右衛門なのだ。――その甚右衛門がこんどはどう遊女や泊り客に話をつけたのか。

西田屋からぽつりぽつりと――やがて三々五々、おびえたような遊女の影が出て来はじめたのは、それからまもなくのことであった。

「こっちだ」

「こっちに来い」

闇の中からひそかな声がかかり、或《あ》るいは黒影があらわれて、彼女たちを誘導して、一個所にあつめる。知る人ぞ知る。内部から逃走しようとする者は、蟻一匹ものがさぬ服部組の外縛陣《げばくじん》だ。その眼からのがれ得る遊女がひとりもあるはずはない。

「……よし」

「あっちへ」

それを一々点検しているのは、むろん五人の伊賀くノ一衆であった。

闇の中に、遊女たちには、じぶんたちを調べている者が、その声からどうやら女らしいときいてけげんな顔をしたが、その正体はわからない。しかし、女忍者にとっては、いままで、その遊女の中に、あの女香具師がいないということは、真昼のようにわかるのだ。

万一、発見したら――そのときのために、もとより、彼女たちは一触即発の女豹《めひょう》のような殺気を全身にみせている。

「はて」

左母がふりかえった。

すぐ向うの草の中に一団となって集められている遊女たちは、もう二十人を超えただろうか。いうまでもなく、そのまわりを四五人の伊賀者がとりかこんで監視しているが、その中にはいない。そして、しばらく店を出てくる遊女は絶えた。

「出てくるわけはない。まだ店にひそんでいるのであろう」

と、玉梓がいった。

「あとで、火をかけても追い出してくれる」

と、吹雪がいった。

このあいだ、椿は黙っている。言葉は発しないが、あえいでいる。――たんなる昂奮《こうふん》でなく、名状しがたいなまめかしさを、先刻からそのあえぎに嗅《か》いで、船虫はちらっちらっと不審そうに彼女に眼をむけた。――と、その眼を、こんどは西田屋の方へうごかして、

「あ、こんどは客たちが出てくる」

――と、つぶやいた。左母が、きっとなって、

「犬飼とやらがまじっておるかもしれぬぞ」

「それに――ひょっとしたら」

船虫は、はっとした。

「あの女香具師、男姿でまぎれ出るということもかんがえられる」

「ゆこう、みなの衆、この女どもの見張り、たのみましたぞえ」

四人のくノ一衆は――椿だけを残し――伊賀組の男たちに声をかけて、疾風のようにその方へ駈《か》けていった。

遊女たちとちがって、男どもはたいへんだ。

「なんだなんだ、いい気持になりかかったところを追ン出しゃがって」

「この寒い夜風に」

「公儀がなんだ。公儀から拝領した金で女郎買いに来たのじゃないぞ」

ぶつくさいう奴がある。わめきたてる奴がある。これに対して、

「いや、恐れ入る」

「西田屋に不審のことがあって、これより取調べに踏みこむところ」

「御迷惑がかかっては相成らぬゆえ」

さすがの伊賀者も低姿勢だが、しかしひそやかな声の中に、名状しがたい威圧感をふくませることは忘れない。

「何っ、頭巾《ずきん》をとれ？」

突然、かん高い声がした。

「いや、この顔は見せられぬ。不審は傾城《けいせい》屋にあるといったではないか。客のおれが、何のためにこの顔を。――」

その声が、ふいに断たれた。

夜目にも白じらと、そののどぶえからうなじにかけて、一本の手裏剣がつらぬいているのが見えて、まわりにいた男たちが悲鳴をあげてとび散った。

風のごとく駈けて来たのは、船虫であった。

たおれた男の頭巾をはいで、

「ちがう！」

と、さけんだ。手裏剣を投げたのは、もとより彼女である。

この否も応もいわせぬ凄《すさま》じい検問ぶりには、不平面をしていた遊客たちも胆《きも》をつぶし、一大恐慌を来して、まだ何もいわぬうちから、ガサガサと頭巾をぬいだ奴がある。はては、

「拙者ははだかをお見せする」

と、すっとんきょうな声をはりあげて、ほんとにはだかになってしまった奴もある。

それらが急におとなしくなってゾロゾロ通るのを、四人の女忍者は眼をひからせて見まもった。

「男の衆は、みな御帰宅になってよろしい」

と、船虫がいった。

ほうほうのていで通過する男のむれの中に、例のはだかの男を見つけて、

「待て」

と、船虫は呼びかけた。

その男は、ぬいだきものをまるめて頭にのせていたが、それをささげた両腕と、頭から垂れ下がった袖《そで》のために、よく顔が見えなかったからだ。

そのとき、ひとりの伊賀者が店の方から走って来た。

「おいっ、犬飼現八は死んでおるというぞ」

「えっ」

「いま甚右衛門が見つけ出して、あわてておる。どうやら、牡丹と相討ちで死んだらしい。

——」

船虫は、またちらっと遠い椿の方を見た。椿からそんなことはきいていないからだ。

「よし、通れ」

と、彼女ははだかの男にいった。

犬飼現八なる男が死んだとすれば、残るのはあの女香具師だけだが、そこにいる裸の男

はその股間《こかん》を見ればわかるように、あきらかに男性だったからだ。

男は踊るように通りすぎていった。

「吹雪、玉梓、いって見や！」

と、船虫はあごをしゃくり、残った男たちの検問を続行した。——しかし、通り過ぎるのは男ばかりで、見おぼえのある女香具師の顔はついになかった。

「きゃつ——まだ西田屋にひそんでいるのではないかえ？　いって見よう、船虫」

左母も駈け出そうとするのを、

「待ちや、それよりもわたしは、なぜか椿がいぶかしゅうてならぬ」

と、船虫はいって、いそぎ足で、椿の方へひき返していった。

二

椿はまだ草の中にいた。——それが、あおむけに寝ているのだ。

彼女は両腕をまるで何物かを抱きしめるようなかたちにして、しきりに腰を波うたせ、ひとりでとろけるようなあえぎをもらしているのであった。

それはもういぶかしいどころではない、どう見たって異常だ。

茫然《ぼうぜん》としてそれを見下ろしていた船虫が、ふいにぎょっとしてさけんだ。

「これは……敵の忍法にかけられているのではないか？」

然《しか》り。――椿は死んだ犬飼現八の忍法「蔭武者《かげむしゃ》」をかけられているのであった。その肉体にはなお現八の「蔭武者」が微妙な波動をつづけていて、彼女は甘美な夢遊状態、恍惚《こうこつ》たる催眠状態にあったのだ。

「見や、椿の右掌《みぎて》を――何やら、かたくにぎりしめているようではないか？」

はじめて船虫はそのことに気がついた。椿のからだのうごかしかたがあまりにも柔らかくなまめかしいのに、それだけ石みたいにかたく見えたので、はじめて異様に思ったのである。

左母がとびついて、椿のこぶしをこじあけた。

その中から一個の珠《たま》がころがりおちた。「惑」の珠が。――

船虫と左母は息をのんで顔を見合わせた。

一瞬に、牡丹のもっていた「信」の珠と、この椿のもっていた「忠」の珠は奪われたと思う。すでに「智」と「悌《てい》」の珠は奪われ――八個の伏姫の珠のうち、四個奪いかえされたと思う。

のみならず、味方のうち、朝顔、夕顔、牡丹を殺され――そしてまたこの椿も。

「たわけ、敵の忍法にかけられて、このあさましい姿は」

船虫のさけびとともに、その手から飛んだ手裏剣は、なお地上で淫《みだ》らな姿態をみせている椿ののどをつらぬいた。

「あっ、何をしやる」

と、愕然《がくぜん》としたのは左母だ。

「椿はまだ生きているではないかえ」

しかし、椿はのどに手裏剣をたてたまま、はじめて輪にしていた両腕をとき、地に爪をたてて断末魔の相を見せていた。しかも、下半身だけは、なお生命の歓喜そのもののように波うたせながら。

「伊賀のくノ一の恥さらし」

と、船虫はにくにくしげにののしった。その左眼に「悦」の文字が皮肉にひかっている。

「この椿が、さっき傾城屋の女、男を追い出せというたことがいぶかしい。ひょっとしたら、敵に一杯くわされたのかもしれぬぞえ」

「えっ、それは、どういう。——」

「わたしにもわからぬ、ただ、追い出された男、女どもの中に、やはりあの女香具師《やし》がまじっていたような気がする。——」

「そんなはずはない。船虫——ともかく、西田屋へいってみよう」

そのとき、船虫が闇をすかして、

「はて、あの犬は」

と、さけんだ。

親父橋の方から二頭の犬がやって来た。それが、胴にはなやかな衣服のきれはしのようなものをまとっている。

「あれは——濠端《ほりばた》で逃げた犬！」

と、左母がさけんだ。

その通りだ。それは信乃と道節の八房であった。二匹はあの濠端から逃げて——それまで信乃のゆくえをさがしていたとみえる。

二匹の八房は、ゾロゾロと親父橋の方へゆきかかる遊客たちとすれちがいに来かかって、ふいにピタリと立ちどまり、尾をふり、びょうびょうと吼《ほ》えた。

「やっ」

船虫が眼をひからせた。

「やはり、あの中に、あの犬の知り合いがいるぞ！」

そのとき、

「八房。——」

と、どこかで声がした。

女の声だ。それはすぐそばの遊女のむれの中からきこえた。二匹の犬はすぐこちらをむき、肢《あし》を機《はた》のようにそろえて駈《か》けて来た。

「知り合いは、こっちにいたか」

すでに二匹の犬が足もとにじゃれているひとりの遊女のそばへ、船虫と左母は馳《は》せつけた。

ふいに、二匹の八房はぱっととびはなれた。

「女」

呼ばれるより早く、その遊女はこちらに顔をむけて微笑んでいた。

船虫と左母にははじめて見る顔だ。むろん、あの女香具師ではない。が、先刻はまったく気がつかなかったが、そのかなしいほどきよらかな笑顔が、何よりも遊女とは合わない証明であった。

「そなたはだれじゃ」

と船虫が一歩ちかづいたとき、「わわわぅっ」と吼えて、一頭の八房が、宙をとんで船虫に襲いかかった。船虫が身を沈める。空をながれる犬に手裏剣を飛ばそうとする左母に、もう一頭の八房が襲いかかる。

女と犬は、旋風のようにとびちがい、無数のマキビシが流星のようにながれた。そのマキビシは一個も犬に命中せず、犬の牙《きば》もまた女忍者のきものにすら触れ得ない。

「――おおっ、あの犬だっ！」

ようやく気がついた伊賀者たちが殺到してきたが、交錯する女と犬の闘争図に、これは外部から手裏剣もマキビシも投げかねて、あれよあれよと狼狽《ろうばい》するばかりであった。

「八房、お逃げ！」

と村雨はさけんだ。

犬をすてて、船虫はクルリとふりかえり、村雨ののどぶえにいきなり一刀をつきつけた。

二匹の八房はまるで魔法にかけられたようにうごかなくなった。

その犬めがけて、銀の雨のようにマキビシが吹いた。もとより伊賀者たちの投げたマキビシだ。それは、音をたてて二匹の犬の胴へくいこんだ。

「お逃げ、八房」

かなしげな村雨の声がまたながれた。

「わたしは、大丈夫だから」

またマキビシの霰《あられ》が吹いた。二匹の八房は宙におどりあがってこれをそらした。それからぱっと駈け出した。まるで胴にくいこんだ無数のマキビシは存在しないかのようであった。

わめきつつ、伊賀者たちがそれを追うのを見送って、

「そなたは甲賀者か」

と、船虫はきいた。

これまた八房のゆくえを見送っていた村雨は、顔をこちらにもどして、微笑してうなずいた。

そのうなずきがかえって船虫にいまの問いを否定した。村雨に吹きつけていた凄《すさま》じい殺気が、はたと止った。こんな忍者があるものではない――と、忍者たる船虫は直感した。しかし、それならば、この美しい女は何者であろう？

「この女を縛ってくれや」

と、一刀をつきつけたまま、船虫は伊賀者にいった。

「服部屋敷にひいていっておくれ」

「それは何者じゃ、船虫」

「わからぬ」

と、くびをふったが船虫の顔にぶきみなうす笑いが浮かんだ。今夜はじめて見せた女忍者の笑顔であった。

「今夜の襲撃……敵を一網打尽にしたいばかりに細工をしすぎ、かえって敵にはかられて、珠二つを奪われ、牡丹、椿を失う破目になり、あまつさえ例の女香具師はどうやら逃がしたような按配《あんばい》じゃ。先刻からくやしさにはらわたがねじれるようであったが……左母、どうやらこれで今夜ここに来た甲斐《かい》があったような気がする。この女が何者か、服部屋敷で忍者問いにかけて白状させたら、あの女香具師ひとりを殺すより、もっと獲物が多いような気がしてならぬ」

伊賀の一党が、村雨、それに牡丹のからだと首、椿の死骸《しがい》、それに犬飼現八の首までさげて、魔風のように葭原を去ったあとである。

「……ゆきやがった」

親父橋の下の枯葦《かれあし》の中から、むくりと頭をあげた者がある。

「ゆきやがったが、犬村、なぜ、おれをとめたんだ！」

「いま飛び出しても勝目がないからじゃ」

と、もうひとつの影が身を起した。

「勝目がないからって……おいっ、奥方さまが伊賀組にさらわれちまったんだぜ！　しかも、おれのために」

　声はふるえていた。

「へんなところにおれの八房がやって来やがってよ。おれのところへ寄ってこようとするから、おれは胆《きも》をつぶした。そのとき――あの犬は濠端で逃がした犬だ、あの男たちの中に知り合いがいるぞ――と敵がさけんだ声をきいて、村雨さまはわざと八房を呼んで敵の気をそっちにそらし、おれを助けてくれたんだ。やい、八房、なぜおかしなときにやって来やがったんだ？」

　どこか不自然な姿勢で、はだかの犬塚信乃は足だけのばしてそばにうずくまっていた二匹の犬を蹴《け》とばした。

　血まみれの二頭の八房は蹴とばされても悲鳴もあげず悄然《しょうぜん》として首をたれている。

「だから、おれのいわぬことではない。奥方を、はじめからおれのところへ寄越せばこんなことにはならなかったのじゃ」

「いまさらそんなことをいったって、しょうがねえや。それより、犬村、いま指をくわえて伊賀組を見送って、奥方さまをどうしようってんだ」

「それは、これからおれが軍略を練って――」

「よしゃがれ、このへっぽこ軍師。とにかく、その手をはなせ、軍師のくせにおっそろしく力の強《つえ》えやろうだ」

信乃は歯ぎしりし、急にあばれだした。おさえつけていたのは犬村角太郎だ。彼はさっき橋のところまでやって来て、身をひるがえして敵中にむかおうとする犬塚信乃とゆき合い、死物狂いにこれまで彼をおさえつけていたのであった。

信乃姫様

一

「やあ」

橋の上で声がした。

「犬村ではないか？」

「犬江か」

と、犬村角太郎は親父橋を見あげた。橋の上に夜空を背に一つの影が立っていた。息を切らしている。――犬村角太郎はいった。

「下りてこい。信乃もおるぞ」

「なに信乃が――」

影は、あわてて、橋の下の枯葦の中へ下りて来た。

「犬村、おまえの書状を見て、あわててやって来たのだが」

「うむ、ちょいとおまえの乾分《こぶん》を見かけたものじゃから、一応知らせておく気になった。里見家にかかわり合うのはいやだろうと見込んではいたが」

乾分とは、いつか角太郎がこの親父橋から投げこんだ野ざらし組の武士のことだ。野ざらし組の首領犬江親兵衛は勃然《ぼつぜん》として、

「たわけ、それは村雨さまが御出府とは知らぬ前のことだ。村雨さまがわれらに助力を求めて江戸にお越しだとおまえの書状にあったが、おいっ、奥方さまはどこにいられるのだ」

と、歯をカチカチ鳴らしてあたりを見まわした。叛骨《はんこつ》と虚無の風が吹き出すような野ざらし組の首領らしくもない、焦燥した表情であった。

犬村角太郎は四角な顔をふった。

「一歩手おくれになった」

「なんだと？」

「奥方さまは、たったいま伊賀組にさらわれた」

角太郎は手みじかにこれまでの経過を説明した。——犬江親兵衛はのどの筋肉がひきつったような声で、

「それで、おまえ、どうしようというのだ」

「こいつは、それをこれからゆっくり思案しようというんだ」

信乃が歯ぎしりして、にくにくしそうにいう。犬江親兵衛はおどりあがった。

「では、おれがこれから野ざらし組をひきいて、服部屋敷になぐり込みをかけて奥方さまを救い出す」

「犬田小文吾、犬坂毛野の二の舞いをふむつもりか、親兵衛」

「ひとりじゃない。野ざらし組は十余人、ことごとく命知らずのあばれ者じゃ」

「命知らずはよいが、あの手ぎわでは喃《のう》」

角太郎がニンガリと笑うのを、親兵衛は悽愴《せいそう》な眼でにらんだ。

「どんな手ぎわか、見てから言え」

と、猛然と背を見せかけた。

「待て」

と、そのこじりを犬村角太郎はおさえた。

「親兵衛、野ざらし組なんぞはどうなってもいいが、やりそこなうと奥方さまのおいのちにかかわるぞ」

「あっ。……」

犬江親兵衛は脳天を棒でなぐられたような顔をした。

「おまえのようにたやすく考えて、それでうまくゆくなら、いまわしがやったところだ」

「犬村、それで敵は奥方さまを安房藩の奥方さまと知っていたのか」

「いや、まだ知るまい。しかし――」

角太郎の声がはじめて沈痛にふるえて、

「やがて、知るだろう」

「知れば、どうなる」

「一国の藩主の奥方が、無断で国元をとび出して女郎屋におわした——などということが判明すれば伏姫さまの珠云々《たまうんぬん》のまわりくどい手段を待つまでもなく、里見九万二千石はぶじにはすまされぬな」

「知るか」

「もとよりそれくらいのことは奥方さまも御承知であろう。死を決しても白状すまいとお覚悟なさるに相違はないが——如何《いかん》せん、相手は伊賀組だ。しょせん知らぬ存ぜぬでは通るまいよ」

角太郎の四角な肩が、すでに何かを想像するもののごとく、かすかな戦慄《せんりつ》にそよぐ。

「またわたしは、奥方さまが身分を明らかにせられることを望んでおる」

「とは?」

軍師気どりの犬村のいうことが矛盾しているので、犬塚信乃もその顔を見まもった。

「知れば、まさか伊賀組が殺すまいからよ」

「しかし、知れば里見家がぶじにはすまぬと、いまお前、いったばかりではないか」

「だから、奥方さまが何を白状あそばそうとそれはうそだということにする」

「えっ……犬村、それはどうして?」

「村雨さまが里見家の奥方さまだと白状なさる。当然それはまことか、伊賀組から安房へ実否探索の者が走るだろう。いってみると、そこにちゃんと村雨さまがおわしたらどうだ」

「奥方が安房へおわすわけはないではないか」

「もうひとり、奥方さまをつくるのだ」

「もうひとり、奥方さまをつくる？」

「甲賀卍谷におったころな、おまえらはろくに修行もせなんだようだ。いや、わしも実は下忍のわざがばかばかしゅうてあまり精出してはやらなんだが、——ただひとつ——或《あ》る老人から教わった術がある。忍法肉彫り。——」

「忍法肉彫り、——知らんな」

「その老人がおれにだけ教えてくれたわざだ。ひとりの人間の顔を刻み、切り貼り、削り、こねまわして、まったくべつの人間の顔をつくる。……それを教わったが、かかる術が軍陣に何の役に立とうや、むしろ、かような小術に気を奪われれば大軍を指揮する兵学のさわりになると思って、わしは忘れようとしておったが」

「待てよ、角太郎、ではその肉彫りの忍法をつかって——もうひとりの村雨さまをつくるというのじゃな」

「そうだ」

「だれが村雨さまになるのだ」

「顔はだれでもよいが、しかしやはりもともと似た顔かたちの方がいい」

「そりゃそうだろ、おまえのような顔なら、いかに玄妙のわざをふるってこねまわしても、金輪際村雨さまになれそうにない」

「それにからだということもある。からだまではどうにもならん。で、なるべく女性《にょしょう》がいいのだが、さしあたってこの大役をひき受けてくれる人がない」

「では？」

「信乃、おまえが村雨さまになれ」

「えっ、おれが——村雨さまに？」

信乃の眼がかがやいた。眼ばかりでなく、顔全体が歓喜にかがやいたようであった。

「おまえなら、ふだん女に化けて、女以上に女に見える奴だ。みごと、村雨さまになり変われる」

「ううむ。それは本望本懐のいたり。……待て待て、しかし犬村、その肉彫りとやら、手本がそばになくていいのか、村雨さまはいらっしゃらねえぜ」

「奥方さまのお顔は、眉《まゆ》ひとすじもおれの瞼《まぶた》にきざんである」

珍しく、犬村角太郎の頰にぽうと血がのぼったようであった。

「で、その肉彫りは痛いか」

「術だから、それほど痛くはない。しかし、少々痛いことはやむを得まい」

「なんだか、痛そうだな。……」

「ばかめ、これ以外に、奥方さまをお救いする方法はないのだぞ」

「奥方さまも、これで救えるのか」

「されば、館山に帰り、たしかめに来る——かならずたしかめに来る——伊賀組を一応ごまかしたら、すぐに江戸にひきかえして来てくれ。その顔が、奥方を救うのにも役に立つかもしれぬ」

「――ところで、犬村」

信乃はこのときふいにぎょっとしたように、

「用がすめば、おれの顔はまたおれの顔にもどるのか」

「いや、それはだめだ」

「な、なぜ」

「骨をけずり、皮をそぎ、血管をつなぎ、毛を植えかえる微妙なわざだ。いちどだけはできるが、二度やると、もとの顔はおろか、人間の顔ではないものに変わるとおれは教えられた。――」

「えっ、じゃあ……じゃあ……おれは永遠に村雨さまの顔になってしまうのか！」

犬塚信乃は茫然《ぼうぜん》と、夢にうなされたような表情をしていたが、ふいに枯葦《かれあし》の中にはねあがった。

「いやだ！　おれがおれに惚《ほ》れるなんて！　ど、ど、どうしようもねえじゃねえか！」

と、発狂したように口走って、それからしーんとだまりこんだ。

「信乃」

犬村角太郎が厳然といった。

「おまえ、村雨さまに恋着しておるか」

「…………」

犬江親兵衛が冷然といった。

「どうしようもないとはどういう意味だ。おまえ、奥方さまをどうかしようとかんがえていたのか」

「…………」

あたまをかかえ、葦の中にまるくなってしまった信乃のそばに、犬村角太郎は歩み寄り、その肩をつかんだ。

「信乃、一刻をもいそぐ。ゆこう」

「どこへ？」

「肉彫りの術には道具がいる。わしの屋敷へ来てもらわねばならぬ」

犬塚信乃は、催眠術にかけられたようにふらふらと立ちあがった。犬村角太郎はふりむいて、犬江親兵衛にいった。

「いま信乃にきけば、犬川壮助が江戸山四郎という名で狂言師としてこの葭原の葛城《かつらぎ》太夫一座におるという。それを呼んで、あとでわしのいる小幡勘兵衛先生の屋敷にやってこい。伊賀組につかまった村雨さまをさしあたってどうするか、相談しよう」

夜目にも彼はきびしい顔で、

「だいたい、いかなる了簡《りょうけん》か、みなじぶんだけいい子になろうとして、先を争って死にお る。相手が公儀じゃ、されば智恵をあつめ、力をあわせてこれに対さねばならぬ。みな、おのれをすてて、おれの指揮に従え」

といった。

そういう当人は、あまりおのれをすてていそうにない。

二

忍法肉彫り。——それがいかに怪奇の術であったかはしらず、犬塚信乃が小幡屋敷を出て東にむかったのがそれから二三刻ののち。

彼がよろめいていたのは、その前々日からの不眠の働きに疲労しつくしたためか、その手術による衝撃のためか。——それでも、彼は東へ駈《か》けてゆく。

彼は——、いや、彼はというのさえおかしい。信乃は、実に村雨さまそっくりの顔になっていた。衣装ももとより、村雨が江戸にやって来たときとほとんどおなじ若衆姿だ。美少年が若衆姿になったのだからあたりまえにみえるはずだが、ふしぎに女らしいなまめかしさがからまりついているのは、それも忍法肉彫りの醸《かも》し出した妖気《ようき》であろうか。

ただ闇にまぎれて走るその走法だけが、村雨さまとは似つかない、蟹《かに》のような横歩き、いや横走りだ。一昼夜に四十里走るという忍者の速歩、それだけは犬塚信乃、たしかに甲賀卍谷で学んだ。

それにしても、はじめよろめいていた信乃の足がしだいに速度をあげていく。もとより気力のなせるわざだが、あの寝そべっているのが飯より好きな横着者の犬塚信乃がこの気力をふるい起すとは、その走法よりももっと瞠目《どうもく》すべきことであろう。

やがて夜が明けて来た。さすがに太陽の下ではこの奇怪な走法をこころみるわけにはゆかない。――それでも信乃の姿は、春風の精のようであった。冬はようやく去って、ことに下総《しもうさ》、上総《かずさ》、安房と南下してゆくにつれて、春色は濃くなってゆく。

犬塚信乃が館山についたのは、その日の夕ぐれであった。

彼はすぐに国家老の正木大膳を訪ねた。大膳ならばうちあけてさしつかえない。いや、うちあけて話を合わせなければ万事水泡に帰する。

大膳が奥方さまの姿を見て狂喜し、且その後から正体が信乃であることを知らされて驚倒したことはいうまでもない。

「殿……殿！　奥方さまがお帰りあそばしましたぞ」

正木大膳が村雨をつれて、主君里見安房守のまえにまかり出たのはその翌日のことであった。狂喜且驚倒的な声を出したが、しかしそれは前日のまことの狂喜驚倒とはまったくべつの意味のものだ。

「ど、どこへいっておったのじゃ？」

安房守はしかし、ひたいに青いすじをたてた。

「たわけ、さなきだに悩みごとある城に、要らざるさわぎを起しおって。――」

村雨は、ひっそりと坐《すわ》って、じいっと安房守を見つめている。安房守は、ふと城からい

なくなるまえとは別人の村雨のような不敵さをおぼえ、

「はて、こやつ、人がちがったようだ」

と、つぶやいたので、信乃も大膳もぎょっとした。大膳はいった。

「殿。……八房どもがいままでに智、悌《てい》、忠、信のおん珠《たま》を運んで参りましたのを御存じでござりましょうか」

「うむ、あれは八犬士の伜《せがれ》どものしわざであろう」

「ちがいまする。この村雨さまのお働きのゆえなそうでござりまする」

「なにっ、うそをつけ、この村雨ごときが、いかにして――」

「奥方さまはいままで江戸におわして千辛万苦、ともかく珠のなかばはとりもどされたところで精も根もつきはてられ、一応お休みにお帰国あそばしたそうでござりまする」

「村雨、それはまことか。そちがいかにしてあの珠をとりもどしたか、まことならば語ってきかせい」

「あいや、殿、それは村雨さま、すべての珠をとりもどすために、何者にも口をきかぬという願《がん》をたてられた由」

そのことを、だれからきいたか正木大膳はいわなかったが、安房守はその矛盾に気づかず、ただ、

「ううむ」

と、うなった。

「なるほど、それほどの願を神にかけねば、御公儀からあのおん珠をとりもどすなどという大難事はかなえられぬことでございましょう。しかも奥方さまは、しばらく御休養ののち、また江戸にかえって、かならず残りの珠すべてをとりもどしてみせると仰せられ……いや、その心のようでござりまする」

「えっ、また江戸へ？」

「もとよりこのことが御公儀に知れたら当家の大事、これはかならず秘し通さねばならぬこととは御承知でござりましょうが」

「ううむ。……」

「ともあれ、このたびの御当家の大難のもとは、大久保家の血をひかれた御自分にあると存ぜられ、女性の御身を以て、鬼神のごとき働きをあそばされておる奥方さま。いまはその奥方さまのお働きにすがるより、御当家の大難を救う道はござりませぬ。殿におかせられましても、ここのところをよくよくおかんがえ下されて、奥方さまの御悲願をお破り下さりませぬよう。ただただお心を安らかにお休みなされますように、お力ぞえを。……」

「ううむ。……」

「なお、これはいわでものことでござりまするが、大願成就の日まで御夫婦のおんちぎりもおひかえ下さりまするよう、これも願の一つの由でござりまする。……」

「ううむ」

安房守はひたすらうなるよりほかなかった。彼は、ちかづこうにもちかづけない妖気をすら、はじめてこの稚《おさ》な妻に感じた。

「左様か。相わかった。しかし、村雨、どのような苦労をしたか。ほんのしばしのあいだにおとなになったようじゃ。……」

と、いった。信乃はくしゃみが出そうであった。

五日後、はたせるかな、本多佐渡守からまた使者があった。近江国《おうみのくに》に配流《はいる》中の大久保相模守から孫娘村雨に伝言のことあり、もと大久保家につかえていた老女をさしむけてきたのである。もとより、村雨が館山にいるか否かをたしかめんがためだ。

伝言の内容は、祖父《じい》も達者でおる、徳川家への忠義を忘れるな、といった程度の他愛のないものであった。……その老女から、何やら耳うちされたかいぞえの使者は、愕然《がくぜん》としたようであった。服部半蔵である。彼は、ここにおわすはまさに村雨に相違ないときいて、心中あっと思ったのだ。

村雨は、雨にぬれた花のように悄然《しょうぜん》としていた。

それは配所にある祖父の哀れな便りをきくにふさわしい姿であったが――信乃もまた心中に慄然《りつぜん》としていたのだ。

覚悟はしていた。そのために前以てじぶんがこの城に来て待ち受けていたにはちがいないが、犬村角太郎が予言したごとく、まさに敵から探索の使者が来たということは、服部屋敷にとらえられた村雨さまの正体が、ついに明らかになったということだ。

事ここにいたるまでに、村雨さまはいかなる目にお逢《あ》いなされたか？　それを想像すると、犬塚信乃は髪も逆立ち、いまにもこの城をおどりあがって飛び立ちたいような衝動に襲われた。

陰舌

一

里見安房守は心境に変化を来した。

妻の村雨に対して――である。

村雨が城に帰ったときから、彼女がひどくおとなびたように思った。彼女が江戸にあって伏姫の珠をとりかえすためにたたかった――ときいたときから、彼女の全身にいまだ曾《かつ》て知らぬ妖気がからみついているように思われた。それ以来、安房守は現在の妻に――あまり性欲をおぼえなかった以前の妻とは別人のように強烈な肉欲をおぼえたのである。

むろん、家老の正木大膳から、村雨があと四個の珠をとりもどすまで、夫婦のちぎりは結ばないと神に願をかけたということはきいている。――しかし、そんなことをきけばきくほど、妻に対して異様な欲望がつきあげてくるのを、彼は禁じ得なかった。

で、――本多佐渡守からの使者が来て、帰ったあとの夜のことである。

「村雨」

わざわざ別室に寝ている村雨のところへ、ずかと安房守は踏みこんだ。

「いつぞや、そなたを責めたのはわしがわるかった。苦労させた喃《のう》、おかげで珠は四つ返った。いったい、いかにしてそなたはあれをとりもどしたのじゃ？」

「…………」

「いや、それをきいてはならんのであったな。しかし、そなたひとりでとりもどしたのではあるまい。その証拠に、珠は八房どもがそれぞれくわえて帰った。あの八房は、まえに八犬士の伜どもめがけて放った犬、その犬が珠をくわえて帰ったとは、そなたのかげにあの男どもがおるということ。どうじゃ？」

「…………」

「八犬士の伜どもが主家のために粉骨いたすは当然として、あと四つの珠をとりもどすことを彼らにまかせることはならぬか？　どうしてもまたそなたがゆかねばならんのか？」

「…………」

「そこのところが、わしには解せぬ。そなたが二度ゆかずともすむようにできるであろうが」

閨《ねや》の上に起きなおって、眼をいっぱいに見ひらき、村雨はただ唇をわななかせた。まるではじめて夜這《よば》いの男を迎えた娘のような恐怖の表情であった。

「村雨、もうゆくな」

「気分はどうじゃ」

「…………」

「…………」

「ゆかぬと約束してくれ」

「…………」

「口をきかぬところをみると、まだ例の誓いとやらを護《まも》っているのか？」

「…………」

「ええ、口などきかずとも用はすむ。村雨、わしが可愛がってやるぞ」

ジリジリと閨のはしから膝《ひざ》で迫って来た安房守を見ながら村雨は――いや信乃は、心から弱っている。ほんとうに恐怖している。……もっともこの恐怖は、いまにもじぶんが吹き出しそうで、それを恐怖しているのだ。

しかし、こういうことになりはしないかと思って、あらかじめ正木大膳とうち合わせて、口はきかない、臥床《ふしど》は異にするという条件をつけていたのだ。どうやらそれは何とかうまくいって軍師犬村角太郎の予想した通り、本多の使者の眼をまんまとくらまし終えたから、夜の明け次第、すぐに江戸へ馳《は》せ帰ろうと心はもう北の空へ飛んでいたのに――とうとう、このばか殿さま、妙な気を起して夜這いにやって来た。

もともと信乃は、ほかの七犬士同様、この安房守をあまり買ってはいないのだ。それでも、ともかく主君にはちがいないのだからあまり手荒なこともできず、さていかにしてこの場をのがれようか、と気をもんでいる。

「村雨。……」

安房守は息のつまったような声を出した。眼がギラギラとかがやき、鼻のあたまに汗をかいている。

「よかろうが、村雨。な。……」

情欲にもえるノッペリとした長い顔がちかぢかと迫って、信乃は、笑いごとではない、ほんとうの恐怖を抱いた。

「ばかな誓いなどよすがいい」

安房守の片腕が、信乃の肩を巻いた。

「何なら、あとの珠などはどうでもよいではないか。九月九日には、四つだけ持ってゆけば何とかなるであろう。それよりも、な、村雨、……」

熱い息が耳にかかり、舌がペロンと頬をなでたとたん――信乃はピシャリと安房守の横っ面をひっぱたいた。ついにたまりかねた瞬間、反射的に手を出してしまったのだ。

しまった、と思った刹那《せつな》、それほどつよくひっぱたいたつもりはないのに、全身の筋肉をグニャグニャに柔らかくしていた安房守は、実にあっけないほどだらしなく、うしろにひっくりかえった。

「抵抗するか、村雨！」

安房守は、実に大げさな絶叫をあげた。

実は安房守がひっくりかえり、しまったと思った瞬間に信乃はおどろいて立ちあがったのだが、それがあわてたはずみに仁王立ちになったものだから、その姿が楚々《そそ》たる村雨だけに、何とも名状しがたい凄艶《せいえん》の尾をひいて、こんどは安房守の方が、ひっぱたかれたときよりも、わけのわからぬ恐怖に襲われたのだ。

もういけねえ、と信乃は思った。どっちにしても、ここは逃げるよりほかに方法はねえ、と妙な判断を下したが、この場合、まったくその通りだ。

ものもいわず、スタスタと一方の唐紙の方へゆきかかると、

「待て、村雨」

と、安房守ははね起きて、それから途方もない大声をはりあげた。

「ものども、出合え！　奥方をつかまえろ、つかまえて手足を押さえつけろ！」

唐紙の向うで、騒然とうごく気配がした。女中たちが、立ちあがった物音に相違ない。

「出合え！　出合え！」

安房守は金切声をはりあげる。

信乃は馳せもどって、床の間の刀架から刀をとりあげた。それを見ると安房守は、もと もと帰城以来の村雨に何か憑《つ》きものがしているようなぶきみさをおぼえていたこともあり、その魔性のものが村雨の姿を破ってその正体をあらわしたような恐怖にうたれて、――

「ものども参れ。――村雨が乱心いたしたぞ！」

と、のどをふりしぼった。

この安房守の恐怖はたしかに的にあたっていた。唐紙をおしあけて、薙刀《なぎなた》をかいこんだ腰元たちがあらわれると、信乃はたたみを蹴《け》った。

彼はうしろざまに、まるでつむじ風に吹きあげられた花のように背後の高い欄間にとびあがったのである。そこは壁と壁とが直角をなした隅であったが、この軽業が一同の眼にはまるでこの世にあるべからざる妖怪《ようかい》のわざと見えて、

「おおっ、奥方さまが――」

「ま、魔物におなりなされた！」

と、うなされたようなどよめきをあげた。

「おお、魔物に変じようとも」

と、信乃は女の声でいった。万一のことをかんがえていままで声は出さなかったのだが、このどよめきの中では村雨の声そっくりにきこえた。

「江戸にある、む、む、村雨さま――いや八犬士が、いのちをかけて珠《たま》をとりかえすのに血と汗をしぼっている姿を思えば――にもかかわらず、それが当然、何なら珠をとりかえさずともよいとは――どこの穴から出た声じゃ？」

信乃は刀の鞘《さや》をはらい、きっさきを上にあげて、クルリと天井に輪をかいた。

「そんないい気な世迷《よまい》ごとをきけば、女も魔物に変わろうというもの」

それでもなんとか言葉の辻《つじ》つまを合わせて、刀を逆にぽんと柄《つか》で天井をたたくと、その部分の天井は輪になって落ちた。

稲妻のごとくその刀を壁につき立てる。その刀のみねに乗ると、その姿はフワと蝙蝠《こうもり》みたいに天井に消え――そして一息か二息つくあいだに、もうずっと遠いところから銀鈴の

ような声がつたわって来た。

「あんぽんたんの馬鹿大名やあい」

二

どこかで、カラ、カラ、カラ、カラ——と奇妙な音がした。と、思うと、反対の方角からも、カラ、カラ、カラ——とそれに応ずるひびきがきこえる。それが鳴子《なるこ》の音だとはだいぶあとになって知った。

やがて、東西か南北か、正反対にある壁が二個所、同時にぽっかりと口をあける。そして、そこから十人ちかい黒い影が音もなく入って来た。

朝か、夜か、それもわからぬ。ただ闇にちかい薄明の底に、村雨はきちんと坐《すわ》っていた。黒い影が入って来たのを知ってはいても、顔をあげようともせぬ。

ここは服部屋敷の蔵の中であった。

蔵といってもただの蔵ではない。ふつうの壁はさらに五寸の土砂をつめこんだ板でつつまれ、天井には鉄の桟がはめこまれ、窓は網戸、金戸、板戸と三重になっている。のみならず、ふたつの扉は、両方がいちどに開閉されるようになっている。つまり、一方の扉をひらこうとし、またとじようとすれば、同時に他方の扉をひらき、またとじなければ、侵入も脱出も不可能なのだ。

ここの二階には、服部一党のあやつるさまざまの恐るべき武器、秘密の道具、千変万化の衣装などがそなえつけられてあった。いうならば、服部組の忍法蔵である。

その中にとらえられて三日目。——

村雨は、黒髪はみだれ、遊女姿のきものは大きく裂けて、あちこちとむき出しになった肌からは、うす青い痣《あざ》や、或《ある》いは血のにじみさえも見られた。

彼女は、責められたのである。——伏姫の珠を狙う甲賀者は、はたして里見の手のものであるか。それは何人いる、名は何という、彼らはどこにいる？

さらに彼女自身は何者か、彼らといかなる関係があるのか、それを問いつめられたのはむろんのことだ。

さまざまの拷問に、しかし村雨は一言も口をきかなかった。そして苦痛のあまり、いくたびか失神した。失神からさめると、彼女は服部一党を見あげ、何のこともなげに微笑した。それは水に洗われた童女のようにきよらかにさえ見える笑顔であった。

「——はてな？」

と、まず半蔵がくびをかしげた。

「こやつ、忍者ではないな」

それは一同も、最初から忍者のかんでそう看破していた。ひとりが、では敵の甲賀者に情けをかけられているただの遊女で、それが女によくある命がけの義理立てをしているのであろうか、とささやいた。

「いかにもこの女、死ぬのを覚悟している。船虫、あまり責めると、この女、死ぬぞ。――しかし、まことの遊女であるか？　こやつ、たしかに武家の女だ」

もとより、葭原の庄司甚右衛門にあらためて問い合わせたが、あの夜、犬飼現八がふたりつれて来た女で、何でも奉行の島田弾正さまが手活《てい》けの花をめでるために京からつれて来たときいた――という途方もない返答で、まさかと思いつつ、それでも念のため島田弾正にきいてみると、むろん真っ赤なでたらめであった。

「忍者ではないと承知していればこそ、ふつうの牢問にかけました。では、忍者問いにかけてみましょう」

と、船虫がいった。

「その忍者問いだがな。……これ以上、この女に傷がつかぬ責めにしろ」

と、服部半蔵はじっと村雨を見つつ、思案顔でいった。

「なぜでござります」

「この女……ただの武家の女ではないような気がする」

「ただの武家の女ではないというと？」

半蔵はこたえなかった。しかし、ふだん大名級の武家やその家人に接触している半蔵は、次第に何やら村雨に容易ならぬ素性の匂いをかぎ出したようであった。

「よし、陰舌《いんぜつ》の忍法を見せてやれ」

そして、一同は去った。それが前日のことである。

村雨は、いざとなれば死ぬ気でいた。じぶんが死んでも、あの八犬士の若者たちは、きっと残りの珠を奪いかえしてくれるであろう。……しかし、彼女はそう簡単に死にいそぎはすまいと決心していた。じぶんがとらえられたことは、彼らも知っている。あのときは、とっさに犬塚信乃を救うためにじぶんが身代りになってやったのだが、彼らのことだ、あの犬飼現八や犬坂毛野のようにふしぎな術を体得し、犬田小文吾や犬山道節のような忠節の魂をもつ八犬士の面々だ。いったん危機をのがれれば、遠からず敵の胆《きも》をうばうような秘術をこらして改めてじぶんを救い出しに来てくれるにきまっている。——彼女は彼らを信じていた。

この村雨の見かけによらぬ胆《きも》ふとい死への覚悟、またそこぬけに楽天的な生への希望。——何より服部半蔵をいぶかしがらせたのはこの清朗さであったろう。

いま、土蔵の扉があけられ、十人ちかい伊賀者が入って来た。

「女」

半蔵の声だ。

「いま、面白いものを見せてやる」

村雨は、顔をあげた。

伊賀者たちの中に四人の女がいることは前日、前々日と同様だが、その中に、もうひとり女がまじっている。それがまだ若く、ひどく肉感的な女なのに、一糸まとわぬ裸なのだ。しかし、うしろ手にくくられて、その口に異様なものがはめられていた。

筒切りになった青竹だ。長さはどれほどか、口の中に入っているからわからない。ただそのはしが、唇からやや突き出して見えている。すなわち女は、口にふとい青竹をさしこまれて、当然、美しい唇をそのふちに輪にしているのであった。そんな目に会いながら、その青竹を吐き出さないところをみると、おそらく竹に何かしかけがしてあるのであろう。

「これは、町で拾うて来た唖女じゃが、唖でのうてもこれでは口がきけぬことがわかるであろう。……それがじゃ」

半蔵はいった。

「やれ」

伊賀者が手をとって、その唖女を床にひきすえた。ひとりの伊賀者が黒い袴《はかま》をとってそのまえに仁王立ちになった。

そして村雨の眼前で――彼女が両手で顔を覆わずにはいられないような光景がくりひろげられ出したのである。

その伊賀者は、青竹の筒を通して、女の口を犯しはじめたのであった。

女は、噛《か》むことができなかった。のけぞろうにも、両腕と背は、べつの数人の伊賀者にしっかと支えられていた。……女の前に立った伊賀者は腰の運動をくりかえした。十数回となく、数十回となく――永久運動のごとく。

ついに女の顔が異様に紅潮し、眼が朦朧《もうろう》と妖《あや》しいひかりをおびはじめた。彼女は身もだえした。それは苦痛の身もだえではなく、あきらかに恍惚《こうこつ》のうねりであった。

「口が入れ代る。——」

と、半蔵がいった。

男の腰のかげになっているのでよく見えないが、しかしこのとき青竹のまわりにかぐろい翳《かげ》のようなものが見えてきたようであった。光線のかげんか、村雨には、女の美しい唇のまわりにひげが生えてきたように見えた。

青竹の周囲から、何やら透明な、粘っこい液体がにじみだし、タラタラとあごにつたい出した。

「きけ、伊賀忍法陰舌の声を。——」

半蔵がうす笑いしていったとたん、女のあえぎがきこえた。

「もっと……もっと！」

村雨は驚愕《きょうがく》していた。女はあえいだ。しかし、そのあえぎは、青竹をはめられた口から発せず、むしろひろげられた両肢《りょうあし》のあいだから出た。

「もっと……もっと！」

女はうめくようにいった。半蔵の声がそれにまじる。

「この女がしゃべったのは、生まれてはじめてであろう。伊賀忍法も使いようによっては、かかる功徳をほどこす」

「もっと……もっと……もっと！」

唖女は、のぼせあがった。恍惚たる、狂熱的なさけびをあげつづけていた。彼女は陰唇を以《もっ》てしゃべっているのであった。

「女」

顔を覆い、はてはつっ伏してしまった村雨の頭上に、冷たい服部半蔵の声がふってきた。

「素性を、白状せぬか？　言わねば、その方にも陰舌の法をほどこす。この法をほどこされれば、上の唇はしゃべらずとも、下の唇がしゃべる。下の唇は、上の唇ほど思うにまかせぬぞ。しゃべるまいと思っても、しゃべらずにはいられないのだ。女、まだ黙っておるか？　では」

と、ふりかえって、あごをしゃくった。

「青竹をもってこい」

――ここに至って、村雨は屈服した。

彼女は半失神状態になって、じぶんが里見安房守の妻村雨であることを口走ったのである。

「な、何、里見家の奥方？」

さしもの服部半蔵も驚倒した。かっと眼をむいて村雨を見下ろしていたが、すぐに顔色変じて、

「待て、それはたしかめねばならぬ。おれの帰るまで、殺すなよ」

きびしい声でいうと、ひとりで飛ぶように蔵の入口の方へ歩いていった。扉が二つひらき、その一つに半蔵は消えた。

服部半蔵が、江戸にいた大久保家の老女を探し出し、安房の館山に急行したのはその翌朝のことである。

蔵の内外《うちそと》

一

さて、その半蔵が館山から江戸に帰ったのは夜に入ってからのことであった。半蔵は怒っていた。とらえた女が村雨のにせものだとわかったからだ。安房の館山城にはちゃんとほんものの村雨がいたのをたしかめたからだ。

そうと知れば、それが当然だと思う。いかになんでも安房九万二千石の奥方がひとり出奔して、場所もあろうに江戸葭原の傾城《けいせい》屋にいるなどということはあり得べきことではない。それにまんまとひっかかったのがほかならぬじぶんだから、配下への手前もあるし、腹がにえくりかえるようだが、しかし、それにしてもじぶんの直感ではたしかにただものではない、高貴な匂いのする女だと思われたのだ。いったい、あれは何者であろう？

ともかく、あれは村雨のにせものだ。それをぬけぬけと、相手もあろうにこの服部半蔵にうそをついて、まんまとしてやられたのが耐えがたい。

えい、何者であろうともはや容赦はせぬ。素性に不審の点があればこそいままで手ごころを加えたのだが、こうなれば、あの女、伊賀者数十人の餌食《えじき》にくれてやってもよい。もしまことに何かの素性のある女ならば、こんどこそかえって音をあげるかもしれぬ。何なら、ぶった斬ってもさしつかえない。

出迎えた船虫、玉梓、吹雪、左母をつれ、服部半蔵は例の忍者蔵へ早足で歩いていった。半蔵が江戸に入るころから夜の空は雨をおとしはじめた。春の雨であったが、まるで夕立ちみたいにはげしいしぶきが暗い軒にけぶっていた。

その雨音の中に、どこかで何かがくだけるような音がしたのである。

「――や？」

見あげるまでもなく、ゆくての蔵の屋根から、バラバラと瓦《かわら》がおちてきた。一瞬彼らは息をのみ、身うごきもできないほどのおどろきに襲われた。

闇であろうと風雨の中であろうと、薄明のごとく見とおす忍者の眼――その彼らの眼に蔵の屋根からすうと浮かびあがって来た首と一本の腕が見えたのだ。

腕は一本の刃《やいば》をつかんでいた。それがひらめくと、また木屑がとび、瓦がおちて来た。首から上半身があらわれた。――それは村雨と名乗る女であった。

「……ううむ」

誰のうめきかわからない。

銀粉のごとくふりしぶく雨、折れとぶ破片、その空に白刃をふるうたおやかな美女の姿――それを眼前に見つつ、さしもの伊賀組の幹部たちが、まるで幻影でも見るようにしばし凝然《ぎょうぜん》と立ちすくんでいるきりであった。

信じられないのだ。捕えていた女は階下に置いてあったはずだが、あのような白刃がそばにあるはずがない。二階は武器蔵になっているが、階段はあげてあり、上り口は鉄板でふさいであり、半蔵以外に階段を下ろし、鉄板をあげるからくりを知っている者はないし、たとえ飛天の術で二階に入ろうと、天井にはいちめんに鉄の桟がはめてあるのだ。たとえ伊賀者の精鋭であろうと、そこを通りぬけるすべがあろうとは思われない。

にもかかわらず、その女はあきらかに屋根を切りやぶって、そこから逃れ出そうとしている。――

彼女は自分の作業に熱中していて、まだ半蔵たちに気がつかないらしい。いまや女は完全に屋根の上に立った。

「きゃつ……」

キリキリとくノ一衆が歯がみした。

「左母、玉梓。……伊賀者たちを集めろ」

半蔵が命じた。左母と玉梓は音もなく馳《は》せ去った。

――と、表門の方でどどっと大きな音がした。大声でののしる声がきこえる。

「伊賀組――伊賀組のお頭に御意を得たい」

「先日、伊賀組はほしいままに葭原の西田屋を臨検なされた由」

「伊賀組が遊女屋の臨検をするとは、いかなるお触れによってなされたか。その理由を承わりたい」

「以前より傾城屋一同からとくに保護を依託されているわれらだ。……すじのたたぬことは断じて承服ならぬ」

「服部半蔵どのの御挨拶《あいさつ》をきこう」

それに対して何やら問いただす声がきこえたかと思うと、ひっ裂けるような返事が、

「野ざらし組だ！」

と、鳴りわたった。

「――なに、野ざらし組？」

屋根の女を見あげたまま、半蔵はくびをかしげた。

野ざらし組、その名は半蔵もきいている。市井のあぶれ者の集団で、しかも強いもの、権力あるものとみれば、ことさら狂犬のごとくいどみかかる連中だときいている。それにしても、伊賀の服部屋敷に強談をしかけてくるとは呆《あき》れかえったムチャクチャな手合だが、しかし悪いところへやってきた。――

「挨拶はあとでする。いまは金でもやって追い返せ」

と、半蔵は吹雪に命じた。こんどは吹雪が駈《か》け去った。

しかし、いま表門の方に起った騒ぎは、屋根の上の女にとっても思いがけないことであったらしく、彼女は雨にたたかれながら、じっとその方向をながめている。

「ならんっ」

「野ざらし組が金が欲しゅうて推参したと思うか」

「服部半蔵のわび証文なくてはひきとれぬと言え！」

怒号が表門の方できこえたかと思うと、そこからもメリメリと何かこわれるような音がした。

「しまった」

「きゃつら、打ち合わせておるぞ」

と、半蔵がさけんだ。

「えっ？」

「屋根の女にとっては意外事ではない。表門のさわぎにまぎれて、きゃつ裏の方からのがれようとしておる。おそらく、きゃつら、しめし合わせてのことだ」

屋根の女は、裏門の方をながめていた。それが、ふりむいて――

「わかったかや？」

と、銀鈴に似た声を投げて、にっと笑ったのである。

服部半蔵は愕然《がくぜん》としていた。いままで物蔭《ものかげ》にひそんでいたから、まさか気づいてはいないと思っていたのに――きゃつ、いよいよただものではない！

「ううむ、野ざらし組には内縛陣を張れ。一歩も入れるな。手にあまる奴は、討ち果たせ。船虫、それから伊賀衆の手練の者四五人と、くノ一衆たちを呼び返せ。あの女に外縛陣を張るのだ！」

船虫が駈け去った。半蔵は土蔵の下に駈け寄った。

そのとき、屋根の女は腕をあげて、向うに何か投げた。——次の瞬間、彼女はすうっと雨の空間に歩み出したのである。

「——あっ」

さしもの半蔵が文字通り仰天した。村雨と名乗る女は、雨にけぶる夜の大空を妖々《ようよう》として歩む。——まるで雲を踏んでいるように、そのからだを浮動させつつ、しかしたしかに宙を踏んで、ユラユラユラと裏門の方へのがれてゆく。

半蔵は走りながら手裏剣を投げた。

女は空中でとんぼをきってそれを避けた。しかも、宙返りした足はまた空にとまって、地上にころがり落ちない。伊賀組頭領の服部半蔵が、これは神魔のわざかとわが眼を疑った。

跫音《あしおと》がして、十人あまりの黒影が奔馳《ほんち》して来た。先刻呼んだくノ一衆と伊賀組だ。

「あれは？」

船虫は宙をあおいで、ふだんとじている「悦」の義眼をむいて、

「綱ですっ」

と、さけんだ。雨にけぶる夜空に、逆上していた半蔵も、はじめて細い一条の綱を見た。——ゆくてには樟《くす》の木がある。さっき女が何か投げたように見えたのは、その綱を樟の木めがけて投げたのであった。

「見たか」

雨空で、美しい笑いがゆれた。このとき女のからだは上下一間にもわたって大きくゆれていた。

「甲賀秘伝の――忍法ではない、軽業の綱わたり」

数条の鎖が宙を旋回してその細い綱めがけて薙《な》ぎつけられた。綱は二つに断ち切られて地上におちて来た。

しかし、その寸前――女のからだは羽ばたくように大空をとんで、頭上にさし出た樟の木の枝にとびついていた。地上の敵が鎖をもち出すと見て、女は綱の反動を利用して飛び去ったのである。彼女は刃を口にくわえ、両腕で枝をつかんでいた。

うなりをあげて数十のマキビシがその姿を襲ったとき、影はまたむささびのごとく宙を翔《か》けて、裏門の外へ落下していった。

「のがすな！」

狂気のごとく彼らは裏門めがけて殺到した。

あきれたことに、その娘は門の外数間《そとすうけん》のところに立ちどまって、こちらをむいてにっと笑っていた。そばに大きな犬が一匹いる。反撃を予期し、伊賀者たちが思わずたたらを踏むと、そのすきに彼女はその犬の背に腹這《はらば》いにのった。

「待てっ」

あわてて追うと、犬はそのまま疾風のごとく走り出す。しかも追手を馬鹿にしたように、ときどき稲妻形に走ってみせる。――

表門の方では、伊賀組が野ざらし組を追いちらしていた。追うと、これまた逃げる。そのくせ手がとどかぬとなると、その距離で立ちどまって、石を投げる。わめく、手をたたく。みれば、まるで瘦《や》せこけた狂犬みたいな浪人者ばかりだが。

彼らは恐るべき、愛すべき若き首領犬江親兵衛が、一世一代の願いだといって今宵《こよい》伊賀組をからかうことを依頼したのに対し、相手がおっかないだけに、いっそうゾクゾクするような快味をおぼえて、死物狂いのいたずらをしているのであった。

二

その野ざらし組が、蔵の中の女をのがすための陽動作戦をしているのだとは看破したが、しかしさすがの服部半蔵も、さらに三段構えの罠《わな》がしかけてあろうとは思いもよらなかった。

表門の野ざらし組を追い、裏門に女を追い――蔵の外はしばしば無人となった。また蔵の中ももはや無人のはずだから、だれがこれを警戒するものがあろう。

そこに、朦朧《もうろう》と雨にけぶって二つの黒影が現われた。黒頭巾《ずきん》に黒装束をつけている。

「その綱を斬れ、壮助」

「この鳴子《なるこ》か」

「鳴子を鳴らしてはならぬぞ」

「心得た」

「さて、この蔵の扉をひらくのが難物じゃて。二つ戸があって、双方同時に開けねば、どちらも開かぬしかけになっておるという。徳川家の軍師小幡勘兵衛の一の門弟として、この服部屋敷にも来たことのある犬村角太郎がおらなんだら、なるほどこれでは手もつけられなんだ」

「犬村は開けたことがあるのか」

「いや、半蔵に案内されて入ったことはあるが、よくわからなんだという。しかし、三日三晩思案して兵学の原理からようやく思いあたったそうだ。しかも、扉のあけようはわかっても、うかとここに近づくことはならん。村雨さまをぶじにお救い申しあげるのがそもそもの目的だから、それにまちがいあってはならん……と、軍師角太郎は苦心惨澹《さんたん》」

「村雨さまは御無事であろうか、親兵衛――はやく、はやくこの戸を開けろ」

「で、ようやく、今夜は軍法を思いついた。こういう手荒なことは好まぬそうじゃが、しかしいかに心血をしぼってかんがえても、これよりほかに思案はないそうだ。この土戸のここを、こうやって右へねじる。……見たか壮助、わかったらあっちの戸のところへゆけ、二つの戸を同時に開ける」

黒影が、むこうへ走った。

「そうれ」

蔵の土戸は同時に音もなく開いた。

ふたりの黒頭巾はいっせいに中にまろびこんだ。

「おう！　奥方さま！」

ふたりは、いきなりそこにがばとふしまろんで、すすり泣くような声をあげた。

村雨はいた。村雨は、髪もみだれ、半裸の姿となり、息絶え絶えに、しかもひざをきちんとそろえて壁にもたれかかっていた。

闇黒の中にひれ伏した黒装束を見て、うすく眼をひらき、

「犬江……犬川ですね」

といった。彼女は見ぬいたのだ。

「わたしは、信じていました。おまえたちが来てくれることを……」

「は、はいっ、村雨さま、それが……犬村の軍師づらの長思案のために、遅うなって申しわけありませぬ。あわれ、いたましや、奥方さま、どれほど伊賀組のために――」

「責められて、わたしはとうとう安房の村雨であることをもらしてしまいました。それでお家に難儀が及びはすまいか……」

「いいえ、犬村によれば、それはむしろ望むところだそうでござります。奥方さまが一日も早《はよ》うそのことをおもらしになるように、それを身をもみねじって祈っておりました」

「……なぜ？」

「そうと知れば、まさか奥方さまを害したてまつるようなことはあるまいと」

「しかし、館山には」

「館山には、信乃が奥方さまに化けていっております。それを探りにいった服部半蔵の帰るのに先立って、信乃は宙をとんで馳《は》せかえって参りました。奥方さまをお救い申しあげるのには、半蔵の留守中の方がよいのでございますするが、またその信乃がおらねば成り立たぬ今夜の陣立て。そのまた角太郎の智恵が出たのがけさのことという、千番に一番にかねあいの兵法でございます」

「さるにても、奥方さま、お久しゅうございまする。犬川壮助、まったくこのたびの大変を存じませず。——」

江戸山四郎すなわち犬川壮助はうそをついている。父の遺書をもたらした八房をむかえて——

「無意味な伝統にこりかたまっているおやじなどとはちがい、わしはもっと新しい、有意義な仕事に生甲斐《いきがい》を見つけ出しているのだ！」と昂然《こうぜん》といってのけたことは、実は忘れていた。犬江親兵衛から、村雨さまの危難をきいてからは。

「おいっ……壮助、そのような御挨拶《あいさつ》はあとだ。信乃と野ざらし組が、伊賀者を牽制《けんせい》しているあいだにはやく」

「そうだ。では、奥方さま、恐れながら、拙者の背に」

と、犬川壮助はいざり寄り、黒装束の背をむけた。

——これでわかった。蔵から逃げ出したのは、村雨でなく、信乃であったのだ。正確にいえば、屋根の上をほじくりかえし、中から逃げ出したように見せかけたにすぎない。

犬塚信乃は、一刻もながく敵をひきつけておくべく、一頭の八房の背にのり、稲妻形に逃げて伊賀者たちをからかった。ときどき嘲笑《ちようしよう》の声を投げたが、これこそ身の毛もよだつ必死の軽業であった。

だれしもこれを甲賀の女忍者と思い、それまで忍者の気配は毫《ごう》もみせなかっただけに舌をまき、歯ぎしりしたが、この中で、ふっ——と異様な感じを胸によぎらせたものがある。伊賀のくノ一の左母であった。

彼女はいつか見た葭原の女軽業師を思い出したのだ。顔はちがう。顔はちがうが、あの人間わざとは思われぬ犬の使いようは。——

しかし、まさかそれが同一人とはひとにいいかね、彼女はふいにひとり身をひるがえした。いまの奇怪な疑心暗鬼をはらすため、蔵に馳せかえって、そこに村雨がいるかいないか、じぶんの眼でたしかめようとしたのだ。

左母は忍者蔵の前に駈《か》けもどった。そして、そこから村雨を背負って走り出て来たふたりの黒装束に逢《あ》った。

しばし、双方は凝然とにらみ合った。

一方の黒装束の腰から閃光《せんこう》がほとばしり出て左母を薙《な》いだ。犬江親兵衛の手練の一刀であった。

左母はとびのき、黒ずんだ蔵の壁に立った。——彼女は身を水平に、ピタリと足を垂直の壁に吸着させたのである。

彼女は夜光虫のようにひかる眼で見下ろした。

「そうであったか」

そして左母の唇から、細い――しかし、どこまでもよく透《とお》る口笛が夜空をわたった。

「壮助、逃げろ」と、親兵衛はさけんだ。

「敵はおれがひき受ける。おまえ、村雨さまを背負って、はやく逃げろ」

「逃がすものか」頭上で、左母は罵《のの》った。

「それ、みながここへ駈けつけてくる。おうっ、みなの衆、甲賀者が推参してござりまするぞ！　外縛陣を、早う外縛陣を。――」

「だいたい、おれはな」

と、刃をかまえたまま犬江親兵衛は白い歯を見せた。

「犬村角太郎の七面倒な兵学とやらが気に入らん。ただ村雨さまを御無事にお救い申しあげるために、辛抱していうことをきいていたのだ。面白い！　こうなったら、壮助、野ざらし組らしゅうおれにひとあばれさせてくれ！」

「親兵衛」

「そもそも、逃げるために伊賀組とやり合っているのではなかろうが。例の珠《たま》を奪い返さねばならぬ！」

地屏風《ちびょうぶ》

一

「思いは同じだ。しかし、親兵衛」

と犬川壮助は息みじかく、

「犬村角太郎のかたく申したことは、今夜の目的は珠より奥方、奥方をお救いすることだけに専心し、目的を達したらいそぎひきあげてこい、ということであったぞ。相手は伊賀組、伊賀忍法を破るには、なお一工夫《ひとくふう》も二工夫も要ると。——」

「おれは甲賀忍法をつかう」

「なに、おまえが甲賀忍法を？　おまえが野ざらし組首領として、剣の方は凄腕《すごうで》だということは知っているが、忍法の達人だとはきいておらぬ。甲賀卍谷で誰からまなんだか」

「女よ」

「女？」

「お蛍《けい》、という女があったろう」

「おお、お蛍さま。——」

そのとき、壁の上で、愕然《がくぜん》たる左母のさけびがきこえた。

「そうか。いままでどこかできいた声と思っていたが、そこにおるのは葛城太夫一座の江戸山四郎どのじゃな。江戸山四郎、おまえは里見の甲賀者であったか。あまりに身近《みぢか》うてかえって気がつかなんだ。おお、みなの衆、早く来なされ、一大事じゃっ」

庭の彼方《かなた》に跫音《あしおと》がみだれた。

「きいた通りだ、壮助、もはやこの女、生かしてはおけぬ。おまえ、早く逃げろ、村雨さまを殺す気か」

「では」

もはや問答する余裕を失って、村雨を背負った犬川壮助は、そのままタタと走り去ろうとする。――そのまえに、さあっと何やらふりかかった。

雨ではない。油だ。どこにそんな容器を持っていたか、壁の上の左母が、犬川壮助のゆくてに、半円をえがいて油の雨をふりそそがせたのであった。つづいて、小さな赤い火花がそれを追った。

間髪をいれず――油と火のあいだを、犬川壮助は走りぬけた。からだに油はふりかかったであろうが、大地に半円形に炎がもえあがったのは、そのあとであった。

「壮助、八房だけをよこせ」

と、うしろで犬江親兵衛がさけんだ。

「伊賀者が逃がすものかよ」

頭上で、左母は歯ぎしりした。

「少なくとも、うぬだけはこのわたしが」

声とともにまた油の環《わ》が散った。先刻の半円よりももっと小さく。――炎が壁の下に立つ親兵衛に迫った。

それにも平然として、犬江親兵衛は黒頭巾《ずきん》の顔をふりあげた。

「やるか、伊賀のくノ一」

そういうと、なんと犬江親兵衛は身を横なりに、どうと土蔵の下に横たわったのだ。

騒然と跫音が迫って、炎の向うに十数人の伊賀者がむれさわぐのが見えた。しかし、炎はかえって、この場合、親兵衛をめぐる盾《たて》の環となった。

とはいえ、彼もまたその炎に封じこめられたのである。剽悍《ひょうかん》無頼の野ざらし組をひきいてあばれまわった彼の魔剣をどう使うのか。――いや、それをどう使おうと思案するどころか、彼は丸太ンぼうみたいにごろんとそこに寝ころんでしまったのだ。壁の上からの襲撃にはまったく無抵抗に。

「何の真似じゃ、甲賀者」

一瞬、ぎょっとしたらしい左母は、しかし、この敵の姿勢に本能的な恐怖をおぼえて、

「その手はくわぬ」

水平に壁に立ったまま、身をかがめて犬江親兵衛めがけて、ひとなぎに数本の手裏剣を投げた。

手裏剣は親兵衛の胴に薄《すすき》のごとくつき刺さって血がはねとんだ。

「その手はくわぬといって――おれの手を知っておるか」

親兵衛はかわいた声で笑った。

「甲賀忍法、地屏風《ちびょうぶ》――といいたいが、その真似よ」

同時に、怪異が起った。

左母の眼にじぶんの立っている壁がかたむいていって水平となり、大地が屏風のように立ってくるのが見えた。

甲賀忍法地屏風。……若い犬江親兵衛は、それを甲賀卍谷のお蛍という女から学んだのであった。お蛍は卍谷の首領一族の娘で、後家であった。まだ美しいのに彼女は再婚しなかった。再婚を禁じられていたのみならず、彼女はその夫となる男を殺すという体質を先天的に伝えられていたからだ。すなわちお蛍は、交合により恍惚《こうこつ》の境に入ると、その息が青酸ガスのようなものに変じる――みずから意識せずしてこの現象が起るという奇怪な体質を遺伝されていたのだ。

この華麗な毒蝶《どくちょう》が、忍法修行のためにやって来た若い親兵衛に眼をつけて、誘惑した。彼女の禁じられた肉欲と、相手が遠来の他国者であるという安心とが結合したための行為であったろう。

ところが、この若者は死ななかった。失神したが、甦《よみがえ》ったのだ。この少年が卍谷の忍者にまさる異常な生命力を持っていることを知ったお蛍は、以来、それまでにも増して彼を貴重なものに思い出した。

彼女は一案を思いついた。それはなるべく少年と顔を離して交合するということであった。それで彼女は、いわゆる乗馬位を取った。少年を仰《あお》むけに横たえ、彼女は膝《ひざ》を折って直立したのである。そして、少年を愛するあまり、またこの謀反気の強い少年の自尊心を傷つけることを怖れるあまり、彼女の家だけに相伝された忍法「地屏風」を教えたのであった。それによると、直立していた彼女は横たわり、横たわっていた少年は直立しているという位置感覚の回転現象を生じた。

犬江親兵衛が七人の仲間とともに卍谷を逃げ出したのは、ほかの連中のごとく忍法修行に辟易《へきえき》したばかりではなく、この濃艶《のうえん》な女忍者の濃厚な愛撫《あいぶ》に辟易したからだ。

脱走はしたが、しかしこの経験は彼の心性にひどい影響をあたえたようだ。彼が実に凄《せい》絶《ぜつ》なばかりの男前なのに女人に対してあまり興味がなく、むしろ嫌悪の表情すらみせるばかりで、ただあらくれ男を使ってあばれまわっていたのは、この反動、いや、以前の屈辱感の裏返しかもしれない。

ともあれ、この「野ざらし組」時代、彼がいちどとしてこの忍法を使わなかったということは、それを教えられたときの記憶が甦るのをいやがったからだというのはたしかである。

いま——犬江親兵衛はそれを試みた。伊賀組の重囲におち、壁に水平に立つという奇怪な女忍者との死闘にあたってそれを使った。

壁をたおし、大地を立てる忍法「地屏風」！

そもこれは位置感覚の回転というたんなる錯覚か。——炎のまわりに殺到していた伊賀者のむれは、突如としていっせいにまえにつんのめったのみならず、前にすべりおちはじめた。錯覚というべく、あまりにもそれは幻怪であった。炎すら横になびいたのだ。いや、大地が立ったために、それは大地に沿って燃えあがったとしか見えなかった。

「熱っ」

「熱いっ、熱っ、熱っ」

伊賀者たちは、炎の中にころがりこみ、燃えながら土蔵の下までおちて来て、そこにうずたかく折り重なった。

左母はじぶんの気が狂ったのかと思った。雨すらも横にふりそそぐのを見たからだ。それは横なぐりの雨ではなかった。雨はたしかに垂直に蔵の壁におちた。そして蔵の壁はいまや水平になっていた。

水平になった壁を雨が洗い、血がながれて来た。それは敵たる甲賀者の血であった。つづいて、ころがるというより、たおれたまま壁をすべり寄って来たその姿を見て、左母はとび立とうとした。

足は壁をはなれなかった。おびただしい血は、彼女の足を壁に膠着《こうちゃく》させていた。投げるべき手裏剣は、もはや左母の手になかった。

はりねずみのように手裏剣を立てた犬江親兵衛は、壁に横たわったまま、ニヤリとした。

「なるほど、凄《すご》いものだな、忍法地屏風」

それを使った本人が感心している。しかし彼はあきらかにこの世の人間の姿ではなかった。

「珠《たま》はもらった！」

「やらぬ！」

二条の剣光がはしった。

左母は足もとにすべり寄って来た敵の胴に一刀を斬り下ろした。しかるに彼女の意志にそむいて、敵と平行に横に薙《な》いだ。そして横に薙いだ犬江親兵衛の一閃《いっせん》は、これは正確に左母の両足をひざから切断した。

声もなく女忍者にのしかかり、その懐をさぐる。とり出した一個の珠を親兵衛は炎にかざした。

「仁」

空で、犬の吼《ほ》える声がした。

「八房か」

彼はその珠を宙天に投げた。——実は庭めがけて放ったのである。

同時にからみついていた親兵衛と左母のからだは、ズルズルと土蔵を大地にむかって滑りはじめた。親兵衛の念力のうすれるとともに、忍法「地屏風」が解けてきたのだ。……

——犬に乗って稲妻形に逃げる信乃を追って狂奔していた服部半蔵と船虫、玉梓、吹雪が、屋敷の異変をきいて駈《か》けもどってきたとき、それと入れちがいに一匹の大きな犬が裏門から飛び出してくる姿を見たが、それを追ういとまもなく、彼らは土蔵のところへ馳《は》せかえった。

彼らは茫然《ぼうぜん》と立ちすくんだ。

雨の中に、油の匂いはしたが、炎はもう消えかかっていた。その鬼火のような残り火に――土蔵の下にうずたかく伊賀者たちの焼死体がつみ重なり、その上に左母とからみ合って死んでいる見知らぬ黒装束の男を見出《みいだ》したのである。

その男には手裏剣が宝冠のごとくつき刺さっていた。左母の切断されたひざの傷には、一個の珠が血にぬれてひかっていた。

「狂」

二

雨と闇の中に、ひとつの黒い影が坐《すわ》っていた。服部屋敷からほど遠からぬ、と或《あ》る築地《ついじ》の崩れた場所であった。

たったひとりなのに、彼は石に腰をかけ、百万の大軍を指揮する大軍師のごとく威容厳然とひかえている。――いうまでもなく、犬村角太郎だ。

まず駈けて来たのは一頭の犬に乗った犬塚信乃であった。

「犬村」

「信乃、うまくいったか。うまくいったはずだ」

「おれの方はうまくやったつもりだ。いや伊賀組に追いまくられたよ。途中でやつら、あわててひき返したから助かったようなものの、すんでのことで危いところだったよ」

「何、伊賀組があわててひき返した？　犬江と犬川が見つかったのではないか」

「それがおれも気にかかっているのだ」

「ぶ、不調法な奴らだ、きゃつら見つかったら、何にもならぬ。かんじんの村雨さまがふたたびつかまえられなされたらどうするのだ」

「あっ、そいつはいけねえ、おいら、もういちどひき返して見てこようか」

「ま、待て。——いましばらく、様子を見よう」

ややあって、また雨と闇をついて、ひとつの黒影が駈けて来た。

「犬村」

「壮助か！　うまくいったか」

「村雨さまはこれこの通り」

犬川壮助の背から下された村雨さまは、完全に気を失っていた。頭上に張り出した樹の枝に、油紙の屋根が張ってある。その下に、村雨さまは横たえられた。

「奥方さま！」

「奥方さま、しっかりなされませ、奥方さま！」

狂乱したごとく呼ぶ犬塚信乃と犬川壮助の声をききながら、犬村角太郎はやおら腰の印《いん》籠《ろう》から薬をとり出し、瓢簞《ひょうたん》をとり出した。——油紙の屋根を作って待っていたのも彼だが、実に用意のいいことだ。

「さて、このままではお口に薬が入らぬ。だれか、口うつしに酒と一緒にお服《の》ませせねばならぬが。……」

といったきり、彼は沈黙した。

信乃も壮助もだまりこんだ。突如、闇の中に異様な緊張が凝固したようであった。それはヘンな殺気にちかいものであった。

「ああ」

地上で、かすかな息の声がした。

「や、お気づきなされた」

三人は狂喜した。——三人でまつわりつくようにして、薬やら瓢簞の酒やらを次々にさし出していると、またこれは跫音《あしおと》もなく一匹の犬がやって来た。

「八房だ」

彼らはすぐに、その八房が仁の珠をくわえていることを知った。

「……ううむ、しかし」

と、犬川壮助は闇の彼方《かなた》の遠い服部屋敷をふりかえってうめいた。

「親兵衛め、死におったな」

あらためて壮助から、親兵衛の行状をきいて、「ああ、親兵衛。……」と村雨はむせぶような声をあげた。

「たわけめ、要らざる犬死だ」

吐き出すように、犬村角太郎がいった。ほんとうなら、また信乃がその顔をぶんなぐるところだが、このときはなぜかひどく彼に同感した。――というより、信乃は死んだ親兵衛に嫉妬《しっと》をおぼえたのである。

「わしの申した軍略通りにうごけば、あとでやすやすと残りの珠を奪えるものを」

「しかし、ともかくも親兵衛は、仁の珠をみごと奪い返したな」

と、壮助はいった。

「早速これを八房にもたせて安房へ送ろう」

「それはそうするつもりだが、信乃」

と、角太郎は重々しく腕ぐみをした。

「おぬし、もういちど安房へいってくれ」

「いやだよ！」

と、信乃は悲鳴をあげた。主君の安房守とのあの騒動を思い出したのだ。

「いや御苦労だが、いやといってすまされてはこまる。犬村が頼む」

「なぜだ」

「先日、佐渡乃至《ないし》服部半蔵の探索の手が、村雨さまは館山におわすやと安房にゆくであろうことをわしは見ぬいた。事実、その通りになった。信乃を村雨さまに化けさせていそぎ安房へやったのはそのためで、これは苦しまぎれの便法であったが、それが新たな面倒をひき起すことになった」

「どんな面倒」

「今夜、服部屋敷から逃げ出された村雨さまが、まことの村雨さまかにせものか、それを敵が見破ったかどうかは別として、少なくとも村雨さまとそれにそっくりの女が、この世にふたりいると、服部半蔵は知ったろう」

「あ！」

「それゆえ、きゃつ、必ずまた安房にゆく。仰天し狼狽《ろうばい》しつつも、ふたたび館山にさぐりにゆかずにはおかぬ。そのためまた替玉を用意しておく必要があるのだ」

「では、では。――」

と、信乃はいった。

それくらいなら、なぜこんどはほんものの村雨さまをお帰ししないのだ？　といおうとしたのだ。

しかし、村雨さまをお帰しすると、あの殿さまが例によって鼻の下を長くして、村雨さまにちょっかいをかけるにきまっている。ちょっかいではない、夫婦だから当然のことだが、なぜか信乃はそれにたえられなかった。実態を体験しただけに、たまらないのだ。といって、じぶんがゆき、村雨さまを江戸に残すと――この犬村角太郎と犬川壮助め、大丈夫かな？

彼から見ると、まさに前門の虎、後門の狼。

「このたびの探索は、このまえのように手軽にはゆかぬぞ。必ず一くせも二くせもある難題をおしつけてくるにきまっている。それをあしらうには、恐れながら村雨さまより信乃の狡猾《こうかつ》、いや機略に頼った方がよいと、わしは信乃を信じるのである」

「……けっ」

と、信乃はのどのおくを鳴らしたが、すぐにあらたまり、

「犬村、その難題とはどういうものだろう」

「それはいま、わしにもわからぬ。軍師としての嗅覚《きゅうかく》でそう予感するのだ。ともかく信乃、安房へ行け。当方でわかったことがあれば、八房を以《もっ》て連絡する。——ただし、そのまえに」

犬村角太郎は腕ぐみをといた。

「おまえ、村雨さまを八房にお乗せし、おまえはもう一頭の八房に乗って、ともかくもわしのいる小幡屋敷にお送りしろ」

「おめえたちは？」

「わしたちは、一応、犬江の安否をたしかめてかえる。また、犬江がほんとうに死んだのなら、世話になった野ざらし組の面々を慰労しておく仕事もある」

服部半蔵が惨澹《さんたん》たる顔で、本多佐渡守の屋敷を訪れたのはその翌日のことであった。

「ふうむ、忠、悌《てい》、信、智、仁——と、五つの珠《たま》を奪われたか」

と、佐渡守はいって、ジロリと半蔵を見た。

「天下の伊賀者が喃《のう》」

半蔵は顔をあげられなかった。

「里見も存外やるものじゃ。それほどの甲賀者を使いこなすとは……こりゃ、里見を見直して、そこの甲賀者を公儀にもらい受けた方が利口かもしれぬ」

服部一党にとっては、これ以上にない痛烈な侮辱であった。半蔵は全身の血が逆流する思いがした。

「それはともかく、半蔵、捨ておかば、九月九日どころか、五月五日までにも、八つの珠ことごとく里見に奪い返されるぞ」

「あいや、左様なことは、断じて」

「とは、保証できぬ。では、口実をつけて、三月三日に早めるか？　忍者同士のたたかいは、実に疾風迅雷じゃの。左様、三月三日、上巳《じょうし》の御祝。つまり女の節句じゃな。それにかこつけて、里見の奥方に、伏姫のおん珠持って御自身江戸城に参られるよう申しわたすこととしようか」

「えっ、里見どのの奥方に？」

「いかにも、その奥方、どこにおるのがほんものやら。思えばあの奥方は、大久保相模の孫娘、かならずただものではない。このたびの忍法争いに、当人が必定乗り出しておるものとわしは見る。その奥方をいちど見て、佐渡自身、是非たしかめとうなったのじゃ」

二人村雨

一

外桜田の紀尾井坂にある軍学者小幡勘兵衛景憲の屋敷。

あるじの景憲はこの冬から兵法の史料蒐集《しゅうしゅう》のために甲州方面へ旅行中だということだが、留守中にもかかわらず、ちょうど濠《ほり》をへだてた真向いにある井伊《いい》掃部頭《かもんのかみ》の屋敷よりも人の出入りがはげしい。

「本朝武芸小伝」その他によれば。——

小幡勘兵衛はもと武田家の出身である。ただし、武田家が滅亡したのは彼が九歳のときであったという。のち長じて諸国を放浪して兵学を修行し、いちじ関ヶ原合戦のころ、井伊家に仕えてこの戦に参加したこともあるが、すぐにまた辞して巷《ちまた》の軍学者となった。有名な軍学書「甲陽軍鑑」は、信玄の謀将高坂弾正の著といわれるが、実は弾正の名に託して、この小幡景憲があらわしたものだという。巷の軍学者といっても、門弟三千と伝えられたことをみてもわかるように、むしろ一井伊家に奉公するよりも、この方が兵法の教授に好都合だと判断したからであろう。世に知られた軍学者北条安房守や山鹿素行《やまがそこう》はその門から出た人である。

さてこの勘兵衛が甲州へ武田流軍学の史料渉猟の旅に出たということはだれもきいているが、その高足《こうそく》犬村角太郎が代講して、その兵論の精妙なることは師と変わるところがないから、それを聴講しに通う弟子の数はそれほどへらない。

その実――景憲がひそかに織田有楽斎に大封の約束を以て招かれて、先ごろから大坂城に入っているということを知っているのは、ほんのひとにぎりの近親者のみだ。

その実の実――大坂方に抱きこまれたと思っているのは、この近親者と大坂方の内部の人間だけで、まことは徳川の秘命を体して大坂方にスパイとして入ったことを知っているのは、おそらく家康と本多佐渡守、服部半蔵、そして近親者のうちでは高弟の犬村角太郎ただひとりであったろう。

これは余談だが。――

講談では、真田幸村の家来猿飛佐助、霧隠才蔵という御両人が、忍術使いのうちではいちばん有名である。ところで紀州九度山に隠棲《いんせい》していた幸村が大坂に入城したのも、決してただ一片の義心からではあるまい。かならずさまざまの諜報《ちょうほう》から、大坂方に見込みなきにあらずと判断し、六文銭の一旗をあげるためにそちらについたものであろう。この謬《あや》まれる諜報をもたらした責任者こそ忍者である。すなわち猿飛、霧隠の輩《やから》である。夏の陣で討死するとき、全身朱にそまった幸村が、「無念なり、うぬらのためにあたらこの幸村が死なねばならぬわ」と叱咤《しった》するまえで、この両忍者が言葉もなく地べたにあたまをこすりつけていたという光景は、充分想像できる。――

それにくらべると、堂々たる軍師の格を以て大坂城にのりこみ作戦指導を行ない、関東に諜報を送り内部に不安の気を醸成《じょうせい》したこの二重スパイ小幡勘兵衛景憲こそは、実に典型的な上忍、大忍の標本というべきであろう。

さて、この一の高弟たる犬村角太郎は、村雨さまを小幡屋敷につれて来た。

正確にいえば、あの夜、犬塚信乃に託してさきに送りとどけさせたのだが、あとで角太郎と犬川壮助が屋敷に帰ってきたときには、もう信乃はいなかった。そのときいいふくめてあったように、信乃はふたたび安房へいったのである。

村雨さまは、角太郎のむかしの主人筋の御息女ということにした。名も万一のことを警戒して、浜路《はまじ》さまと変えた。ほんとうは妹としておいた方が身近において万事都合がいいのだが、と角太郎がいったら、壮助と信乃が猛烈に抵抗したのである。

「万事都合がいい、とはどういう意味だ」

と、犬川壮助がひらきなおり、

「ぷっ、おめえの妹などといって、誰が信じる？　兄妹《きょうだい》必ずしも似ちゃあいねえといったって、程度があらあ」

と、信乃が吹き出したのである。

ともかくも、犬村角太郎は村雨さまを屋敷につれて来た。つれて来て、やはり妹などにしなくてよかったと思うこととしきりであった。その挙止のおおらかさ、気品は覆いがたいものがある。

「あの浜路どのはいずれさまの姫君でござるか」

と、門弟たちはきいた。

犬村角太郎は重々しくうなずいた。何かいうかと思ったら、それっきり何もいわない。だいたい兵学に関しては論旨明快、立板に水をながすがごとく説き来り説き去るが、ふだんは口をきくと損をするようなむずかしい顔をしている角太郎だから、これで通ったのである。

それでも、最初に、むかしの主人筋の息女と紹介したのをおぼえていて、

「あの浜路どのは、まだ御縁づきのお話はござるまいか」

と、何やら胸に一物ありげに問いかけた者がある。

角太郎はじろりと見て、

「ある」と、いった。

「ほ、どこへ？」

「京のさるやんごとなきあたりへ」

冗談をいっているような顔つきではないので、相手も気をのまれて黙ってしまう。

とにかく、周囲は各藩の家来、旗本の子弟ばかりだ。犬村角太郎は身を鉄の盾として、彼らを追っぱらうのに寧日もなかった。——また当人はそれを愉《たの》しんでいる風もある。彼は心のどこかでこの日々が永遠につづけばいい、と思っていた。実をいうと、伏姫の珠な

ど忘れてしまいたいところであった。ただほかの人間のように追っぱらえないのは犬川壮助だ。彼は一応葭原の葛城太夫一座にひきとったが、毎日のようにやってきてきく。

「犬村、いつまでこうしているのだ」

「待て、わしも気をつけておるが、あれ以来、本多佐渡守も服部もなんのうごきもない」

「安房の館山に、ふたたび探りにいった形勢はないのか」

「まだない」

「貴公、そういったではないか」

「そうするはずだが、佐渡も服部も妙にしずまりかえってしまったところを見ると、きゃつら何か思案しているとみえる」

「いつまでも放っておかれては、館山にいった信乃もたまるまい。しょせんは男だ。いつまでもばれずにおるとは思えぬ。たまりかねて、信乃がまた江戸に出てくるぞ」

「待て待て」

犬村角太郎はさすがにあわてたように、

「と申しても、いかに何でも、犬坂毛野、犬江親兵衛につづいて、三度も服部屋敷に斬りこむわけにはゆかぬ。向うが出てくるように、うごき出さずにはおれぬように、わしが手を打つ、しばらく待ってくれ」

と、いった。

「それには貴公の手をかりねばならぬかもしれぬ。いずれ連絡するゆえ、葭原で待機しておるように」

と、仔細《しさい》らしくいって、犬川壮助を追っぱらった。

事実彼は何かともっともらしい用件を作り出して、いくどか本多佐渡守の屋敷に出入していた。その庭で、服部半蔵と顔を合わせたこともある。師の小幡勘兵衛が西へ去ってから、それからかえって佐渡を訪れる口実が出来たといえる。――犬村角太郎が先夜の服部屋敷の襲撃にひとり遠くで指揮していたのは、彼の軍師好みのゆえばかりでなく――万一半蔵と顔を合わせて正体を悟られることをおもんぱかったせいもあったのだ。

邪魔者を追っぱらって、さて犬村角太郎が村雨さまをどうかするという気はまったくない。そんなことは、かんがえるだに恐ろしい。――ただ、この四角な顔をした軍学者は、四角な胸で、村雨さまのかおりを満喫していた。彼は村雨さまのそばにいるということだけで、彼らしくもない仄甘《ほのあま》いよろこびにひたった。

しかし、日がたつにつれて――天地が春の気に満ちてくるにつれて、犬村角太郎はたんに仄甘いといった感情ではなく、何とも形容しがたい苦しさにとらえられてきた。

おおらかで、気品がある。それにまちがいはないが、――九万二千石の大名の奥方だ。しかもまだ十七歳なのだ。

「犬村、来や」

呼ばれて入ると、彼女は着物を着つつあるところで、

「この帯を、こう結んでたも」

とか、

「髪を、こうかきあげてたも」

とか、角太郎に命令する。

いくら軍学者の屋敷でも、女手はあったが、ふしぎに村雨は彼女らを近づけず、何もかもじぶんでやった。頼むことがあれば、角太郎に頼むのである。

それもこの犬村めを信じたまえばこそ——と角太郎は感激したが、依頼もこういうことがらになると、弱らざるを得ない。身うごきするたびに、村雨さまの芳香が鼻孔をなで、ときにちらと肩やふくらはぎの白い肉が見えたりすると、がらにもなく角太郎は顔をあかくし、ガタガタとふるえの起るのをおさえるのに死物狂いであった。

大名の息女に生まれ、大名の妻となったおん方は、すべてかくも天衣無縫なのであろうか。——いや、この奥方さまなればこそだ、と犬村角太郎は思った。ともかくおひとり安房のお城から出て、あえて江戸の修羅の巷《ちまた》へ入ってこられたほどのお方である。——どうやら、村雨さまは、じぶんのヘドモドするのをちゃんと御存じで、それをからかって愉しんでおわすらしい。

徹底的に手も足も出ない、と角太郎がうちのめされたのは或《あ》る夕方のことであった。もっとも彼は、実にとりかえしのつかぬまちがいをやった。

この四角な顔をした軍学者は、なんと御入浴中の村雨さまを拝見しようという気を起したのだ。出来心だ、といいたいところだが、そこは軍学者らしく、あらかじめ檜《ひのき》の板壁に、眼にみえぬほどの小さな穴をあけていたのだから計画的だ。

その穴に、彼は、へっぴり腰で眼を近づけた。

この世の誰にも見られてはならない姿だ。——と思っていたのに、

「犬村」

と、声をかけられた。当の村雨さまにである。

その穴から——浴槽に乳房まで沈めて、こちらをみて艶然《えんぜん》と笑っている村雨さまの顔をみて、あっと仰天し、角太郎が逃げ出そうとしたとき、

「よいところへ参った。話がある」

と、村雨さまはいった。

「犬村。……わたしはやはりこの屋敷を出ます」

「えっ、ど、どこへ！」

まったく身のおきどころなく、全身を真っ赤にしていた角太郎は、こんどは蒼《あお》くなった。

「犬川壮助のところへ」

「な、なぜでござりまする、奥方さま！」

「伏姫さまの珠《たま》をとりかえすために。——おまえのところにいても、いつまでも埒《らち》があかぬ。壮助に頼もうと思う」

「お、奥方さま、はやまられまするな。珠は九月九日までに奪い返せばよいのでござりまする。な、なにとぞこの犬村めをお信じ下されて、大船に乗ったるおん心地で——」

「たわけ」

穴から銀鈴のような声がほとばしった。

「里見安房守の妻が、いつまでも国を留守してよいと思うかや？」

犬村角太郎は、どんと地べたに尻《しり》もちをついた。

――本多佐渡守がふたたび服部半蔵を使者として安房につかわす。しかもこんどは奥方さまみずから伏姫の珠をたずさえて、三月三日に江戸城に登城するように、という上意をつたえるという情報を犬村角太郎が入手したのは、その数日後であった。二月の終りにちかい日のことである。

二

ふたたび忽然《こつねん》と安房に帰った村雨を、里見安房守は茫然《ぼうぜん》として迎えた。

村雨は、この前かえってきたときとくらべ――わずか数日のあいだのことなのに、ひどくやつれたようであった。そのあいだ江戸で彼女は何をしたか、とにかくそのあいだに一頭の八房がまた一個の珠を――「仁」の珠をくわえて帰って来たことから想像するよりほかはないが、実のところ、安房守には想像のしようもない。

「村雨、そちはいかにしてあの珠をとりもどしたのか」

「……………」

「よう帰ってくれた。しかし……なぜまた帰って来たのじゃ。珠はまだあと三つ残っておるはずじゃが」

「…………」

「いや、もう江戸へゆかずともよい。このまえは、どうしてまた江戸へいったのじゃ」

「…………」

何をきいても、村雨がだまっていることは、この前とおなじである。では、村雨はなお、八つの珠すべてとりかえすまで何者にも口をきかないという願《がん》をつらぬいているのであろうか。

その願はいいとして、もうひとつ彼女が立てたという誓いがある。つまり八つの珠をとりもどすまで、夫婦のちぎりをも断つというあれだ。

そんな誓いを妻から立てられてみると奇妙なことに安房守はなおムラムラと変な気になる。その誓いや事態の厳粛さをよく理解しない、禁じられたものならなお欲しがって自制のきかないわがままだだッ子のような里見安房守であった。ただその安房守の手をひっこめさせるのは、このまえ村雨が城を逃げていったときにみせたあの奇怪なふるまいだ。

なんたること、村雨は夫たるじぶんの頬をひっぱたき、鳥のように欄間にとびあがり、天井を破って消えたのである。しかもそのとき——口はきかぬという願をたてたはずなのに——こういったのである。

「おお、魔物に変じようとも。江戸にある八犬士が、いのちをかけて珠をとりかえすのに血と汗をしぼっている姿を思えば――にもかかわらず、それが当然、何なら珠をとりかえさずともよいとは――どこの穴から出た声じゃ？　そんないい気な世迷ごとをきけば、女も魔物に変わろうというもの。あんぽんたんの馬鹿大名やあい」

いまでもあれがまことのことであったかどうか信じきれないような怪異で、あれをまたやられてはたまらない。

村雨には、たしかに魔がついているのだ。そう思って、彼女のまわりをめぐりながらおそるおそる見るとうなだれて坐《すわ》っている妻には、妖気《ようき》どころか、抱きしめてコナゴナにくだいてやりたいような、ひどく男の残酷味を刺戟《しげき》させるいたいたしいほどのなまめかしさがからみついて見える。反対側にまわってつらつらと見直すとただ清純で可憐《かれん》で、哀愁をおびていて、そんな魔女とは全然思えない。

いちど、勇気をふるい起して安房守はそばへ寄って、村雨を抱きしめようとした。すると彼女は顔をあげて、

「あんぽんたん」

といって、にっと笑った。安房守は悲鳴をあげてとびのいた。

幾日か、妖気をおびた喜劇が館山城でつづいた。

二月の終りの或る夜であった。安房守はついにたまりかねた。彼はこの妻に――以前には決して感じなかった魅惑と敬意にとらわれ、あえぐようなきもちになり、恥も外聞もなく彼女のまえにひれ伏したのである。

「村雨、もうゆるしてくれ。わしを夫としてあつかってくれ。……珠のことはもうよい。もしかようなことで里見家を滅ぼすのが佐渡の陰謀ならば、里見家は滅んでもかまわぬ。わしには、そなたがありさえすればよい……」

村雨は、夫を見た。……その眼に、しずかに涙がひかって来た。

涙を浮かべつつ村雨は微笑み、徐々に安房守の方へ身をもたせかけた。――そのとき、遠くからあわただしい跫音《あしおと》がちかづいて来た。

「殿。……またしても本多佐渡守さまよりの御使者でござる」

家老の正木大膳の声であった。

「服部半蔵どのが再度急使としておいでなされてござりまする！　なにとぞ奥方さまにも目通りいたしたいとのことで――」

「何、奥に？」

――里見安房守と村雨は、夜に入って江戸からいま到着したばかりという服部半蔵に会った。半蔵は重々しくいった。

「日もおかず度々推参いたし、恐れ入ってござる。……このたびまた使いとして参りましたるは、余の儀ではござりませぬ。

かねて御約束の伏姫さまのおん珠の件、九月九日に、たしかに竹千代君《ぎみ》に御献上あそばすとの安房守さまの御言葉を頂戴《ちょうだい》いたし、またその後、佐渡守より重ねて申し入れたるところ、それに相違なきむねの御誓言を承わってござりまするが……」

こういいながら、半蔵は炯々《けいけい》たる眼で村雨を見まもっている。

「思わざりきここ数日、竹千代さまには御風邪にて御高熱を発したまい、お苦しみはやや去ってござりまするが、何と思いつかれたるや、例の伏姫のおん珠を切にお望みでござりまする。

ほかならぬ将軍家若君のおねだり、佐渡もとめかねて、九月九日の御約束を三月三日上巳《じょうし》の御祝にくりあげて下さるまじきやお願いして参れとのことでござりまするが……」

「三月三日」

つぶやいたのは安房守でなく、村雨であった。

「しかも佐渡守がひざを打って申すには、三月三日は女の節句、ならば縁起に奥方さまに参府をねがい、奥方さまより伏姫のおん珠八つをそろえて御献上下さらば重ね重ねの縁起ゆえ、或《あ》るいは竹千代さまの御快癒を早めるかもしれぬ。なにとぞまげておきき下されたいとの言葉でござる」

村雨の顔色は紙のように変わっていた。

その顔を凝視して、半蔵はまたいった。

「もはや日もあらず、もしおききとどけ下さるならば、拙者服部半蔵、ことのついでに八つのおん珠と奥方さまを御守護申して江戸に帰るようにとの下知《げち》を承って来ておりまする」

千秋楽は三月三日

一

服部半蔵が村雨の顔を凝視したのにはわけがある。

第一には、この女人が、先日じぶんが江戸のじぶんの屋敷の忍者蔵にとじこめて責めた女人と同一人物であるかどうか、ということだ。

あのとき、忍者蔵の女は、「じぶんは里見安房守の妻村雨だ」と告白した。それを半蔵は嘘ではないと信じた。なぜなら、その女が責められながら見せた凜然《りんぜん》たる気魄《きはく》、何ともいえない清朗さが、これはかならず俗人ではない、生まれながら大名のうちに育ち、大名の妻になった女性だ、と彼に直感させたからだ。のちに本多佐渡守さまもそのことをきいて「里見の奥方は大久保相模の孫娘、かならずただものではない。このたびの忍法争いに当人が必定乗り出しておるものとわしは見る」とうなずいた。つまり、江戸に於《お》ける伏姫の珠争奪の渦中に身を投げこみ、半蔵にとらえられたその女人が、まことに里見の奥方であるということは、充分あり得ることだといったのだ。だから、じぶんもさてはとひざをたたき、ただちにこの館山に急行して、その実否をたしかめた。——しかるに、奥方は、ちゃんと館山城に雛鶴《ひなづる》のごとくみやびやかに坐っていた。念のため同行した大久保家の老女も、それが村雨さまにまちがいない旨を証言した。

しかし、そのとき江戸の女人は、たしかに忍者蔵にとじこめてあって、彼女が脱出したのはじぶんが帰府したあとのことだから、そんなことはあり得ない。――あり得ないことだが、事実、それがあった。

ここに於《お》て村雨は二人いる、と半蔵は思わざるを得ない。村雨の影武者が存在するのだ。では、そのとき江戸にいたのが村雨か影武者か、或いは館山にいたのが村雨か影武者か。いかに影武者とはいえ、世にこれほどそっくりの女人が二人いるということは、この眼でみた現実でなければ信じられないくらいだから、これがあのときのどっちであったか、いま眼前にまざまざと見てもついには混沌《こんとん》としてくるほどだ。

しかし、半蔵の混沌たる迷いにさしこむ一条のひかりがあった。それは、少なくとも江戸の忍者蔵にいた女はまちがいなく女性であったということだ。それはみずから責めてみて、苦悶《くもん》にふるえる珠《たま》のような美しい乳房を目撃したからたしかなことだ。それに対してもうひとりの村雨は。

あのとき、蔵の屋根から脱出したとみせかけた村雨が蔵の中の村雨とは別人であったことは、あとで調べて屋根がほんとうに破られていなかったことから判明したが、あれは女ではなかったのではないか、といまにして思われるふしがある。あれこそは、里見の甲賀者、しかも船虫たちからきいていた辻芸《つじげい》の軽業師を夜目に見あやまったのではないかと思われるのだ。それはあの空中に張ってあった綱をわたったということ、またあとの追撃で、みごとな体さばきで犬に乗って逃げたということからだ。

しかも、その軽業師が——いまにして思えば、あれは女ではなく男ではないかと見られる事実があるのだ。配下のくノ一衆たちと改めて検討してみて愕然《がくぜん》と思いあたったことがある。それは葭原の西田屋を外縛陣で包囲したとき、顔をかくし、わざわざ股間《こかん》を見せて逃げたひとりの男のことであった。あのときは、女をとらえるのが目的であったからうかと見のがしたが、あれが甲賀者であったとすると、そのまえに濠端《ほりばた》で遊女に化け、不敵にも本多屋敷の評定の接待にまじりこんだというからくりの推定が成り立つ。

女にも見まがう甲賀者。——あれは男なのだ！

とはいえ、その美少年の顔を、船虫たちもなんどか見ているはずで、それが村雨そっくりに変わっているとは信じがたいが、事実として村雨が二人いるのだから、きゃつが化けていると信じざるを得ない。

では、ここにいる村雨の顔をした女人は、まことの村雨か、それとも甲賀者の影武者か？

あの忍者蔵で、歯をくいしばって悶《もだ》え、耐えていた村雨、このまえ半蔵がここにたしかめにきたとき雨にぬれた花のようにうなだれていた村雨、それも同一人にみえるが、いままたここにあどけない眼をしてこちらを見かえしている村雨も、そのどちらででもあったような気がするし、どちらででもなかったように見えるし、ここまで探りぬいた半蔵もはたと思考を停止せざるを得ない。

（いずれにせよ、このまま江戸につれていって、佐渡守さまに見参させるわ。ほかならぬ江戸城のまっただなかに置けば、しっぽを出さざるを得まい）

服部半蔵はのしかかるようにいった。

「本多佐渡守さまの仰せおきき入れ下さりましょうや」

村雨はちらと夫の安房守を見、それからしずかな笑みをたたえていった。

「仰せ、承わってござります。村雨、たしかに江戸城に参上して、竹千代さまに伏姫のおん珠を献上仕《つかまつ》りましょう」

二

村雨みずから伏姫のおん珠をたずさえて、三月三日、江戸城に登城せよ、という上意が本多佐渡守によって安房に伝えられたと知って、犬村角太郎は驚愕《きょうがく》した。

驚愕の理由は二つある。

一つはむろん、珠を献上する期日がきりあげられたことだ。こちらは九月九日だと思ってそのつもりでじっくりと軍略を練っていたのに、勝手に——しかも大幅に納入期日を早めるとは、横暴もまた極まれりというべし。

指おりかぞえれば、三月三日まではあと七日ばかりしかない。館山から江戸まで三十数里、その上意をもたらしていった服部半蔵は、そのまま村雨さまと同行して江戸へくる予定だ、という情報であるが、それではもうその一行は館山を出発しているかもしれない。

残る珠は三つ。「孝」「義」「礼」

七日のあいだに、その三つの珠を奪えるかどうか。不可能だ、と彼は心にさけんだ。なまじ軍法に通じているだけに、彼にはありありとそのことがわかるのだ。

残った珠は三つだが、残った伊賀の女忍者も三人だ。船虫、玉梓、吹雪——この三人がはたしていまも三つの珠を持っているかどうかを確認はできないが、おそらく彼ら伊賀者の意気地にかけて、最後まで彼女たちに護《まも》らせるつもりであろう。それは、三人の女のうち、船虫と玉梓が服部屋敷にとじこもって、外へ出ないという事実からもわかる。そして服部半蔵は、あきらかに必殺の陣を張っている。

もうひとりの吹雪は。

彼女ひとりは、半蔵についてひそかに安房へいった。彼女はいちど女かぶきに化けて館山にいったことがあるので、公然と人まえに顔は出すまいが、それが半蔵についていったのは、そもそも半蔵が館山にいったのが、そこにいる村雨がはたしてまことの村雨であるかどうかをたしかめるのも一目的だから、その目的に協力するためと、もうひとつは道中、「女人」の村雨にピタと接して、彼女のあがきを封ずるためには女が好都合だと判断したからであろう。

吹雪がはたして珠の一つを持っているか否か、これも疑問だが、よし彼女の誇りにかけてそれを抱いているとしても、村雨のあがき、すなわち甲賀者との連絡を封ずるために同行した吹雪が、断じて無警戒でいるとは思われない。況《いわ》んや服部半蔵に於てをやだ。これまた必殺の陣をしいているにきまっている。

そこに、犬川壮助と語らって斬り込む。——ムチャクチャな犬田小文吾や剽悍《ひょうかん》無比の犬坂毛野、或《ある》いは犬江親兵衛の徒輩とちがって、なまじ軍法眼《ぐんぽうがん》があるだけに、そんなことをして珠が奪えようとは犬村角太郎には思えないし、だいいちそんな無謀な雑兵にひとしい、犬死的行為は彼の気にくわない。そもそも、珠の一つを奪ってみたところでしようがない。珠はあと三つ、ぜんぶがそろわなければ無意味なのだ。

だいたい角太郎はほかの連中みたいに簡単に死ぬ気はなかった。いや、全然死ぬ気はなかった。

ほかの連中が村雨さまを見るたびにまるで憑《つ》きものがしたみたいにまっしぐらに珠をめがけて突進し、そして案の定死んでしまったのは——そしてその死が村雨さまにふかい感動をあたえているらしいのはちと羨《うらや》ましいが、それにしてもまったく無意味だとかんがえている。何も死ぬ必要はないのだ。珠さえ奪い返せばいいではないか。

彼は珠をぜんぶ奪い返し、村雨さまのお悩みを除いたら——じぶんは何くわぬ顔で、いままでとおなじように生きてゆくつもりでいた。やがていくさが起って大坂城は滅びるだろう。師匠の小幡勘兵衛は鼻うごめかして凱旋《がいせん》してくるだろう。ひょっとしたら、あの二重スパイの謀事《はかりごと》が破れて、大坂城で殺されるかもしれないが、それでもさしつかえない。

小幡軍学の門はいよいよ栄えるにちがいない。じぶんが健在であるかぎりはだ。小幡の道場をつたえるものはじぶん以外にないはずだが、じぶんならば師匠のような陋劣《ろうれつ》な兵法を斥《しりぞ》け、それを訂正して王師の軍学を樹立し、後世まで犬村軍法の名をかがやかせてみせる。──角太郎には、こんな野心があった。

しかるに犬村軍学もあらばこそ、あと七日のあいだに、音にきこえた服部一党が死守する三つの珠をみな奪えとは。──いかなおれでも打つ手がない。

彼は壁にむかって坐《ざ》したきりであった。

さて第二に彼が愕然としたのは、その珠を村雨自身たずさえて参れという上意であった。服部半蔵が安房から村雨さまをつれてくる。──その村雨さまは、村雨さまではないのだ。いうまでもなく犬塚信乃なのだ。いかになんでも、信乃が村雨さまで押し通せるものとは思われない。ばれずにはいまい。信乃は誅戮《ちゅうりく》されるであろう。きのどくながら、信乃には死んでもらうほかはない。

では、男の化けた奥方とはしらず、それを江戸へ送った里見家はどうなるか。里見家もまったく知らなかったことだと、これは押し通してもらうよりほかはなかろう。信乃は千年を経た老狐《ろうこ》の化けものであったとする。その老狐のために、伏姫の珠は三つ奪われたとする。それで通らなかったら、あらためて捜索にとりかかるといって時をかせぐ。──

信乃を奥方に化けさせたことはかえって好都合であった、とこの方の驚愕はすぐにさめて、犬村角太郎は胸なで下ろした。まことの奥方さまが呼び出されたら、逃げ道がなかった。信乃ならば、他人からみれば狐の変化《へんげ》としか見えない死に方をしてくれるだろう、やはりおれの兵法はよく眼がきいた、と彼は四角な鼻をうごめかした。

さて、これでひとまずしずまりかえろうとした犬村角太郎を、そうは問屋が下ろさないと、その背に鞭《むち》をあて出した者がある。そばにいる村雨であった。

「館山に帰る」

と、いったり、

「そなたが何もせぬなら、犬川壮助のところへゆく」

と、焦ったりする村雨さまに、やむなく角太郎は、こんど安房へ下った本多佐渡守の下知を報告した。もっとも三月三日に館山から村雨が出府して江戸城に登城するということは、とうていかくしおおせぬと判断してのことだ。

果たせるかな、村雨さまは角太郎以上に驚愕した。

「三月三日までに、残りの珠《たま》すべてとりもどせるかや、角太郎」

両腕をねじり合わせていう。

「何とか、必死に相つとめてごらんに入れまする」

一応、そう答えざるを得ない。そう答えたままで、彼はうごかない。うごけないのだ。

「呼び出されるのは信乃じゃ。角太郎、信乃は死ぬよりほかはないぞ」

涙ぐんだ眼で、あえぐようにいう。

「それを助けるべく、目下思案中でござりまする」

信乃は老狐の変化として死んでもらうつもりでいる、などとは答えられるものではない。

「思案中——など悠長なことをいって間に合うのか」

「何とか、間に合わせるべく——」

「信乃を死なせてはならぬ。あれは八犬士のうちでもいちばん美しい男。だれにもまして殺しとうない奴。——」

心中に角太郎は、信乃、一日も早く死んでしまえ、と思った。

「信乃を殺したら、角太郎、そなたも死ね」

「へへっ」

その夜、村雨さまは小幡屋敷からふっといなくなって、角太郎を仰天させた。蒼白《そうはく》になって探していると、彼女は夜明前にもどって来て、そのままスヤスヤと眠ってしまった。するると、朝になって奇妙なことを知らせに来た者がある。昨夜、松原小路の本多佐渡守の屋敷に何者かこんな貼紙をした者があるというのだ。

「東西東西、本多佐渡守様御興行、伊賀甲賀珠とりの忍法争い。勝負やいかに。千秋楽は三月三日、伏して御見物願いあげ奉る」

角太郎が唖然《あぜん》としていると、村雨がやって来て、

「あれは、わたしです」

と、愛くるしい笑顔でいった。

「角太郎、珠はどうあっても三月三日までにとりもどさねばなりませぬ」

「あぶないことを。――」

角太郎は、生まれてはじめてといっていいふるえ声でいった。そして叱《しか》った。

「万一、見つかったらどうなされます。おん珠の一件をまたずして、里見家はぶじには相すみますまいが」

「里見のこともさることながら」

と、村雨は凜然《りんぜん》といった。

「わたしは曾《かつ》ては本多佐渡とならび称された大久保相模守の孫娘として、佐渡に一矢《いっし》をも酬《むく》いずにいるということはがまんがならないのです。それで、小文吾の亡霊の助けをかりて、あのように書き残して来ました。角太郎、よいかえ、三月三日までにきっと残りの珠をとりかえしてたもれ」

「へへっ」

角太郎は粛然として平伏した。

「いかにして信乃を救い、珠を奪うか、そなたの兵法を報告してたも」

犬村角太郎はあわて出した。――うごき出した。うごき出さざるを得なかった。

二日目であった。村雨は角太郎を呼び出してきいた。

「どういたすえ？」

「はっ、もはやかく相成っては、一挙に珠をとりもどすよりほかはござりませぬ。そのためには、服部半蔵配下の女忍者どもが江戸城にあつまる三月三日、その三月三日の江戸城にてとりもどすよりほかはござりませぬ」

「三月三日、服部一党が江戸城にあつまるか」

「安房より参られた村雨さまを——むろん犬塚めにござりますが——拝見せんものと、きゃつらあつまるに相違ござらぬ」

「その女どもから珠を奪うには」

「まず、われら自身江戸城に入らねばなりませぬ」

「入れるか」

「いま思案中でござる。あいや、これはただ思案しているだけでなく、まったく見込みなきわざにあらず、目下犬川壮助と着々謀事を練っておりまする」

「信乃はどうする」

そこまでは考えてはいられない、とはいえない。

「参府中の信乃には、いずれ何とか連絡をつけまする」

三日目であった。角太郎はまた村雨に呼び出された。

「江戸城へ入る兵法は成ったか」

「拙者、きょうは本多佐渡どののところへ参って来ました。そして、江戸城に入る手はずをつけて参りました」

「それは？」

しかし、犬村角太郎は微笑したきり答えなかった。いつもの、何をかんがえているのかわからないような重厚な笑いではない。

彼は壮大な野心を捨てたのである。彼は死ぬ決意をしたのである。彼の江戸城に入る計画を成功させようとするなら――彼は九分九厘まで死ななければならなかった。しかし、もしそれが成るならば、彼は死んでも悔いはないと思う。もとより、村雨さまのために死ぬのだが、その破天荒の軍法が成功するならば、軍学者犬村角太郎としての面目は立つものと思う。

その凄絶《せいぜつ》な微笑をみて、村雨の顔に不安なかげがうごいた。

「犬村。――そなた三月三日に江戸城で死ぬのではないかえ？」

「いや死にませぬ」

村雨の不安な表情に、角太郎は満足した。

「拙者は大坂城で死ぬでござろう」

と、途方もない返事をした。

村雨はじっと彼の顔を凝視していたが、これは判断をこえたらしく、しばらく黙りこんでいて、やがてまた、

「信乃はどういたす」

と、たずねた。

「信乃には江戸に来てから話をつけまする。いま、拙者ども、江戸をうごけませぬ」

「それまでに信乃が死んだら？――というのは、それまでの道中、信乃が服部半蔵のため

に正体を見破られたら、あれは死なねばならぬのであろう」

「あいや、きゃつは味方ながらゆだんもすきもならぬ小狡《こずる》い人をくった奴、なかなか以《もっ》て容易に見破られることなく、ぬけぬけと化け通して江戸へ入ってくるでござりましょう。信乃の儀については御心配あそばされますな」

「いや！　いや！　いや！」

何思ったか——或《ある》いは信乃のことなど念頭にない犬村角太郎の心事を敏感に見ぬいたか、村雨は童女のように身もだえしはじめた。

「そなたは信乃を見殺しにする気じゃ。信乃を殺してはならぬ。あえていうなら、伏姫の珠を捨てても——信乃は殺してはならぬ！」

内縛陣《ないばくじん》

一

「伏姫さまのおん珠《たま》を捨ててもよいと仰せなさる」

さすがに犬村角太郎はむっとにがりきった。それじゃあ、いままでなんのために苦労したのだ？　というより、あんまり村雨がムチャクチャなことをいい出すので、さるにてもききわけない――と心中嗟嘆《さたん》したのだ。実はもうひとつ、村雨がばかに信乃を案じるので少なからず面白くないということもある。

「それはなりませぬ。信乃などはどうあろうと、珠は奪い返さねばなりませぬ。珠を奪い返さねば里見家が滅びます。あなたさまも御無事ではおられませぬ」

「……犬村」

村雨は角太郎をにらみつけていった。

「三月三日、江戸城に入って、みごと珠をとりもどす工夫はどうするえ？」

「されば。――」

犬村角太郎は重々しくいって、ひとまず口をむすんだ。

実はこのことを角太郎はあまりいいたくない。作家が執筆前にそのモチーフを口外するのを好まないように、大軍師を以て任ずる彼は、おのれの軍略を事前にうちあけることをきらう。それから——ほんとうのところは、こんどのことにかぎって、あんまり自信がないのである。先日から、出来るだけ手を打ってはいるが、やはり泥棒を見て縄をなう式の荒っぽい策たるはまぬがれないのだ。

しかし、この場合、村雨さまの足ずりせんばかりの不安をなだめるためには、一応説明せざるを得なかった。

「拙者、先日より本多佐渡のところへ参って申したは」

と、彼はいい出した。

「上方に上られた師匠小幡勘兵衛が将軍家へじきじき言上すべき重大用件を以て、数日中に江戸へひきかえしてくる旨を報告にいったのでござります」

「なに、この屋敷の主人が帰ってくるのか」

「嘘でござる」

「嘘」

「拙者が江戸城に入る算段で——つまり三月三日、勘兵衛が登城するにあたり急病にかかり、やむなく拙者を代役として登城させるということにいたします」

「その用件とは」

「言上すべき重大用件とはこれからかんがえまするが、それは大坂方の内状についてせいぜい大事らしきことをでっちあげればよろしかろう。そのついでに、大坂におわす千姫さまが里見家の八顆《か》の珠をきこしめされ、是非それを見たいと仰せなさると申して——同日登城しておる服部組の女どもから残りの珠をとりあげまする」

「犬村」

　と、村雨はいった。

「しかし、それでは里見家から八つの珠を献上したことにならぬではないか」

「いや、ひとたび服部組からとりあげれば、そのまま同時刻城内におわす村雨さま、その実、信乃にわたします」

「わたせば、そちが疑われるではないか」

「拙者は雲を霞《かすみ》と退散いたします」

「江戸城から、そう易々と逃げられるか」

「そのために——勘兵衛が大坂を立つにあたって、さきに急使をくれ、いつぞやの女かぶきの件、用意するようにといって参ったと、ちゃんと本多佐渡に申してあります。というのは、そもそも師匠小幡勘兵衛はこの一月江戸を出るとき、服部組のくノ一どもを女かぶきに仕立て、大坂城につれこむことになっておったのでござる。もとよりそれが諜者たることを知らず、大坂では淀君《よどぎみ》さまをはじめ御女中衆が、是非江戸の女かぶきを見たいと所望なされておるゆえ、勘兵衛がふたたび大坂にひき返す際、是非これをつれてゆきたいと申し込んであるのでござる」

「それで」

「服部のくノ一はすでに五人討ち果たしましたから、これを以て女かぶきを組むことはもはや成りませぬ。それにこのたびはまことの女かぶきにてよいと申し、いま葭原にて興行いたしおる葛城太夫一座を推薦しておきました」

「葛城太夫一座。——」

「そこの狂言師は犬川壮助でござる」

「あ！」

「その女かぶきを、勘兵衛登城の際一見したい、ひそかに江戸城にお呼び下されいと申し込んであるのです」

「それを？」

「拙者危うしという場合、犬川壮助とはかって城中にまきちらし、騒動を起し、それにまぎれて逃げる所存でござる」

といったが、実は角太郎はあんまり利口なやり方じゃないと、舌打ちして自己批判している。一応の作戦は練ってあるのだが、あの広い江戸城内に、ひとにぎりの女かぶきをまきちらしたところで、それほどの騒動になるかどうかは疑問だし、彼女たちをひきつれた犬川壮助と相呼応できるかどうかはおぼつかない。もう一工夫も二工夫もしてみたいのだが、しかしその日、強引に三つの珠をとってしまうためにはかかる愚策もまたやむを得ずと決心したのだ。

ただし彼は、じぶんだけは逃げのびるつもりでいる。大坂まで逃げるつもりでいる。彼がその江戸城登城によって「死」を覚悟したというのは、いのちの死の意味もむろんあるが、もうひとつ「野心の死」をも意味していた。なぜなら小幡勘兵衛は全然帰府していないのだから、こんなことはあとでばれずにはいないからだ。それは彼がこの小幡道場をついで、犬村軍学をひろめるという野心をみずから捨てることであった。

代りに彼は大坂城に入る。大坂まで逃げることができたなら、大坂城に入ることは簡単だ。師匠の勘兵衛が徳川方のスパイであることを大坂方に告げればよろしい。勘兵衛先生は追ン出されて、じぶんが代って軍師役となる。いや、勘兵衛先生は追ン出されるだけではすむまいが、それもこの際いたしかたがない。

ただ犬村角太郎は大坂城の軍師となっても、しょせん大坂は滅びるほかはあるまいと洞察していた。

彼の四角な顔には哀感が浮かんだ。それは自己の未来に対する哀感でもあったが、同時に、それにしてもいったいじぶんは、どうしてまあこんな自己破滅ともいうべき行動に出なければならぬのか、というじぶんでもわけのわからない哀感でもあった。

が、いま、じっと村雨さまのお顔を見あげると、そんな哀感が雪のように消えてしまうからふしぎ千万だ。

にもかかわらず、

「犬村。……しかし、信乃は珠献上のためにどうしてもあとに残ることになる。ましてそなたが万一騒動を起したあとでは、いよいよ逃げ道があるまい」

と、村雨さまはまた信乃のことをいい出した。

この犬村ですら野心をすてるのでござる。況《いわ》んや信乃ごときの運命をや。——と角太郎はいいたいほどであった。

しかし、村雨さまはすっと立ちあがった。

「奥方さま、どこへ？」

「信乃を迎えにゆきます」

「えっ。……」

「安房から出てくる信乃と入れ替る。せめて献上する者がわたしでないと——信乃が男であることがあきらかとなれば、すべてはぶちこわしとなるではないか。だいいち信乃が死なねばならぬ」

村雨はあるき出した。

口を四角な空洞と化して見送っていた犬村角太郎は、たちまちまろぶように駈《か》け出して村雨のまえにまわり、がばと平伏した。

「奥方さま、お待ち下されまし。ただ迎えにゆくと申されても——安房からくる信乃を護《まも》るは服部半蔵、信乃が男であることがばれれば、江戸城を待たずして信乃の命は冥土《めいど》へ飛びましょう」

そして、うめくようにさけんだ。

「まず、まず、お待ち下されまし。——拙者、何としてでも信乃を救いますれば」

「うれしい、さすがは犬村角太郎」

村雨は手をたたき、坐《すわ》って、角太郎の手をとった。と思うと、そのまま甘えるように彼の胸にもたれかかった。

われを忘れて抱きしめたいのを必死で押さえると、それだけで犬村角太郎は全身の気力を消耗したような感じになり、ぼうとしたあたまで「……信乃の大馬鹿野郎」と弱々しく悪口し、ついでに「角太郎の大馬鹿野郎」とつぶやいた。

二

海沿いの街道を十数人の行列が北へすすんでいった。

大半はふつうの足軽風の侍だが、二三人は騎馬の者もあった。それだけで一見何の変哲もない一行だが、しかしよく気をつけてみれば、海から吹く風を黒ずませるような凄味《すごみ》があった。

中にたったひとつ乗物がうごいている。それとならんで、ひとりだけ女が歩いている。美しい女なのに、その足はながれるように早い。

村雨さまを護送する服部半蔵と服部組であり、女は吹雪であった。

村雨さまは乗物の中でうやうやしく螺鈿《らでん》の筐《はこ》を抱いている。将軍家若君への献上の品なので、もとより半蔵には見せないが、中に里見家重代の伏姫の珠《たま》八つが入っているということだ。——が、それが実は五つしか入っていないことを半蔵は知っている。「孝」「義」「礼」の三つの珠は、まだ服部組の手にあるからだ。げんに同行している吹雪はその中の「孝」の珠を持っている。

安房から上総、下総へ——江戸へちかづきながら、しかし半蔵はいくたびか首をかしげた。それは村雨があまりにもおちついているからだ。八つの珠を献上すべきところ、珠は五つしかない。にもかかわらず、彼女の様子に不安げなところがまったくない。本人が奥方と呼ぶのもおかしいほどあどけなく愛らしいだけに、それはかえって妖気《ようき》すら感じさせた。

「きゃつ——ひょっとしたら、例の甲賀者ではないか」

真剣に、そうかんがえたくらいである。しかし、村雨はあきらかに女人であった。夜々の泊りに身辺に侍して——その実見張っている吹雪がたしかにそう証言したのだ。これはまちがいなく、本物の村雨である。

「佐渡守さまの仰せなされた通りだ。可愛らしい顔をしているが、大久保相模の孫、はしてただ者ではない」

彼女の従容《しょうよう》たる態度から半蔵はそううなずいたが、しかし、うなずけないのは、なぜ彼女がそんなにおちつきはらっているかということであった。残りの三つの珠をどうするつもりか？

「……ううむ、三月三日までに珠のすべてをとりもどすつもりでおるな」

半蔵はついにそう断じた。

「笑止や。……そうはさせぬ。それくらいのことは百も承知で、服部屋敷では船虫、玉梓を護って、必殺の陣を張ってある。そして、この道中も、やわか敵の思うようにはさせぬ」

一行が下総の栗原の宿《しゅく》に入ったのは、もう日ぐれ方であった。

栗原の宿は、いまの船橋である。これは徳川家の重臣成瀬《なるせ》隼人正《はやとのしょう》の領するところであった。ただし、隼人正は家康の七男義直を補佐のため先年から尾張に住んで、ここにはいなかった。

一行は、さびしい町の旅籠《はたご》に泊った。すぐ裏に波がきこえてくる宿であった。

むろん、服部組は「内縛陣」を張った。屋根、道、樹蔭《じゅいん》とねずみ色の頭巾《ずきん》と装束に着かえた影は、うす闇に溶け、夜に沈み、常人の眼にはうつらないが、外部から潜入しようとするものは、蟻一匹も通しはしない、初代服部石見守《いわみのかみ》独創の「内縛陣」である。

が――西から戛々《かつかつ》たるひづめの音をひいて栗原に駈けこんできた一頭の騎馬がある。旅籠のまえにちかづくと、

「服部組の頭領、服部半蔵どのはおわすや」

宿場いったいにとどろきわたるような声でいった。

「本多佐渡守さまのお召しでござる。昨日大坂の城より小幡勘兵衛帰府いたし、半蔵どの

と談合のことあり、いそぎ立ちかえらるるよう、勘兵衛門弟犬村角太郎、使者としてまかりこしました」

こう大っぴらに出られては、「内縛陣」もふせぎようがない。

大音声《だいおんじょう》をきいて、服部半蔵は狼狽《ろうばい》した。小幡勘兵衛が帰府したという話も初耳だが、それより忍者の頭領たるじぶんの名と所在をあからさまにされて、むしろ憤懣《ふんまん》を禁じえないものがあった。

しかし、犬村角太郎という男なら知っている。知っているどころではない。この冬、葭原の傾城屋《けいせいや》で、小幡勘兵衛、織田有楽斎と密談した際やって来て、やはり大声でじぶんたちの名をわめきたて、困惑させ、腹を立たせた男だ。いっそ片づけてしまおうかと思案したが、勘兵衛にとめられた。そのとき勘兵衛は苦笑して、

「まことにばか正直な男でときに始末にこまることもあるが、あれで妙に軍学の秘事は心得ておる。大袈裟《おおげさ》にいえば、兵法のまあ天才といってもよろしかろう。わしが責任をもつから、見逃してやってくれ」

と、いった。

それが相見《あいまみえ》たはじめだが、その後勘兵衛が大坂へいったあと、しばしばその留守役として本多佐渡守の屋敷に連絡にきたし、一二度は「軍学の参考に」と称して、じぶんの屋敷を見学にきたこともある。こちらが迷惑顔をしていても、全然平気でずうずうしくおしかけてきて、厚かましくあちこちを見歩いたのである。あとで噂をきくと、いかにも師の勘

兵衛に劣らぬ精妙な軍学講義をするということであったが、評判はともかく半蔵の見たところでは、あまり実戦には役立ちそうにない、理論倒れの兵学家に思われた。自信満々というより手のつけられないうぬぼれ屋で、剛直というより硬直していて、しかもへんにずうずうしい男だ。――

その犬村角太郎が、いま思いがけなくこんなところにやって来た。例のごとき相手かまわずの大音声で、

「いそぎ、半蔵どの、同道して帰られよ」

と、なおわめく。

半蔵は、しかしじぶんのこんどの御用は本多佐渡だけが知っていることであるし、この使者の口上におどろきながら、彼を疑いはしなかった。まさか、この堂々とした――堂々とすぎている男が、この冬からの死闘の相手、当面の敵とは思いようがない。

「小幡どのが帰られたと？」

半蔵は支度して出た。

「それはまたなぜであろう？」

「大坂方の軍師として招かれながら、しかも徳川の諜者であるなどという陋劣《ろうれつ》な役が、ながくつとまるはずはござらん」

「あっ、しっ」

半蔵はあわてて、

「それにしても、明日にも江戸へ帰る拙者をいそぎ今夜呼びたてられるとは？」

「まことに拙者もふしぎ千万。たかが忍者風情をかくも頼りになさるとは、御公儀の大軍師といわれる本多どのにも似合わしからぬ。――」

「あっ、しっ」

半蔵はもてあまし、吹雪を呼んだ。

「では、きく通りの用件でおれは先に帰る。おまえは例のものを護《まも》り、まちがいなく明日江戸へ帰れ、夜中のかためをおこたるな」

「心得ておりまする」

吹雪は凄然《せいぜん》と笑ってうなずいた。

「吹雪にぬかりはござりませぬ」

服部半蔵は、犬村角太郎とともに江戸に馬を走らせた。

栗原の宿から二里、行徳《ぎょうとく》から漫々たる夜の江戸川を船でわたる。船は、犬村角太郎がどこからか探して来たものだ。西へわたって、半蔵とともに馬をあげ、つぎにじぶんの馬をあげるために船にもどって――そのまま、棹《さお》をついて岸からはなれた。

「あ、これ、どこへゆく」

「服部どの」

と、もう二三間もはなれた水の上で、犬村角太郎は笑った。どことなく正気でない、怪《け》鳥《ちょう》めいた笑い声であった。

「忍者の頭領にも似合わぬな。かくも容易に、まんまとおびき出されるとは」

「なんだと」

「実は師匠と賭《かけ》をしたのでござるよ。音にきこえた服部半蔵どのをみごとおびき出せるかどうかと。左様なことはできぬと師が申される。容易なことだと拙者がいう。——やってみれば、なんのこと——けっけっけっ」

突然、犬村角太郎は棹を手からとりおとした。半蔵の投げた手裏剣に右の二の腕をつき刺されたのだ。

「くわっ」

と、彼はいつもの荘重な軍学者らしからぬ悲鳴をあげて、よろめくと水煙をあげ水中におちた。

舟が一頭の馬をのせたまま流れ去ったあと、水面に人影はなかった。

服部半蔵はしばし茫然《ぼうぜん》と岸に立ちすくんだ。してやられた！　と思ったのだ。半蔵ともあろう者が、こんな真正面からぬけぬけと一杯くわされたのは臍《へそ》の緒《お》切って、はじめてのことである。いや、あんまり大上段に、ぬけぬけと来られたから、かえってひっかかったのだ。

「きゃつ……ひょっとしたら」

あれも里見の甲賀者ではないか、この思いがさっと半蔵の胸をかすめすぎた。

いまの犬村角太郎の挙動、笑いは、いつもとちがう狂的なものがあったが、しかしいまじぶんをおびき出したのが、たんなる軍学狂のいたずらとは思われない。彼がまことに里見の甲賀者であったとすると、彼がこれまで小幡勘兵衛を通じて或《あ》る程度公儀の秘密に通じていることもあきらかであるし、これはいまじぶんがおびき出されたことなどよりはるかに戦慄《せんりつ》すべきことであった。

しかし、きゃつ何のためにおれを誘い出したのだ？　たとえおれがいなくとも、容易に破れる伊賀の内縛陣ではないし、たとえそれを破ってさてどうしようというのだ？

そのとき、いま渡って来た東の対岸に、黒い影が五つ六つあらわれた。夜のことであったが、半蔵はそれが栗原の旅籠《はたご》に残して来た配下の者だということを見ぬいた。

「おう、半蔵だ、半蔵はここにおる」

ひくく、しかしその声はよく水面をわたった。

「うぬら、どうしたのだ」

「吹雪どのが殺されました」

わななく声が返って来た。

「しかも、どうやら例の珠《たま》は奪われたようでござる！」

忍法「弄」

一

――本多佐渡守からの使者に呼び出された首領服部半蔵に後事《こうじ》を託された女忍者吹雪は、

「吹雪にぬかりはござりませぬ」

と、胸を張って答えると、すぐに栗原の旅籠の奥へひき返していった。

参勤交代というものがなかった時代のことだから、従って本陣と称するものもない。まして、やここは、大名というよりまだ旗本といっていい成瀬隼人正の采地《さいち》で、城下町というよりわびしい漁村といった方が適当な栗原の宿《しゅく》だ。それでも、ともかくも大名の奥方と同行しているのだから、いちばんいい旅籠に泊ったのだが、しょせんはむさくるしい田舎の宿《やど》であった。

その一室に、村雨さまはいた。

深夜のことで、もう夜具はのべていたが、彼女はその上にきちんと坐《すわ》っていた。先刻、吹雪が半蔵に呼び出されたとき、いっしょに起きてきたそのままの姿である。

「吹雪、何か異変が起りましたか」

と、村雨はきいた。

「奥方さまが御心配なさるようなことではありませぬ」

と、吹雪は冷淡にこたえた。そして、旅籠から走り出し、遠ざかってゆく蹄《ひづめ》の音をききすますと、きものをぬいで、村雨とならべてしいてあった夜具にさきに身を横たえた。奥方さまのお身の廻《まわ》りのお世話をする、という名目だが、むろん監視のための同室であった。

それでも、顔をあげて、

「奥方さま、明朝早うござります。御寝《ぎょしん》なされませ」

と、いった。

「はい」

村雨は、素直にうなずいて、これも夜具に身を横たえた。

半蔵たちの出ていった蹄の音が消え、伊賀者たちがひきとると、宿は海鳴りのほかはもとの静寂にもどった。……その中になお服部組の内縛陣が張られているとは、旅籠の人間だれも気がつかなかったろう。

……ふっと、吹雪は名状しがたい妖気《ようき》を感じた。何が、どうしたのか、彼女自身にも説明のできぬ妖気だ。強いていえば、ここにいる人間以外のだれかが、じっとじぶんを見つめているような。

——それは忍者特有の第六感であった、といいたいところだが、

「吹雪」

と、村雨がかぼそい声で呼んだ。

「誰かいるのではないかえ?」

村雨も何か妙な感じがしたらしい。おびえたような眼を見ひらいて、吹雪をながめていた。

吹雪は黙って立って、部屋の廻りを見廻った。見廻ったが、たしかに何者の影も見えなかった。彼女の忍者耳にも、何者のうごく気配も感覚されなかったのだ。少なくとも、誰かに見られている——というふしぎな感じの及ぶ範囲には。——

「吹雪、なぜか……わたしはこわい。わたしを抱いて寝てたもれ」

吹雪はしばし村雨を見つめた。

女が見ても、抱きしめてやりたいような村雨のおん方だ。いったい、大名の奥方さまはどんな肌をしているものであろう。……という好奇心がちらと吹雪の胸にうごめいた。しかし、その好奇心が急に混沌《こんとん》たる懐疑に変わる。というのは、吹雪は村雨の肌を以前に見たことがあるからだ。

江戸の服部屋敷の忍者蔵で責めさいなんだとき、鞭《むち》の下に身もだえしていたあの白い裸身。あのときはもとより安房九万二千石の大名の奥方とは知るよしもなかったが、のちに首領半蔵からきけば、それにまちがいはないという。もうひとり、村雨そっくりの甲賀者が出没して、こちらの眼をくらませている形跡はあるが、あのときの女は、たしかにほんものの村雨であったという。——そう断定した半蔵も、その村雨をとらえて江戸へ曳《ひ》いてくるにひとしいこんどの道中では、ときにふっと迷いの色をみせる。吹雪自身も百に九十九、この村雨があのときの女だといまにしてうなずくものの、あらためてまじまじとながめていると動揺を禁じ得ないことがある。それはこの村雨が、いかにも優雅に、あまりにもおちつきはらっているからだ。

少なくとも、あのときの女とこの村雨は、双方ともに女性である。

それはこの眼でみてたしかなことではあるが、しかしあのときはべつとして、こんどの旅で、そばにはいるものの、村雨の裸身をまざまざと見たわけではない。

――そうだ。

と、吹雪はうなずいた。

――あのとき責めた鞭や縄のあとが、からだのどこかに残っているにちがいない。

「承知いたしてござりまする」

と、吹雪はいった。

そして、じぶんの閨《ねや》から村雨の閨《ねや》に移った。

それでも雪洞《ぼんぼり》はともされているが、田舎旅籠らしく、いかにもわびしい雪洞であった。夜具も粗末であった。

それが……村雨の閨に移ったとたん、一瞬に閨も灯も豪奢《ごうしゃ》な大名の大奥に一変したように思われた。むろん、幻覚だ。気のせいだ。そうとは承知しているが、吹雪は酔った。酔わせたのは、村雨の匂やかな体臭であり、高貴な肌ざわりであった。

「こわいことはございませぬ、奥方さま。……」

そういいながら、吹雪は生まれてはじめて、じぶんのいやしい忍者という素性を恥じた。できれば相手の胸をはだけ、まだ残っているであろう痣《あざ》のあとをたしかめてみたい――そのつもりで同衾《どうきん》した吹雪であったが、それをためらわせたのは彼女の彼女らしくもないこの羞恥《しゅうち》であった。

「こわい。……なぜか、わたしはこわい」

両腕を胸にちぢめ、村雨は身をすりよせる。足のさきが吹雪の足さきにふれ、ふともが、吹雪のふとももにさわった。

吹雪はまた酔いをおぼえた。先刻の酔いとはべつの妖気をおびた酔いであった。

「吹雪、抱いてたも。……」

「奥方さま。……」

村雨の芳香が鼻腔《びこう》にからまると、吹雪はじんとしびれるような思いがして、まるでただの女みたいに恥じらってあえいだ。

「こわい、こわい。……」

村雨はなおうわごとのようにいいながら――なんと、吹雪のからだの上に、ヤンワリと馬乗りになった。そうなりながら、吹雪ともあろうものがほとんど無防備であったのは、相手を大名の奥方と信じていればこそだが、また一種名状しがたい妖《あや》しい、甘美な魔酔《ますい》にひきずりこまれていたからに相違ない。めくるめく思いで、吹雪は眼をとじていた。

ちかっと、そのまぶたに白いひかりがはねた。

吹雪は眼をあけ、眼を見張った。

ひかったのは、刃《やいば》だ。いつのまにやら口にくわえていた短刀を、村雨が手にとるのを吹雪は一瞬見た。村雨が——？

大きくはだけられた村雨の真っ白な胸には乳房がなかった！

「見たか、甲賀忍法くノ一だまし！」

絶叫して、はねかえそうとした吹雪の上から真一文字に短刀が突きとおされ、そののどぶえに柄《つか》まで入った。

そのまま村雨は、返り血から身を避けて魔鳥《まちよう》のごとくうしろへとびずさっている。そしてニンマリとして、のどを刺しつらぬかれた女忍者吹雪が、声もなく痙攣《けいれん》しているのをながめているのであった。

吹雪は、さっきじぶんを見ていた「誰か」が、この村雨自身であったことを知った。知ったとたんに絶命した。

吹雪が絶命するのを見すますと、村雨はあゆみ寄ってそのからだをさぐり、どこからか一個の珠《たま》をさがし出した。

「やはり、もっていやがった」

と、顔に似あわぬ伝法な口調でつぶやいてその珠を雪洞にすかし、

「孝」

と、読んだ。まぎれもなく、犬塚信乃の声であった。

犬塚信乃。——では、安房からきた村雨は信乃であったのか。犬村角太郎の信じるところによればその通りだが——しかし、顔や姿態はべつとして、男の信乃に、同行していた服部半蔵や吹雪がまんまとあざむかれていたのか。

信乃は音もなく、部屋を出ていった。

二

信乃は音もなく、となりの部屋に入った。

そこに寂然《じゃくねん》と、もうひとりの村雨が坐っていた。

「奥方さま」

「六つめの珠、孝でございまする」

村雨はさし出された珠を見て、信乃を見た。

「吹雪は?」

かすれた声できく。

「討ち果たしました。討ち果たさねば珠を奪うことはならぬ女忍者、やむを得ませぬ」

村雨は沈黙した。

「では、奥方さま、信乃の申したようになされませ。……そして、江戸へお入りなされたら、小幡勘兵衛の屋敷においであそばすように」

「犬村は、いるであろうか」

「服部半蔵に今夜の内縛陣破りを見ぬかれて討たれたかもしれませぬな」

信乃のうす笑いを、村雨はぎょっとしたようににらんだ。

「信乃、それは」

「いやいや、きゃつ、重々しい、まじめくさった顔をしていて、あれで味方ながらゆだんもすきもならぬ小狡《こずる》い人をくった奴、なかなか以《もっ》て容易に見破られることなく、ぬけぬけと半蔵を化かし通して、江戸へ帰ってゆくでござりましょう。角太郎の儀については御心配あそばされますな」

はて、これは小幡勘兵衛屋敷で、村雨のまえで犬村角太郎が信乃を評したことばとそっくり同じだ。

「今夜のことよりも、小幡屋敷にずっとおられた村雨さまが、その実信乃であったことを知ったら、犬村角太郎め、さぞあっとばかり胆《きも》をひっくりかえすことでござりましょうな」

と、信乃はまたニンマリとした笑顔になった。思い出し笑いという奴だ。

そうなのだ。あの服部の忍者蔵から村雨さまを救い出した直後、安房へいって村雨さまに代われ、という犬村角太郎の命令に反して、ほんものの村雨を館山に返し、じぶんがちゃっかり小幡屋敷に残ってしまった犬塚信乃であった。

いろいろ判断したすえ、彼は村雨を角太郎のそばにおいておくのは危険だという結論を下したのだ。で、じぶんは江戸に残り、じぶんをてっきり村雨さまと信じ、妙にため息をついたり感激したりしている犬村角太郎をからかって、心中くっくっと笑っていたのだが——本多佐渡が、村雨みずから珠をたずさえて江戸にくるように、服部半蔵を迎えにやったという知らせをきいて仰天した。

珠はまだ五つしか奪っていない。……かねて里見安房が竹千代君に約した珠は八つ、すべてそろえて献上せねば、村雨さまはぶじにはすまぬであろう。

あと三つ、珠を奪う方策を角太郎からきいたが、それが成功するかどうかは何とも疑わしい。……それを成功させるには、じぶんが現場にいる必要がある。村雨さまよりじぶんの方がうまくやってのけられる。村雨さまなら死ぬよりほかはない窮地でも、じぶんならきっと切りぬけて逃げてみせる。

こう心にきめて、信乃はもういちど村雨さまと入れ代ることにした。犬村角太郎の尻《しり》をたたいて、今夜、この栗原の宿で服部半蔵をおびき出すという途方もない芸当《げいとう》をさせたのはそのためだ。半蔵をおびき出す——そのことよりも、その騒ぎにまぎれてこの旅籠《はたご》にすべりこむのが狙いである。信乃は村雨と代った。きものもとりかえた。そして六人めのくノ一吹雪を斃《たお》し、六個めの伏姫の珠をうばい返した。……

「それよりも」

と、信乃はふしぎそうに村雨にいった。

「奥方さま、おん珠五つで江戸にゆこうとしておいでなされましたが、もはやおあきらめでござりましたか？」

「いいえ」村雨はしずかにくびをふった。

「竹千代君へ献上のときまでには、きっとそなたがあと三つの珠をそろえてくれるにちがいないと、村雨は信じておりました」

さてこそ、館山から江戸にゆく村雨が従容《しょうよう》とおちつきはらっていたのは、この確信のためであったのだ。……信乃は唖然《あぜん》として村雨さまを見まもった。

村雨もまた信乃を見つめている。童女のように澄み切って、ひたすらに信じ切った瞳《ひとみ》であった。

信乃はまばたきした。そのまつげが涙でしめっぽくなりかけたので、あわててはじきとばしたのだ。

（……ちえっ、かなわねえな。泣かせるじゃあねえか。……それにしても、おれは今夜ここへ来てよかったな。これほど信じ切ってくれるおひとに待ちぼうけをくわせるのか、放っておけば、このまま江戸城へつれてかれて、どうなっちまうかわからねえところだったんだぜ。……）

彼は、犬村角太郎が、はじめ村雨さまをこのまま江戸城へ送りこんでしまう心底であったことを思い出した。安房からくる村雨さまをてっきりこの信乃だと思いこんでいるからこそのことだが、いやどうも友達甲斐《ともだちがい》のない、薄情な、ひどい奴だ。……

いっそ、あの野郎、服部半蔵に今夜の偽使者の一件をたちどころに看破されて、あの場で討死しちまった方がよかったんだ。そうしたら、その騒動で、おれと村雨さまの入れ替えがもっとらくにいったろう、と信乃はかんがえ、そして、こっちもあんまり友達甲斐のある、薄情じゃない奴とはいえないな、と可笑《おか》しくなった。とにかく敵をだます以前に仲間とだましっこしなくちゃならんのだからたいへんだ。

それでも何とか一応協力の態勢にみえるのは、目的はただ一つ、村雨さまのおよろこびを買わんがためで。——

信乃は村雨さまのまえに置かれた螺鈿《らでん》の筐《はこ》から五つの珠をとり、いまじぶんのもって来た「孝」の珠といっしょにして、布でくるんで村雨さまのまえに置いた。

「奥方さま。……では、信乃は参りまする」

「そなた……あさって江戸城へいって死ぬのではないでしょうね」

村雨さまの眼にひかっている涙を見て、信乃は、江戸城で死んじまっても心残りはない、と思った。しかし、にっと片えくぼを彫《ほ》ってくびをふった。

「なんの……この信乃がおめおめと。甲賀流の軽業で、旗本八万騎のきもをつぶしてごらんに入れまする」

そして、空になった螺鈿の筐をじぶんがもち、布に入れた珠を村雨にわたして、彼女をさらに隣室にみちびいた。

三月三日をあさってにひかえて、この旅籠にも童女がいるのか、そこには雛《ひな》の壇が作られていた。内裏《だいり》さま、官女、五人囃子《ばやし》、菱餅《ひしもち》、白酒、桃の花。それらを美しく飾った緋毛《ひもう》氈《せん》の壇の下に、彼は村雨さまをひそませた。

「では、おさらばでござります」

ちょっと感傷的にいったあと、すぐに、

「いえ、あさってにはまたお目にかかりまする」

と、軽くいって、信乃はそこを去った。

最初の惨劇の部屋にもどる。のどぶえを縫いとめられた女忍者吹雪の屍骸《しがい》はそのままだ。しばらくじっとそれをながめ、あたりに耳をすましていた信乃は、やがて物蔭《ものかげ》からひとすじの縄をとり出し、南の障子窓をあけてそれをたらした。窓の下は海であった。

彼は吹雪の屍骸を抱きあげ、窓ちかくにうつ伏せにし、その片手に縄のはしを巻きつけた。

「――だれか――だれか」

ニヤリとして、彼はさけび出した。女の声であった。まぎれもなく、吹雪そっくりの声であった。

「曲者《くせもの》じゃ！　曲者が推参してござりまする！」

たちまち凄《すさま》じい物音が屋鳴震動《やなりしんどう》して、伊賀者のむれが殺到して来た。

伊賀者たちが部屋に駈《か》けこんできたとき、その眼にうつったのは、あけはなされた障子の向うにひろがる夜の海と、天の川と、そして窓の下に、縄を手に巻いてこときれている吹雪と、閨《ねや》の上にふるえている村雨さまの姿だけであった。

まろぶようにあとを追って来た配下の急報を受けて、服部半蔵は栗原の宿に馳《は》せもどった。

「村雨さまのお話をきくに、どうやら曲者は縄をつたって海から侵入したものの、吹雪の反撃を受けて、あわててまた逃走した様子でござる。村雨さまはお眠りなされていたが、突然のさけびで眼をさまされたときは、すでに曲者の影はなく、この縄をつかんでたおれてゆく吹雪の姿だけが見えたということでござりまする」

配下の報告をきいて、半蔵は、吹雪のつかんでいる縄を見、窓によって海を見下ろした。波は暗く、ただ海鳴りの声だけをあげている。

この縄を、こういうかたちにして、どうして曲者が上って来たのか、また逃げていったのか、さしもの半蔵も霧につつまれたような思いがするが――すでにその手並《てなみ》は知っている里見の甲賀者なら、或《ある》いは――或いはではない、げんに事実として、

「御覧なされい、吹雪ののどを」

配下が指さした。

いまはあおむけにされている吹雪ののどに、キラリとひかっているものがある。えぐられた傷にねじこまれた珠《たま》一つ。その文字は「弄《ろう》」。

「吹雪の孝の珠は、奪われたとみえて、どこにもござりませぬ」

歯をくいしばって報告する配下に返事もせず、服部半蔵は村雨をふりかえった。村雨は閨《ねや》に坐《すわ》って、ひしと螺鈿《らでん》の筐《はこ》を胸に抱きしめていた。

服部の内縛陣、外縛陣が破られたことは疑いはない。しかもそれは、吹雪を斃《たお》した曲者によってのみ破られたものではない。それ以前に、あの犬村角太郎という偽使者《にせししゃ》に破られたのだ。人もあろうにこの半蔵自身が、まんまとその手にのったのだ。

怒りにむしろ沈んだ声で半蔵はいった。

「奥方さま。その筐の中をあらためさせていただけませぬか？」

「おお」

村雨は何気なく胸の筐をひざに下ろしたが、ふと半蔵を見あげて、

「いいえ、それはなりませぬ」

と、くびをふった。

「ならぬと仰せある。な、なぜでござる？」

村雨はきっとしていった。

「将軍家若君、竹千代さまへ献上するこの珠、そのまえに、いやしき身分のものに見せることはなりませぬ」

どういうつもりでいっているのか。——いまにかぎらない。館山を出て以来、神秘的なほどおちつきはらっている童姫、いや村雨のおん方であった。

半蔵の胸にこのとき魔のような疑惑が通りすぎた。曲者が入って来たというのは嘘だ。

ひょっとしたら、すべてこの奥方の細工ではないかと思ったのである。しかし、すぐに彼は打ち消した。この奥方に人は殺せない。それに館山を出て以来、身近にあって直感された人柄だし、またこんなあどけない奥方に、かくもむざむざと討たれるような吹雪ではないはずだ。

しかし、下手人が誰であろうと、吹雪の奪われた「孝」の珠は、いまその螺鈿の筐に入っていることにおそらくまちがいはなかろう。

半蔵は、じっと雛のように愛くるしい奥方をにらんでいたが、ふいに配下をふりかえって、

「よし、もはや今夜はここには泊らぬ。すぐに発《た》つのだ。夜中このまま江戸に向うぞ！」

と吼《ほ》えた。

心中で、

（……村雨め、何をかんがえてかくもおちついておるのか。珠はまだ二つ、服部組の手中にあるのだぞ！）

と、さけんだが、実は服部屋敷に残しておいた二つの珠に不安感をおぼえ出していたのである。

真夜中、騒然とした服部組は、村雨を護《まも》って——その実、監視して、江戸へ出発した。

——一行が去って静寂にもどり、ただかすかに砂塵《さじん》だけが立ち迷っている栗原の宿《しゅく》の夜気の中へ、ふっとひとつの影があらわれた。同時に闇の中から、忽然《こつねん》と一頭の巨大な白い

犬があらわれた。

「信乃の八房かえ?」

村雨はささやいて、その犬にフワと乗った。犬は疾風のように走り出した。

大軍師

一

栗原の宿から江戸外桜田まで約六里。まだ夜明けにはほど遠いのに、そこの小幡勘兵衛屋敷に馳せもどった村雨を、犬村角太郎は出迎えた。気にかかるらしく、彼はそこの門のかげに佇《たたず》んで待ち受けていた気配であった。

「……村雨さま」

呼ばれて、村雨は八房からおりた。

「おう、ひさしや、犬村角太郎。……この犬がつれてきてくれねば、この屋敷もわからないところであった」

犬村角太郎は妙な顔をしたが、

「いや、あなたさまがお帰りあそばすか、服部組がおしかけてくるか、いずれが先かと待ちかねておりました。半蔵は一応服部屋敷にかえって船虫、玉梓の安否をたしかめ、さらに本多屋敷にいって小幡勘兵衛帰府の実否をただしたあとここに推参してくるでござろうから、早くとも夜あけになると見はからっておりましたが」

彼は空を仰ぎながらいった。

「一方、奥方さまは八房にお乗りだから、拙者が半蔵をおびきだす首尾を見とどけられたうえ栗原を立たれても、あなたさまの方がお早いとは見込んでおりましたが……さて、これにて一安心。早うお入りなされ、服部のくるまでに、拙者も一仕事があります」

「——一仕事とはえ?」

村雨はぼうとした顔をふりむけた。犬村角太郎はまたけげんそうに、

「はて、これは昨日申しあげたはず。明日拙者は小幡勘兵衛の代役として登城いたし、服部のくノ一どもから残りの珠をとりあげるつもりでおりましたが、昨夜犬村角太郎として半蔵をペテンにかけましたゆえ、もはや犬村角太郎、江戸城に入るわけには参りませぬ。されば——」

村雨は何かかんがえこんでいるようだ。

「拙者は小幡勘兵衛自身として登城するよりほかはありませぬ」

この奇妙な言葉をきいても、村雨はべつの思案にふけっていて、なぜか耳に入れているようではない。

「奥方さま、犬村角太郎の顔はこれまでのこと」

角太郎はじれたようにいった。

「妙な顔でござるが、どうぞこの角太郎の顔をおぼえておいて下されい。……奥方さま、何をおかんがえでござりまする」

「信乃のことを」

「あ！　また信乃のことですか。信乃は逃げたでござりましょうな。……きゃつ、当方にはもう要らぬ人間でござるが、さて、どこへ逃げおったか」

「信乃は江戸城へゆきました」

「えっ」

「残りの珠《たま》はきっと奪い返してみせると」

眼を見張っていた角太郎は、やがてかすれた声で、

「奥方さま。……あなたさま、信乃にお逢《あ》いなされたのでござりまするか？」

と、いった。

「逢いました。わたしを見張っていた吹雪という服部組の女が、半蔵に呼ばれて外に出ているあいだに信乃が入ってきて、わたしと入れ代ったのです。……」

犬村角太郎は、四角な口をぽかんとあけて、まじまじと村雨さまを見つめた。

彼の知っているかぎりでは――安房から来た村雨さまが信乃のはずだ。知っているかぎりでは、どころではない。彼自身がそう命令したのだ。その信乃を江戸へやってはならぬ、どんなことをしても途中で救い出せと村雨さまが子供のように気をもむものだから、やむを得ず、万障くりあわせて、彼を救うという冒険を敢行したのだ。

栗原の宿で、本多佐渡守の使者に化けて、でたらめの口上をのべる。その大音声《だいおんじょう》をきいたら、カンのいい信乃のことだから、こっちが救いにいったことを察して、そのすきに逃

げ出してくれるだろう、というのが角太郎の軍略であった。

ほんものの村雨がくっついていったのは、そのことをたしかに見とどけなければ安心できぬというものだから同行したにすぎない。

「では、では――、安房からおいでなされた村雨さまは？」

「わたしです。この村雨です」

と、ほんものの村雨はいった。

犬村角太郎は驚愕《きょうがく》をすぎて、白痴のような顔になっていた。

では、ずっとこの屋敷にじぶんといっしょに暮していたのは、村雨さまに化けた信乃であったということになる。

角太郎の頭を、いろいろな光景が走馬灯みたいにながれすぎた。

帯を結ばせたり、髪をかきあげさせたり――はては、入浴中の姿をかいま見せたり――思い出せば、なるほどきゃつ、乳房などは見せなんだ！　風呂《ふろ》に入っている姿さえも、きわどいところで乳房から下は湯に沈めていたのである。羽目板の穴からのぞいた自分を見返してからかったが――いかにも、あいつならやりそうないたずらだ！

それに対して、仄《ほの》明るい感傷にふけったり、大感激したり、鼻息をあらくしたり、平蜘《ひらぐ》蛛《も》みたいにひれ伏して恐懼《きょうく》したりしていたじぶんの姿を思い出すと、彼はからだじゅうが熱くなって、わっとさけび出したくなる。

きゃつ――味方のわしまで一杯くわせおった！

信乃め、村雨さまに入れ代って安房へゆけというわしの軍略にぬけぬけとそむいたのみか、あの忍法「肉彫り」を逆用して、この大事の最中にわしを翻弄《ほんろう》しおった。その忍法「肉彫り」をやったのがじぶんだけにシャクにさわるのだ。しょっちゅう信乃のことばかり気にかける村雨さまを、おかしいおかしいと思っていたが、じぶんのことを気にかけていたのではないか。

あまつさえ、強引に栗原の宿でわしにあのような無茶をさせおって――おかげでわしの兵法は根本から改訂を余儀なくされたはおろか、その結果として、わしはじぶんでもまんざらではないと思っているこの軍師にふさわしい、厳然たる「顔」を失うという破目におち入ってしまったではないか。

そうだ、きゃつはスリの名人だとかきいた。たわけた術をおぼえおって――と軽蔑《けいべつ》していたが、きゃつ、じぶんと村雨さまをスリかえおった。その大スリにおれの軍法が敗れたとは！

「犬村」

と村雨さまはいった。

「信乃は江戸城にゆきます。これこの通り吹雪から孝の珠を奪い、奪った珠はこれで六つ」

彼女はふところから布にくるんだ六個の珠を出して見せた。

「あと二つ、江戸城にいって奪うと信乃はいいます」

六個の珠も眼にうつらないかのごとく茫然《ぼうぜん》としていた角太郎は、ようやくからくもわれにかえって、勝手にぬかせ、と心でののしった。むろん、信乃に対してののしったのだ。

「でも、わたしは心配じゃ。――あれは江戸城へいって死ぬ気ではないか」

勝手に死んでしまえ、と角太郎は思った。

しかし、思いなおすと、これは最初からのじぶんの計画通りではないか。完全に八つの珠を手中におさめないうちに村雨さまを江戸城に送ることは危険である。事成らざるうちは、村雨さまをこの屋敷にとどめておいた方が安全であるというじぶんの判断が事実となったわけだ。

いっそおれは江戸城にはゆかぬ。信乃よ、勝手に窮地におちて死ね。

「いや！　いや！　いや！」

じっと角太郎を見つめていた村雨が、ふいにさけび出した。

「そなたは信乃を見殺しにする気じゃ。信乃を殺してはならぬ」

角太郎は、ぎょっとした。栗原の宿へ出かけるまえに「村雨さまに化けた信乃」がさけんだのとおなじせりふではないか。

「うかと信乃の言い分をきいて入れ代ったけど、信乃は殺してはならぬ。あえていうなら、伏姫の珠を捨てても――信乃は殺してはならぬ！」

それから村雨は、角太郎の心を吸いこむような涙のまなざしを見せてつぶやいた。

「もし、信乃が死んだら……あれのことばかり、わたしの心に残るであろう。あれは、わたしを死なすまいとして身代りに江戸城へ乗りこんでいったのじゃ」

犬村角太郎はもういちど水を浴びたような思いになった。

実は、栗原に信乃――と彼は信じていた――を救いにゆくとき、ばかばかしいとは思いながら、一方ではこのまま信乃を珠とりの作戦計画からおっぽり出し、じぶんだけが村雨さまにいいところを見せられる、とかんがえなおしたこともあったのである。それが逆に、いまさら村雨さまにそんなことをいわれる破目になっては、彼としてはワリに合わない。立つ瀬がない。

しかし、これは、ほんとうに。――

と、角太郎はふたたび妙な眼つきで相手を見た。

ほんものの村雨さまであろうか？

「奥方さま。……あなたさまは、まことの奥方さまでござりましょうな？」

村雨はだまって角太郎をながめていたが、やがて頰をぽっと染めて、しずかにじぶんの胸をかきわけた。やや蒼《あお》みがかってきたひかりに、ふくよかな乳房が半分見えると、

「……あいや！」

と、角太郎は身をふるわせて、手をふった。

「相わかりました！　まず、まず、まずお待ち下されまし。――拙者、何としてでも信乃を見殺しにはいたしませねば」

村雨は手をたたき、彼の胸にとびこんで来た。

「うれしい。さすがは犬村角太郎」

われを忘れて抱きしめたいのを必死で押さえると、それだけで犬村角太郎は全身の気力を消耗したような感じになり、ぼうとしたあたまで「……信乃の大馬鹿野郎」と弱々しく悪口し、ついでに「角太郎の大馬鹿野郎」とつぶやいた。

二

「さていよいよ明日、江戸城に於《お》いて晴れの踊りを踊ることになっておるが」

と犬川壮助はしずかにいって、花のように咲きみだれた数十人の女たちを見つめた。

夜明け前の小幡屋敷である。

前にいるのは、女かぶきの葛城太夫一座の女たちであった。——犬川壮助のそばには、葛城太夫も坐《すわ》っている。二十七八の嬌艶《きようえん》無双と形容してしかるべき美女であった。

「御上覧に供した踊りがお気に召せば、一座は当家の御主人、高名なる大軍学者小幡勘兵衛どのとともに西国に上り、大坂城お抱えの女かぶきとなる。徳川家、豊臣家を結ぶ芸ともいえる。佐渡島一座、村山一座、幾島一座など女かぶきは数々あれど、かように栄《はえ》ある女かぶきは天下にない。——葛城一座の名をかがやかせる優曇華《うどんげ》の日が来たというべきである」

「山四郎どの」

と、葛城太夫がいった。

「それは承っておりますが、なぜ……けさここへ？」

実は、先刻、まだ夜も明けないのに葭原から呼び出されて、この紀尾井坂の小幡屋敷へつれてこられたのだ。踊りを上覧に入れるのは小幡勘兵衛の推挙によるという話はきいているから、それはふしぎではないが、この未明、立つ鳥のごとく召集されたことを彼女は不審に思っている。呼びに来た小幡の門弟犬村角太郎という男も、江戸山四郎も、いささかあわてていたようである。

「それがです」

と、いまはおちつきはらって山四郎はいった。

「この男を呼びにやったのはわたしの方なので……実はわたしが、突然、或《あ》る趣向を思いついたので」

「どんな趣向」

「……ところで、みな、わたしが一見女ぎらいに見える――そんな人間となった由来を知っておるか」

と、山四郎はべつのことをいい出した。みんなあっけにとられている。

しかし、彼のいうことは、由来はしらず、事実としては認めざるを得なかった。みたところ神経質な優男だが、一座の振付、演出をするときは、鬼に変わったかと思われる。女たちが卒倒しても鞭《むち》をふり、世にこれほど残忍な男はあるまいと思われるほどだが、そのくせ腹をたてたり逃げ出そうとしたりする女がひとりもなかったのは、この狂言作家兼演出家の芸術的情熱と才能がヒシヒシと感得されるからであった。で、かえって女たちは彼に心酔し、彼に尊敬と愛情を感じていた。――実をいうと葛城太夫をはじめ、一座の踊り子たちすべてが彼にいかれていたといってもいい。

そんな女たちにかこまれて、彼はまったく関心がないようで、またそう見えたからこそ一座の平和が保たれていたのだが、愛とか恋とかいう感情が先天的にないかのごとく見えた男が、いまはじめてじぶんからそのことを口にした。

「おまえという人間はふしぎなおひとじゃと思うていたが……じぶんでもそのことを承知しておりなされたとはもっとふしぎ」

と葛城太夫が生唾《なまつば》をのんでいった。

「由来は知らぬ。きかせておくれ」

「実は以前に、わたしは踊りを教えていたふたりの女人に恋をした」

「えっ、おまえさまが恋を――しかも、ふたりに――とは、また思いがけぬ欲のふかい」

踊り子たちは笑った。

「可笑《おか》しいか。しかし笑いごとではない。ふたりに恋をしながら、わたしはいずれをとろうと迷っていた。……そのうちに、ふいに或る日、ふたりの娘がさしちがえて自害してしまったのじゃ」

踊り子たちは、はたとだまりこんだ。

「死なれてみると、そのふたりの女人が忘れられぬ。わたしは一種の地獄におちた。……わたしが一見女ぎらいとみえる男になったのは、このことがもとじゃ」

沈痛な眼で一同を見まわし、やや沈黙していたのち、山四郎はいった。

「明日の踊り、実はわたしの趣向はみなおなじ顔をして踊ってもらいたい。いや……みなおなじではない、二つの顔じゃが、それが二つの組に分れ、一組ずつ同じ顔をして踊ってみせたら、いかにお城の方々があっとばかりおどろかれるであろう」

「山四郎どの——その二つの顔とは、そなたの恋された女人の顔ではないか」

と葛城太夫がさけんだ。

「左様、わたしにとっても一世一代の晴れの舞台。されば——」

「待っておくれ、それにしても、わたしたちがそんな顔に変われるのか」

「化粧をすれば」

と、山四郎はうなずいた。

「この男——小幡先生第一の弟子でありながら、敵をあざむく軍法の術の一つとして、おどろくべき化粧の名人」

江戸山四郎は、葛城太夫とは反対側をあごでさした。

そこに犬村角太郎が真四角な顔で坐っていた。その前に大きな徳利とつみ重ねた盃《さかずき》がおいてある。

「これに、わたしの指示通りに化粧をしてもらう」

と山四郎はいった。

「ただ——いま化粧をせぬと明日までに間に合わぬほど手数のかかる化粧ゆえ——化粧中、顔をうごかしてはこまる。それゆえ、この酒をのんで、眠っておるあいだに化粧をしてもらうのです」

しばらくだまっていた女たちの眼が、しだいにひかり出して来た。だれかが、あえぐようにいった。

「その化粧をすると、おまえさまの恋されていた女人そっくりの顔になるのかえ？」

服部一党が小幡屋敷の門をたたいたのは、それから約一刻ののちであった。

幻戯

一

服部半蔵は、夜明け方江戸に馳《は》せもどり、屋敷にある船虫と玉梓ならびにその護《まも》るところの二つの珠《たま》が無事であることをたしかめると、こんどは本多佐渡守の屋敷に急行した。栗原の宿《しゅく》にやってきた犬村角太郎なる男が佐渡守の偽使者であることはもはや九分まではあきらかとしても、念のためたしかめざるを得なかったのだ。

佐渡守に逢《あ》ってきいてみると、即座に犬村角太郎が偽使者であることは分明にはなったが、それ以外に思いがけぬことをきいた。その犬村角太郎は数日前から本多屋敷にやってきて、師匠の小幡勘兵衛が大坂から帰府してくる旨を伝えていたというのである。

「この一月大坂にいったはずの勘兵衛が早々に立ち帰ってくるとはいぶかしい、とは思うたが、まさかわしまであざむこうとは思わなんだぞ。何でも淀どのの御所望にて、江戸の女かぶきをつれにまかり帰るという用件だと申しておったが」

と佐渡はいった。

「その犬村と申す男、奇怪な奴……あれが里見家の甲賀者であったと？」

「とは百に九十九存ずれど」

と服部半蔵はくびをひねった。昨夜じぶんを栗原の宿からおびき出すのが目的なら、数日前から本多佐渡守まで同様の口上を以《もっ》てあざむいていたというのは、念入りすぎてかえっておかしい。

「よろしゅうござりまする。拙者ただちに小幡どのの屋敷にいって調べて参る。うそかまことか、勘兵衛どのはきのう――いや一昨日帰府したとか申しておりましたゆえ」

こうして服部半蔵は、配下をひきつれ、紀尾井坂の小幡屋敷にやって来た。「甲州流軍学指南」という大看板のかかった門を入って訪《おと》なうと――門弟が出て来て、

「いかにも、師には一昨日おかえりでござる」

と、いった。

「なに、勘兵衛どのの御帰府はまことか」

半蔵は眼をまるくした。

「ならば、なにゆえ本多佐渡守さまのところへ伺候なされぬ。佐渡守には、いこうお待ちかねでござるぞ」

「それが、東海道を昼夜兼行でお帰りのため、ひどくお疲れの御様子で」

と、弟子はこたえたが、ほんとうのところは彼もふしぎに思っている。

服部どのが参られたら、左様に言えと命じられたからこう答えたものの、実はさっきたたき起されて、そこに忽然《こつぜん》と師匠の勘兵衛が立っていたので仰天したのだ。まさに寝耳に

水ともいうべき師匠の帰邸ぶりであったが、現実に勘兵衛がそこにいて、そういうのだから、それ以上に疑いようがない。

「とにかくお逢いしたい」

半蔵は狐につままれたような顔で通された。

小幡勘兵衛は机に凭《よ》って、服部半蔵を迎えた。まさにこの一月に別れたばかりの勘兵衛に相違なく、一代の軍学者らしい荘重な風貌《ふうぼう》だが、いかにも弟子がいまいったように、疲労のまだとれぬ蒼白《あおじろ》い顔をしていた。

「や、佐渡守さまにはそれほどお気にかけられておったか」

一別以来の挨拶《あいさつ》をかわすと、勘兵衛は恐縮していった。

「明日、かねて弟子の犬村に手配させてあった女かぶきをつれて登城いたし、そこにて本多佐渡守さまにお目にかかろうと存じておった。委細はその節じきじきに申しあげる」

「犬村――犬村角太郎」

半蔵はこの場合、勘兵衛よりもその男の方が気にかかった。

「小幡どの、つかぬことをおうかがいいたすが、あの犬村角太郎と申すお弟子は、そもいかなる素性の者でござる」

「――や、犬村が何かいたしたか」

と、勘兵衛は吐胸《とむね》をつかれたように半蔵の顔を見た。

「きゃつ、若年者ながら軍学の天才あるものにて、ゆくゆくは拙者のあとつぎにしようと存じておったのに、留守中拙者の代講をさせおいたところ慢心がすぎて少々おかしくなり、きのう――伊賀者の宗家服部半蔵どのを詭計《きけい》を以ておびき出せるかどうか賭《かけ》をしようといい出し――あまりばかばかしいのでとり合わなんだところひとりで興奮して飛び出してゆきおったが、もしやすると犬村が貴殿に何か無礼をしたのではないか」

服部半蔵はいよいよ狐につままれたような顔になった。

昨夜はじぶんに対して犬村角太郎がしてのけたことは実に奇怪なものだが、いま小幡勘兵衛から話をきいてみれば、奇怪ながら、つじつまは合う。たしか角太郎も、同様のことをいっていたようだ。

してみれば、あれはまことか。あれを里見の甲賀者と見たのはじぶんの思いすごしか。きゃつ、たんなる軍学狂にすぎないのか。そういえばあのときの挙動にはたしかに常人でない、きちがいじみたふしがあったようだ。

「いや、さしたることはござらぬ」

と、半蔵はさりげなくうなずいた。たとえ犬村がこの勘兵衛の弟子にしても、じぶんの昨夜の失敗をみれんがましくこの軍学者に吹聴するのは、伊賀者の頭領たるじぶんの面目にかかわる。少なくとも、いまはいうべきではない、と判断したのだ。

「何はともあれ御無事で御帰府祝着に存じまする。その旨佐渡守さまに御報告申しあげるでござろう」

服部半蔵は茫乎《ぼうこ》として立ちあがった。

「何とぞ、よしなに。――明朝、拙者登城して、大坂の件につき佐渡守さまに言上いたす」

見送りに立ちあがろうとして、小幡勘兵衛はうっとうめいて右腕をおさえた。

「どうなされたか」

「いや、道中いそぐあまり、くだらぬことでちょっと腕をくじいてな」

半蔵を送り出すと、小幡勘兵衛は舌を出した。

「腕をつかいすぎて、傷が痛むわ」

「犬村」

と、背後から声がかかった。村雨がそこに立っていた。

「ごらんのごとく服部は追いはらいました。これで拙者の軍法の下絵はいよいよもっともらしゅうえがき終えたことになります」

と、勘兵衛は笑った。――その顔に犬村角太郎の影もとどめていないのに、村雨は先刻からそれは見ているのにもかかわらず――また彼の忍法「肉彫り」のことは犬塚信乃がじぶんそっくりの顔に変えられたことから知っているのにもかかわらず――村雨はなお唖然《あぜん》たる思いを消すことができない。

小幡勘兵衛は犬村角太郎であった。彼はおのれ自身の顔に「肉彫り」をこころみて、師匠の勘兵衛に変貌《へんぼう》したのである。

そもそも彼は、江戸城に登城して珠を奪うなどという無謀なことには消極的であった。

しかし、村雨さまのために、敢《あえ》てそれをやってのける決心をかためた。そのときは師匠の代役として——犬村角太郎自身として登城するつもりであった。ところが、信乃を救えという村雨さまの懇望もだしがたく、昨夜あのような詭計をめぐらしたのである。もはや犬村角太郎としては行動できない。彼は狂人となり、永遠に姿を消したものとして葬り去らねばならない。あのとき、江戸川で服部半蔵にいかにも狂人らしくみせかけ、彼の手裏剣をぶざまに右腕に受けてみせたりしたのはこの伏線のためだ。犬村角太郎をきちがいとしてしまえば、小幡勘兵衛には何の傷もつかず、その行動は自由となる。

しかし、犬村角太郎は傷ついた。いや、永遠にその姿を消してしまった。しかも、それは、ふたたび村雨さまの——こんどはほんとの村雨さまの、信乃を救えという懇望によるものであった。彼はこの女人のために、ふたたび、みたび易々《いい》としておのれの軍法を変更した。

「では」

と、犬村角太郎はうなずいて、唐紙をあけて別室に入った。

そこには数十人の女が美しい魚のように横たわって、こんこんと眠っていた。中に犬川壮助だけが腕ぐみをして、蒼《あお》い顔をして坐《すわ》っていた。

葛城太夫一座の女たちだ。が、それらの顔は——その半分は伊賀のくノ一船虫に、残りの半分は玉梓の顔にかえられていた。

角太郎は、この女たちに対する忍法「肉彫り」の手術なかばにして服部半蔵に逢ったのである。腕がいたむのは、手裏剣の傷のゆえばかりではなく、けさからのこの必死の手術のためであった。

二

慶長十九年三月三日。

上巳《じょうし》のお祝——いわゆる桃の節句。

この日は、節句の礼として諸大名が将軍に拝謁をゆるされるので、江戸城の内外はものものしくもはなやかな行列に満ちひしめく。

この中に、それにしても珍しい一団が城に入った。葛城太夫一座の女かぶきの踊り子たちである。彼女たちはみな美しい頭巾《ずきん》をつけて眼ばかりのぞかせていたが、これはもとより身分柄遠慮したのであろう。宰領《さいりょう》の男ひとりと、それから小幡勘兵衛がこれを引率した。

諸大名への答礼はさておいて、本多佐渡守はまず小幡勘兵衛に逢《あ》った。彼のつれてきた女かぶきの面々は隣室にひかえさせてある。

「はからずも不時に帰府いたし、さぞ不審におぼしめされたでござりましょう。……実は拙者、京へいったこととして江戸へ帰りましたゆえ、心いそいで充分なる御連絡もなりませず」

と、勘兵衛はしかし、しずかにいった。

かねて知る通りの荘重な兵法家小幡勘兵衛にまちがいない。

「すりゃ、犬村角太郎なる者を以《もっ》て、女かぶき云々《うんぬん》と申しておった件はまことであるか」

と、佐渡守はいった。

「淀のお方様が江戸の女かぶきを御所望であると？」

「いかにも左様でござる。さりながら、拙者これを受けましたは」

小幡勘兵衛は、ここでおどろくべき計画を佐渡守にうちあけた。

それは、ちかく予定されている大坂城攻撃のとき――千姫さまを何としてでも関東にとりもどさねばならぬが、その救い手に女かぶきの一団を以てするという着想であった。それならば大坂方のゆだんをつくることができるが、さればとて、なみの女かぶきであってはこまるから、あらかじめこちらで充分いいふくめた女かぶきを送る必要がある、というのであった。

「ふーむ」

と、佐渡守はうめいた。これならば急遽《きゆうきよ》勘兵衛が帰府して来たわけも充分うなずける。

「その女かぶきは使えるのか」

「かねて拙者も見物してそのみごとさに感嘆これ久しゅうしたもの、とくにその太刀踊りなどはみな一様に紅梅の小袖《こそで》に金襴羽織をつけ、紅《くれない》摺りのくびり帽子をかぶって白刃をひらめかす乱舞でござるが――眼を奪うばかりに絢爛《けんらん》たるものでござります。それらの衣裳《いしよう》持参いたさせましたれば、これより御見《ぎよけん》に入れましょう」

「踊りではない――その女どもの性根がよ」

と、佐渡守がいったとき、服部半蔵が入ってきて報告した。

「佐渡守さま。……里見の村雨さま、御献上の品をもってただいま登城なされてござりまする」

むろん、半蔵自身が前夜から服部屋敷にとどめてあった村雨をつれて登城して来たのだ。

「ほ、どこに」

「鶯《うぐいす》のおん間に」

「船虫と玉梓は？」

「そこの御廊下にひかえております」

「両人、例のものはもっておるか」

「まちがいなく」

「それで……里見の奥方はおちつきはらっておるのか」

「御意」

「はて」

この問答をきいていた小幡勘兵衛がふと口を出した。

「半蔵どの。お話は、例の伏姫の珠《たま》の件でござるか」

この一件については、小幡勘兵衛も知っている。いつぞや、本多屋敷で密議の際、里見の甲賀者と思われるものが忍び入っておどろかせたことがあったが、そのとき勘兵衛がその密議の主役として同座していたからだ。

「それならば、よい機会じゃ。例の珠、そこに船虫と玉梓がおるならば、あらためて拙者ちょっと拝見したい」

「……はて、何になされる」

「実は里見家に伝わる八つの白玉の件についてはかねて大坂の城でも存じており、何かのはずみでその話が出たとき、千姫さまが是非それを見たいと仰せられたが――いかがでござりましょう。佐渡守さま。これも大坂方にとり入る手品の一つとして、八つの珠は当方にお廻《まわ》し下さるわけには参りますまいか」

「それはかまわぬが――」

「あれには孔がありましたかな？　拙者は千姫さまに孔はないと申しあげましたが、いま思うと孔があったようでもある。――」

「孔は、ある」

「やはり、そうでござったか、ともあれ、ちょっと拝見」

船虫と玉梓が呼び入れられた。

「両人、所持しておる珠を、小幡どのに見せい」

そういわれて、船虫と玉梓はそれぞれふところから白巾につつんだ珠を出して、小幡勘兵衛にわたした。

「ほう。……義と礼」

勘兵衛はそれを掌にのせ、ひかりに透かして、うっとりとながめ入った。いつまでも、いつまでも。――

「では半蔵、村雨に逢おう」

佐渡守は勘兵衛をすてて、立ちあがった。

「珠は六つしか所持いたさずして、いかなる挨拶《あいさつ》をするか。――」

佐渡守は出ていった。ちょっとためらったが、服部半蔵もそのあとを追う。

「おぬしたちもゆかぬのか」

と、小幡勘兵衛は船虫と玉梓にいった。

「その珠、おかえし下さりませ」

「ま、何にする。話はきいておる。珠はわしがおあずかりしておっても仔細《しさい》はあるまいが」

「いいえ、里見の息の根をとめるまでは、わたしたちがそれを持っていたいのでございます。いままでに死んだ六人の朋輩《ほうばい》のためにも」

「左様か、ほう、六人――討たれたか。待て待て、それにしてもこの妖《あや》しくも美しい珠、まさしく眼の果報、ついでに見せてやりたい者がある」

と、ぬうと立ちあがった。

「小幡さま、それはだれに？」

「葛城太夫一座の踊り子どもじゃ」

「葛城太夫一座？」

「女かぶきの踊り子ながら、これから徳川家の手足となって働いてもらわねばならぬものども、仔細ない、仔細ない」

と、いいながら、勘兵衛は唐紙をあけて隣室へ入った。――うろうろと、あとを船虫と玉梓が追う。

追って、入って、ふたりの女忍者は眼を見張った。そこにはおなじ頭巾、おなじ衣裳の女たちが数十人うやうやしく手をつかえている。それはいいが、そのうしろにひざに手をおいて端然と坐《すわ》っている宰領らしい男の顔をみて、ふたりはあっと口の中でさけんだ。

「お久しや、といおうか、お珍しや、といおうか」

にっと笑ったのは江戸山四郎であった。

「おぬしら、ただものではないと思うていたが、そうか、お城にかかわりある方々であったか」

彼こそは、そもそもの発端、船虫、玉梓たちが里見家の珠を奪う方便として女かぶきの踊りを修行したとき、手に手をとって教えてくれた師匠である。

「これは、伊賀の名だたる女忍者だ」

小幡勘兵衛は平気で紹介して、ふたりの女にふたつの珠をわたしした。

「そうれ、拝見せよ。これが音にきこえた南総里見家の秘珠じゃ」

ふたつの珠は、つぎつぎに女たちの手から手へわたってゆく。――

じっとそれをながめていた船虫が突如、名状しがたい驚愕《きょうがく》のさけびをあげていた。

「……曲者《くせもの》！　こやつら、曲者じゃ！」

「な、なぜ、船虫どの。——」

「玉梓、見よ、この女どもの顔——ことごとく、わたしとそなたの顔」

「えっ」

同時に女たちはいっせいに覆面をぬいだ。数十人の半半が、まぎれもなく船虫と玉梓そっくりの顔であった。船虫に化けた女たちは、船虫と同様にことごとく片眼をとじて。

「踊れ、太刀踊りを披露せよ」

と、江戸山四郎がさけんだ。女たちが立ちあがった。

「伊賀衆、お出合いなされ！」

と、船虫が絶叫した。

江戸山四郎——犬川壮助はニヤリと笑って、犬村角太郎にささやいた。

「いかにもその通りだ。犬村、用心ぶかい奴らで、このまわり一帯、たしかに伊賀者が詰めておる。やはり、かねての手はず通りにあばれ出さねば、その珠持って外へはのがれられぬぞ」

そして、彼は叱咤《しった》した。

「踊れ！」

女たちは、いっせいに白刃をぬきはらった。そして、うたい出した。

「わが恋は
月にむらくも
花に風とよ」

彼女たちは、城に入ってから江戸山四郎からはじめて彼の悲願をうちあけられたのであった。――もはやのっぴきならぬ、とあきらめ、怒った女はない。そもそも彼女たちは最初から、江戸山四郎のためなら死ぬるをいとわぬ心でいる。

女たちは踊りながら、その部屋の四方に白刃ひらめかして溢《あふ》れ出した。それは花の奔流のようであった。珠はどこへいってしまったのかわからない。――

狂気のごとくそれを追おうとした船虫と玉梓めがけて、犬川壮助の手から白光が走った。それは松葉のごとき光流をえがいて、ぱっと音をたててふたりの女忍者の帯は切断されたが、彼女たちはそれだけでのがれた。

ゆくてに待っていた犬村角太郎がそのきものをとらえた。

「わざと逃がした。おぬしらにいま死んでもらっては手品が使えんのでな」

くるくるふたりの女忍者は卵のようにむかれつつ、その通りまたのがれた。

「出合え！　伊賀衆！」

空《くう》　珠《じゅ》

一

「……曲者！　こやつら、曲者じゃ！」

最初の船虫の絶叫をきいたとき、本多佐渡守と服部半蔵は、そこからほど近い鶯《うぐいす》の間で狐につままれたような顔を見合わせていた。

「どうしたのじゃ、半蔵」

「はて」

村雨がいないのである。

鶯の間というように、高い格天井《ごうてんじょう》いちめんに鶯と桜を描いた座敷であった。そこに、ほんの先刻半蔵は、村雨を案内したあとで佐渡守を呼びに出た。彼女ひとりを置いて出たとはいえ、鶯の間のうち一面は壁、他の三面は唐紙と広縁だが、そのいずれの側にも配下の伊賀者がそれとなく見張っている。だいいちこの期《ご》に及んで村雨が姿を消そうとはさすがの半蔵も予想もしなかった。

「これは奇怪」

と、半蔵がつぶやいたとき「……曲者じゃ！　伊賀衆お出合いなされ！」という船虫の絶叫がきこえ——つづいて、女たちの唄声《うたごえ》とともにどどっとたたみを奔流の走るようなひびきがあがりはじめた。

「こは何事。佐渡守さま、しばらくお待ちを」

馳《は》せかえる半蔵のゆくてから、ふたりの裸形の女が駈《か》けてきた。船虫と玉梓だ。

女ながら剽悍《ひょうかん》無比の船虫と玉梓がこれほどの目にあいながら、小娘みたいに逃げて来たのは、むろんたんなる恐怖のためではない。あまりの意外事に驚愕したのは事実だが、それよりすでに奪われた珠が、とっさに奪い返せぬと判断したためと、またこの大事を首領の半蔵に知らせることを焦ったためだ。

「お頭、……小幡勘兵衛どのは里見の甲賀者ですっ」

「葛城太夫の一座も。——」

さしもの服部半蔵と本多佐渡もあっと仰天した。

まさか彼らは小幡勘兵衛までは疑わず、従って彼の推挙した女かぶきまで疑惑を抱かなかったのである。と——

「お頭、……そこのふたり、里見の甲賀者でござりまするぞ！」

「殿中に散らしては一大事、早う、とめて！」

そうさけびながら、つづいて数人の女が駈けて来た。これまた一糸まとわぬ裸形に白刃をひっさげている。

その顔をみて、半蔵は眼をむいた。駈けて来たのは、見よ、どの女も船虫、または玉梓そっくりの顔ではないか。

「お頭、曲者とは？」

あちこちから配下の伊賀者が乱入して来た。それに対して、

「曲者はあれじゃ」

「あの女をつかまえて！」

「それより珠《たま》を」

「珠をどの女かが持っているはず。——」

無数といっていい女の声が飛び交い、彼女たちはもつれ合い、また四方に散りはじめた。

「半蔵！」

ふりかえって、本多佐渡守は白髪をふりたてて絶叫した。

「やるな！」

と、狼狽《ろうばい》してさけんだのは、伊賀者に追いまくられた女たちが、殿中ひろく、盲滅法に乱入してゆくのを見たからで、時あたかも三月三日の大名総登城の日、これに裸女を散乱させては、とりかえしがつかない。

「おう、待てっ」

伊賀者が追いすがって、黒髪をつかんでひきもどせば、

「玉梓ですっ」

と、女がさけぶ。その顔は、まごうかたなき味方の玉梓だから「しまった」と思わずひるむすきに、女は逃げ出す。ときにはうしろなぐりに白刃がとんで、伊賀者の顔に血しぶきがとぶ。——

いまやこの一劃《いっかく》は七花八裂、名状しがたい混乱の渦と化してしまった。この中から、なお奥へ進もうとする一団があれば、また外へ走ろうとする一団もある。——場所が場所だけに伊賀者たちも狼狽、動顚《どうてん》その極に達した。

「待てっ、ひとりも逃がすな!」

眼もくらむ思いでキリキリ舞いしていた服部半蔵は、数秒後に女たちも佐渡守もすておいてころがるように走った。

「とくに、小幡勘兵衛と宰領の男を——」

どこをとっても、迷路のような江戸城の一劃だ。そのいたるところで争闘のひびきが起っていた。その中でなお唄声がきこえる。

「光明遍照《へんじょう》、十方世界

念仏衆生、摂取《せっしゅ》不捨《しゃ》

なむあみだぶつ、なむあみだ」

それにまじって、たまぎるような悲鳴。……満面土気色になって立ちすくんだ本多佐渡守は、おのれの失態から発したこの八方破れの破綻《はたん》に、その唄声にも悲鳴にも耳を覆いたいような気がした。

「やあ、小幡勘兵衛、待てっ」

と、或《あ》る廻廊《かいろう》で伊賀者のむれを相手に刃をまじえている小幡勘兵衛の姿を見て、怒髪天をついて服部半蔵は馳せ寄った。

「うぬはいつから徳川家を裏切って、里見の犬となったか！」

「犬！　犬！」

小幡勘兵衛は奇怪なさけびをあげた。

「八房、来うい」

半蔵と伊賀者を割って、四五人の裸婦が白刃をひらめかして殺到して来た。

「伊賀衆！　玉梓ですっ、そこどいて！　こやつはわたしにまかせて！」

そのどれもが、玉梓の顔をしている。

混乱のあいだに、タタタタと勘兵衛は逃げのびる。

と、みるや。——

「お頭」

ひとりの玉梓が蒼白《そうはく》な顔でふりむいてさけんだ。

「ほかの玉梓はみな殺しになされ！」

さけぶと、刃を逆手《さかて》にとり、おのれののどめがけて、うなじまで通れとつき刺した。一瞬、棒立ちになったとみるまに、彼女はどうとあおのけに倒れた。

さすがに服部のくノ一だ。みずからの一殺を以《もっ》てまどわしの女人のむれを一挙に葬る覚悟をきめた玉梓であった。

「斬れ、斬れっ」

発狂したようにわめきながら、服部半蔵はおどりかかり、そこにいた二人の玉梓を袈裟《けさ》がけに斬った。その鼻柱を何やら飛んで来たものが、びしっと打った。

「乱」

と、遠くで小幡勘兵衛がさけんだ。珠がひとつ、半蔵の足もとにころがった。

「乱の珠よ。……礼の珠はすでにもらった！」

そして、ひとりの伊賀者を斬ったが、彼もまた満身朱《あけ》に染まっていた。曾《かつ》て野ざらし組の荒武者を軽くさばいたほどの男だが、きょうの相手は伊賀者だ。しかも彼の右腕は、一昨夜半蔵の手裏剣を受けたばかりだ。

「天下鎮護を志ざす大軍師犬村角太郎に乱の珠をくれたのがうぬらの禍のもとだ。ざまを見ろ」

「な、何っ、犬村角太郎？」

「おどろいたか、いかにもおれは犬村角太郎。師匠小幡勘兵衛もこれほどの大軍法はなし得まい。あははは。……とはいうもののもはや大坂まではゆけまいかなあ」

何の意味か、伊賀者たちにはわけもわからなかったが、しかし犬村角太郎はこの土壇場になっても、まだ逃げのびるつもりであったとみえる。

「そもそも、無縁のこの女人どもを殺して、わしが生きのびては軍師の義理にそむく。では――、あはははは」

待っていたように笑うあごをあげた。そののどに、服部半蔵の手裏剣が深ぶかとつき刺さった。すでに屍体《したい》の花束と化している踊り子たちの上に、犬村角太郎は、血笑をひびかせながら崩折れた。

半蔵と伊賀者は馳せ寄った。屍体をさがしたが、めざす珠はどこにもなかった。

一方、犬川壮助も別の大広間で絶叫していた。

「右へ、右へ」

声に応じて、数人の裸身の女が右へ走る。

「左へ！　それ、飛べ！」

左の方で、べつの数人の裸女がとんぼを切って伊賀者たちの刀が空を薙《な》いだ。

犬村角太郎を軍師とするなら、これは実戦の部隊長であろう。刀といえば踊りにふるう刀しか知らぬ踊り子たちが、みごとに伊賀者を翻弄《ほんろう》した。――それを犬川壮助は、舞踏の呼吸でやってのけているのだ！

もとより女たちも血まみれになっている。しかも血に酔ったように彼女たちは走り、飛び、舞い、刀をふるう。そのたびに伊賀者がふしぎに斃《たお》されてゆくのは、妖《あや》しの人形をつかう忍法かと思われた。

べつに犬川壮助は忍法をつかっているつもりはない。彼自身、数本の手裏剣を受け、血まみれになりながら、いまや、「血の幻想曲」を耳にきき、新しい剣《つるぎ》の舞いの創造に無我の境に入っているのだ。

「廻《まわ》って、刀をふる」

同時に、またひとりの伊賀者がのけぞった。——女の中にひとり、恐ろしく腕の冴《さ》えた奴があった。

それも道理、これは服部くノ一の船虫であった！

「八房！　八房！」

ときどき、夢からさめたように犬川壮助はのどをあげて絶叫した。

その声をきくたびに、船虫も醒《さ》めた。そして身ぶるいした。じぶんの所業の奇怪さに愕《がく》然《ぜん》としたのだ。が——次の瞬間「右へ右へ！」という号令をきくと、彼女の足は右へ右へとうごく。まるで憑《つ》きものがしたように。——おそらくそれは、曾《かつ》てこの江戸山四郎に鞭《むち》を以て猛訓練を受けた名残り、一種の条件反射ででもあったのだろう。

しかし、伊賀のくノ一が、甲賀者にたぶらかされるとは？

右へ、右へ、いま江戸山四郎の声のままにうごきながら、船虫はわずかに眼をあけた。とじられていた左眼を、死物狂いにひらいた。

そこから「悦」の文字がひかり出した。

「あれじゃ！」

「船虫はあれだ！」

それは、これまた酔ったような伊賀者の魔睡を醒ますのにふしぎな効果をもたらした。

たんにどれがほんものの船虫か、その幻影かという鑑別をさせたのみならず、伊賀衆にとって敵の「忍法」そのものが破れるという作用をあらわした。

「斬れ、斬れ」

俄然《がぜん》、血ぶるいした伊賀衆の乱撃から、女たちは血しぶきとなって伏してゆく。

「しまった！」

と、犬川壮助はうめいた。

忍法をかけているという意識はないから、それが破れたという意識もない。ただ彼は、このとき庭の方にびょうびょうたる犬の吠《ほ》え声をきいていた。じぶんたちの登城にあたり、それと前後して入れてあった二匹の八房だ。その方角へ――犬の方へゆこうと、先刻からの死闘はそのためなのだが、あと数十歩にして、いまや絶望的な死の包囲におちてしまったことを知った無念の声であった。

「おおっ、あの犬は」

完全に覚醒《かくせい》した船虫がその方へ走り出そうとしたとき、そのうなじを手裏剣がつらぬいた。

「犬川」

手裏剣の飛来した天井で誰か呼んだ。

「珠《たま》をよこせ」

格天井の一角に、風鳥みたいにあでやかな影がとまっていた。――村雨だ。さっき忽然《こつぜん》と鶯《うぐいす》の間から姿を消した村雨だ。いや、それは犬塚信乃であった。

犬川壮助はニヤリとして、刀を捨てて両腕をたもとにつっこんだ。その双腕がふられると二条の白光が天井へ飛んだ。

同時に彼の両肩は背後から袈裟がけになったが、彼は最後の力をふりしぼって、遠い船虫めがけてもう一個の珠をたたきつけた。

「面白や、今生の名残りに絶妙の踊りを踊ってくれた褒美をやろう。そうれ戯の珠じゃ！」

そして、彼はがばと伏した。

天井の風鳥にはもとより手裏剣が逆流《さかなが》れの銀の雨のように集中していた。しかしその影は、赤い雨をふりおとしつつ、鴨居をくるりとまわり、縁側に消えた。

伊賀者が縁側に殺到したとき、あでやかな影はどこにもなかった。

二

「本多佐渡守さまお召しにより、里見安房守の妻、大久保相模守の孫村雨、ただいま参上仕《つかまつ》りました」

忽然と江戸城大手門から濠《ほり》をへだてる門の前に立ったうら若い美女にそう名乗られて、門番たちは仰天した。

先刻伊賀組の服部半蔵が村雨を伴って入ったことを知っているから唖然《あぜん》となり、さらに、そこにいる美女がさきの村雨と同じ顔をしているのをみて、判断を絶した。

すると。――

「おう、村雨、村雨ではないか」

ぬうっと立って来た五十五六の老人がある。老人とはいうもの、肌はあぶらをぬったような精気にみちた人物で大身《おおみ》の槍《やり》をひっかかえて、

「ふと、妙な――きょう村雨が安房からやって来て登城するという噂をきいたので、おれは見に来たのじゃが、間におうてよかった。村雨どうした？」

と、なつかしげにまた不審げにいった。

「あっ、大おじいさま！」

と、村雨はさけんだ。

「村雨、安房守に代り、里見家重代の伏姫の珠を竹千代さまに献上に参りました」

「……何、そちが」

何も知らぬ老人はくびをかしげたが、すぐに、

「ともかく、ゆこう、参れ」

と、先に立った。

大身の槍をついて、のっしのっしと入ってゆく老人を見送ったまま、それをとめる者もない。――それも道理、これは村雨の祖父大久保相模守の叔父《おじ》にあたるが、性狷介《けんかい》剛強、

ために三千石の旗本にとどめおかれた大久保彦左衛門忠教《ただたか》であった。

ふたりが、濠をわたる橋の半ばまで来たとき――ゆくての大手門から、ヒラリと華麗な影が舞いおりて来た。それが欄干を鳥のごとく翔《か》けわたってくる。――

「曲者《くせもの》っ」

彦左衛門が仰天してふるった槍の上をとんぼを切ると、その鳥はそのまま濠の向うへいっきに飛び立っていった。

「あっ……信乃」

その信乃のからだから赤い血が雨のように濠へふりそそいでいったのを見て、村雨は立ちすくみ――ふと、ふところに異様な感触をおぼえて手を入れると、そこに二つの珠が入っていた。

「礼」と「義」

この場合に信乃は、みごとに最後の珠を、村雨のふところへスリ入れて逃げ去ったのである。

三

いつのまにやら鶯の間の格天井に、――一つの枠《わく》に一文字ずつ、

「東西東西、本多佐渡守様御興行、伊賀甲賀珠とりの忍法争い。勝負やいかに。千秋楽は

三月三日。伏して御見物願いあげ奉る」

桜花の上に、墨痕《ぼっこん》りんりと書かれているのを茫然《ぼうぜん》と仰いでいた本多佐渡守と服部半蔵は、やがて眼を周囲に移した。

たたみ、柱、壁、唐紙いたるところに鮮血がとび、折れた刀がつき刺さり、そして、見わたすかぎり伊賀者の屍体といっていい。その中には、むろん船虫と玉梓の屍骸《しがい》もある。それを片づけようとしてうごいている生残りの伊賀者の姿もまるで亡霊のようであった。

――ふたりは惨として、むしろ憎悪にみちた眼を見合わせた。

そのとき、遠くで高だかに呼ばわる声がきこえた。

「本多佐渡、佐渡守どのはいずれにござる」

のっしのっしという跫音《あしおと》とともに、また咆吼《ほうこう》した。

「ええどけい、彦左じゃ。大久保彦左じゃ！」

ふたりは、ぎょっとしてまた顔を見合わせた。

「御約定《やくじょう》通り、里見安房守妻村雨、里見家重代の伏姫のおん珠、ひい、ふう、みい、よ、いつ、むう、なな、相違なく八あっつ、ただいま持参いたしたぞ！」

足下の屍《しかばね》の色が映《うつ》ったような顔色の本多佐渡守と服部半蔵の耳に、いまや雷《らい》のごとくとどろく大音声《だいおんじょう》であった。

「そこのけ不浄の蝙蝠《こうもり》伊賀者どもめら！　竹千代君献上のおん珠、忠孝悌《てい》仁義礼智信のお通りであるぞ！」

四

春風に桜花ちる東海道。

山も水も、ゆきこう旅人さえも、ものみなすべてうらうらとのどかな風景の中へ、西へ、西へと歩いてゆく異形《いぎょう》の影がある。

姫君風、奥方風。――いや、きらびやかな衣裳《いしょう》はひきずっているが、そのすべてがズタズタで、そして血まみれだ。歩いてゆく足のあとから、点々と血のしずくすら垂れてゆく。歩いているというより、さまよってゆく、空に浮かんでゆく幻のようだ。

事実、宿場役人らが怪しんでとらえようとしたが、その美しく凄惨《せいさん》な影は、スーイと逃げ水みたいに逃げて、追う者の胆《きも》をつぶした。

「御女中、どこへ？」

狂女と見て、親切に寄ってくる者があると、女は夢うつつのように、

「甲賀へ」

と、答えた。犬塚信乃であった。

甲賀へ――甲賀卍谷へ。

――おい、信乃。甲賀へいって何をする？　何のために卍谷へゆく？　わからねえ。おいらはただ江戸を逃げてえためだけなんだ。いいや、安房から一足でも遠ざかりたいだけ

でこうして歩いているんだ。けっ、ばかなことをしたもんだなあ。仲間はみんな死んじまったじゃあねえか。あの馬鹿殿のためによ。ちがう、ちがう。村雨さまのためだ。ああ、村雨さまのおそばにいてえなあ。それが、いられねえ。おいら、村雨さまそっくりの顔になっちまったんだ。いっしょにいたら、ひとがきみがわるかろう。ひとばかりじゃねえ、このおいらが、おいらに惚《ほ》れるようできみがわるいや。村雨さまは、この世にひとりでたくさんだ。おや、信乃、おまえこの世から消えちまうつもりかえ？

ふいに信乃は路傍に飛んで、草に伏し、そこにおちていた破れ傘で身をかくした。

破れ傘の裂け目から、信乃は街道を東へゆく旅人を見送った。

砂ほこりにまみれた旅人はぶつぶつとうわごとみたいにつぶやいていた。

「どこへゆかれたか、あの八人の息子どのは……この大事に、行方もしれずほっつき歩いていなさるとは、父御《ててご》に似ぬ鬼子たち、不肖のどら息子どの。……ああ、そのむかしの御先祖の八犬士の物語を、もう少しお伽《とぎ》にきかせてあげていたら、忠孝悌仁義礼智信のお性根がしっかと宿っておわしたろうに。……」

忠僕滝沢瑣吉は通りすぎた。

ひとしきり旅人が絶えて、ひっそりとした街道にただ白いひかりだけが満ち、ものうい春風に吹かれて飛んできた海燕《うみつばめ》が、破れ傘の上に、ついととまったが、傘はいつまでもうごかなかった。

解説

中島河太郎

馬琴研究家の徳田武氏によると、現在の日本近世文学研究界は、ちょっとした馬琴ブームだという。研究論文の数も一年に二、三本あるかどうかといった寥々《りょうりょう》たる状態であったが、ここ三、四年来、若手の研究者の登場が続き、馬琴とその文学への言及もそれにつれて増しているそうだ。

殊に高田衛氏の新著「八犬伝の世界」は、「八犬伝」の新たな読解法を提示して波紋を投じた。馬琴は小説の方法を説いて、表面のストーリーの背後に深遠な寓意《ぐうい》を籠《こ》めていると述べた。そこで高田氏は八犬士の「原基イメージ」が、八字文殊曼陀羅《まんだら》図に在ると論じたのだが、徳田氏はそれを否定して、激しい論争が展開された。

また森田誠吾氏は「曲亭馬琴遺稿」と題する書き下し長篇を上梓《じょうし》し、ある文学賞の候補に挙げられた。

このように研究者や作家の関心が馬琴に集まるようになったのは、その日記や書翰《しょかん》集、評答集が満足すべき形で刊行されるようになったからだと思われるし、また近年、小説のおもしろさとは何かが問い直されて、あまりにも低く位置づけられていた馬琴への再評価が試みられつつあるといえよう。
馬琴は本名瀧沢解《たきざわとくる》。近世後期の読本《よみほん》、草双紙《くさぞうし》の作者である。六十年に及ぶ著述生活だから、作品の種類も多岐にわたっているが、なんといっても彼の名を不朽にしたのは読本である。その生涯の大作ともいうべき「南総里見八犬伝」は、文化《ぶんか》十一年（一八一四年）から二十八年がかりで完結した。全九集、九八巻、一〇六冊に及ぶわが国最大の伝奇小説であった。

中世末期戦国の世を背景にしたもので、里見義実の戯言がもとで、番犬八房とともに安房の富山に息女伏姫は隠れ住む。姫を連れ戻そうと八房が狙われ、自害した姫の傷口から、八つの玉が飛散して、やがてそれぞれの玉を持った八人の勇者が登場する。犬塚信乃戍孝《もりたか》、犬川荘助義任《よしとう》、犬山道節忠与《ただとも》、犬飼現八信道《のぶみち》、犬田小文吾悌順《やすより》、犬江親兵衛仁《まさし》、犬坂毛野胤智《たねとも》、犬村大角礼儀《まさのり》がそれで、その名前に自分の玉に因《ちな》んだ一字が含まれている。

かれらをめぐって波瀾《はらん》万丈の挿話が展開され、運命の糸にあやつられながら里見家に仕え外敵を防ぐ。のちには富山に入り仙人となる雄大な構想と、華麗な和漢混淆文《こんこうぶん》で当時の読書界を風靡《ふうび》した大ロマンであった。

著者の「忍法八犬伝」は「週刊アサヒ芸能」に、昭和三十九年五月から十一月にかけて連載された。冒頭に登場するのは山田忍法帖《ちょう》ではお馴染《なじみ》の本多佐渡守と服部半蔵である。本多は将軍の補佐役で、随一の策士、服部は幕府直属の忍び組の頭領。里見家取り潰《つぶ》しのたねとして、家宝の八顆《か》の白玉の献上を命じ、その前に忍びの者に盗ませ、失態を責めようという肚《はら》である。

八犬士の活躍した時代から百五十年もくだっているのだが、里見家には八犬士の末孫が仕え、しかも先祖と同じ名を名乗って、それぞれ巨大な犬の八房まで連れている。かれらは頑冥固陋《がんめいころう》、忠義の権化《ごんげ》みたいな老人たちだが、子供たちはまったく正反対の若者に育っていたのだから皮肉である。心ばえが未熟だというので、みな甲賀の卍谷に修行にやられたが、それぞれ逃げ出して勝手な道を歩んでいる。

軽業師や香具師《やし》もおれば、軍学者もいる。舞踊の振付・演出家になったり、乞食《こじき》や義賊、六方者《ろっぽうもの》、女郎屋者と、ほとんど親の世代に背をそむけている始末だ。

馬琴の「八犬伝」では、仁義など八つの徳目の一つずつを具《そな》えた玉を持ち、牡丹《ぼたん》の痣《あざ》をつけた八犬士のめいめいが、別々の地で生まれ育ち、それとは知らずに争ったり、接触しているうちに、同じ条件を具えていることに気づく遭逢の段どりが興味をそそるのだが、本書も八人の伜《せがれ》たちの居所を八房が尋ねあてて、父親の遺言を伝えたので、さすがに主家のため、というより殿の奥方のために奔走しようとする気を起こす。もとの「八犬伝」の趣向を踏まえながら、すべて裏腹に仕立てたパロディーが利いている。

馬琴の八犬士は徳目を人間化したものであるから、武勇強剛で非のうちどころがないのが、かえって欠点であった。本書の子孫たちは職業も職業だが、犬村角太郎くらいが例外で、うろんなものばかりである。ところが聖霊のような奥方に思いを馳《は》せるだけでも、胸が痛くなるという純情さを秘めているのだから、なんとも痛ましい限りであった。

かれらはその日その日の安泰をむさぼっているように見えながら、いざとなると卍谷で修行してきた甲賀流忍法の恐るべき技を披露するのだからたのもしい。幕府直轄の忍びの者が伊賀流だから、八犬士の親たちはまるで今日を予測したかのような甲賀修行といえよう。だからこそ「伊賀甲賀珠《たま》とりの忍法争い」という挑戦状をつきつけるもので、柳営対里見家の葛藤《かっとう》が俄然《がぜん》両忍法の技くらべの様相を帯びてくるのだ。

現在の八犬士たちはよくいえばヴァラエティに富む生業に就いていたが、伊賀者やそれに守られた幕府に対して戦端をひらいてみると、かれらの生業が見事にいかされていて、著者の用意周到さが心にくい。もとの八犬士の強剛ぶりは人間としての活躍や美技であるから、瞠目《どうもく》するというより、しらけてしまう場合がなきにしもあらずだが、こちらは忍法の奥儀を発揮するだけに、どんな超人技が展開されても驚かない。

勧善懲悪、因果応報の道理を物語のなかに具現しようと、躍起となったのが馬琴だが、そのため近代文学の尺度を当てられて、散々な不評を蒙《こうむ》った。彼が学識を傾け、非凡な構想力を駆使した結果、甘受しなければならなかった評価はいかにも気の毒であった。それに対して著者は馬琴の奇想に拠りながら、実にのびのびと天空海闊な忍法闘争の絵巻を繰り拡げている。

本多佐渡守の策謀は、武田家の遺臣で軍学者の小幡勘兵衛や、大坂城の長老で信長の弟織田有楽斎を抱きこんでの豊臣氏対策と、内部では大久保一族の排除を眼目にしていた。その一環が里見氏につながっているのだが、ぐうたら八犬士の反撃は逆に小幡勘兵衛の存在を利用したり、お馴染の大久保彦左衛門を登場させたり、著者の筆法も変幻自在である。

八犬士の親たちが揃って切腹した際、犬山道節は若党の滝沢瑣吉を呼んで、八房と一緒に甲賀に居るはずの息子に急を知らせる。この瑣吉は本篇では見え隠れする程度だが、終章に至って御先祖の八犬士の物語を、もっと不肖の息子たちにきかせていたらと嘆息する場面がある。瑣吉は馬琴の字《あざな》であって、忠僕の言を借りながら、馬琴の感懐を託しているのもおくゆかしい。

馬琴の壮大な伝奇が「水滸伝《すいこでん》」に触発されたものであることはよく知られている。著者があえて近世小説の巨峰に想を借りたのも、必ず期するものがあったにちがいない。儒教道徳で固く鎧《よろ》われているために、ややもすれば声価を低めている原典を、きびしい諷刺《ふうし》とほのかな情愛とで、新しく色揚げしている。著作堂主人はさぞ苦虫を嚙《か》みつぶしたように渋面をつくるだろうが、お蔭《かげ》で快作の生まれたことをわれわれは歓《よろこ》ばずにはおれない。

一九八一年一月

この解説は昭和五十七年二月に刊行された『忍法八犬伝』（徳間文庫）に収録されたものの再録です。

読者、術中に陥る。

京極夏彦

甚だ心配である。本編を読み終えたばかりの方はこのまま本を閉じられるが善《よ》かろう。また、未読の方は解説など読まずに早く本編を読まれるが宜《よろ》しかろう。

およそ小説の巻末に付く解説程野暮なものはない。解説が本編を引き立てたり読後感を良くしたりすることは殆《ほとん》どないし、いってみればこれは余計な、オマケでしかない。尤《もっと》も作者の人となりを熟知している事情通のお方が作品に纏《まつ》わる裏話をこっそり明かしたり、学者然とした評論家がためになる蘊蓄《うんちく》を垂れるような場合はそれはそれで読み甲斐《がい》もあろうというものだが、私辺りではどうにも話にならぬ。勿論《もちろん》山田先生とは一面識もなければためになる話が紡《つむ》げる程学もない。私は単なる風太郎信奉者である。だからこんな解説を付すことは却《かえ》って本編の感動に水をさす結果になり兼ねない。如何《いか》にも格が違い過ぎる。

――ものうい春風に吹かれて飛んできた海燕が、破れ傘の上に、ついととまったが、傘はいつまでもうごかなかった――

などという美文の後に繋《つな》げる言葉を私は持たないのである。

斯様《かよう》に山田風太郎は文章が巧い。流麗である。読み返してみてひたすら驚愕《きょうがく》した。引用した結びの一文などは最早《もはや》それだけで何だか感動的だ。そこだけ切り離して読むなら、それまで繰り広げられていた奇怪で荒唐無稽《こうとうむけい》で残虐で滑稽《こっけい》で淫猥《いんわい》で怪しくも美しくも爽快《そうかい》な物語は想像すらできない。しかして、先の一文はその奇想天外な絵空事の締めくくりの文として実に相応《ふさわ》しく、またそれまでの物語世界との間には些《いささ》かの齟齬《そご》もない。

我々は欺《あざむ》かれているのである。誑《たぶら》かされているといってもいい。

切り落とされた男根を燈芯《とうしん》としたいかがわしき灯りに照らされて、腕が落ち首が飛び、裸女が乱舞する小説なのに——どうしてこんなに読後感が痛快で清々《すがすが》しいのか。

もう、感動さえしてしまうのだ。

勿論凡《すべ》て作者の計算の内である。

それはやはり文章の、言葉の魔術——否、忍術に、我々読者が搦《から》め捕られているからに外ならない。そして、それこそが正に小説の醍醐味《だいごみ》なのである。

読後、本作の一場面をどこでもいいからできるだけリアルに想い起こしてみるといい。そうすれば己《おのれ》が風太郎の忍法に嵌《は》められていたことに気づくだろう。犬のように疾走する犬山道節。ありとあらゆる体液を吐き出して死ぬ犬飼現八。こともあろうに江戸城で振付師の指揮に従って裸で忍者と斬り合う女歌舞伎一座（しかも全員同じ顔だ！）——ああ、絶対にこの世のものではあり得ない。

映像化した場合にそれはより明確になる。

原作に忠実にすればする程、それはとんでもないことになる。目を背《そむ》けたくなる程に陰惨な描写になるか、あるいは失笑してしまうような巫山戯《ふざけ》た絵になるか、いずれそのどちらかである。部分がではない。全編がそうなのだ。作中無難な映像表現が可能なのは、驚いたことに悪党どもが密議を凝らす座敷での（ありがちな）風景くらいのものである。

だが。

読んでいる間だけ、小説内で起きていることの凡ては現実《リアル》である。

だから――それが、それこそが小説の醍醐味なのだ。

山田風太郎はある時は端正に、ある時は華麗に、またある時は激しくかつ淡々と語る。敵味方と視点は目まぐるしく変わり、善く考える間もなく場面は転換して、読者は坂を転がるようにストーリーを追うことになる。読む者はその幻妙な語りに――というか騙《かた》りに乗っかって起こる筈《はず》のないことを体験し、ある筈のない世界を垣間見《かいまみ》る。

生半《なまなか》な技量で適うものではない。

以前、映像を手掛けると小説を書くのがもどかしくなると仰《おっしゃ》った小説家がいらした。お名前は覚えていないが、慥《たし》か映像ならたったワンカットで表現できるものを、文章では何百、場合によっては何万という言葉を費やさねば表現できないからだと、そういう理由だった。それは物書きとしてはいってはならぬ台詞《せりふ》である。山田風太郎を見習うがいい。かの筆はあり得ぬことを起こすだけではなく、品格卑しきものにまで品位を与えてしまう。

映像に打ち勝てるだけの言葉の豊饒《ほうじょう》。これは小説の勝利である。

斯様に山田風太郎の語彙《ごい》は豊かである。作品にはその世界を構築するためにありとあらゆる言葉が（時代小説らしからぬ言葉も含めて）巧みにつぎ込まれている。連鎖する言葉は一人称にも三人称にもなり、時として詳細な解説に姿を変える。内在する時空はそれに応じて自在に伸縮する。これは講釈師や活弁士の弁舌と似ている。彼らの熱演で、ありきたりの決まり切った筋書きの講談も、大根役者が右往左往するつまらない無声映画も、時に違った顔をみせ、格段に面白味を増すのである。我々は山田風太郎という稀《まれ》なる名弁士の鮮やかな弁舌に酔い痴《し》れているうちに、素《す》っ頓狂《とんきょう》な与太話《よたばなし》を真に受けているのである。

しかし、読者は揶《から》わ《か》れている訳ではない。また、これは小手先のテクニックでもない。弁士は単なる与太話に真実味を持たせるために真顔を装っている訳ではないのである。小説内で作者は毛程も巫山戯ていない。大真面目である。山田風太郎は弁士ではあるが漫談家ではないから、わざと鹿爪らしい顔をしてギャグをとばしている訳ではないのだ。

その証拠に作中繰り広げられる喜劇すれすれ、猟奇すれすれの悪趣味な行為の方には目を瞑《つぶ》って善く考えるなら、本作など悲劇的な様相すら帯びる筋書きだと気づくだろう。

例えば主役たる八犬士の末裔《まつえい》達は大望を果たさんと果敢に死んで行く――訳ではない。岡惚《おかぼ》れした奥方の健気《けなげ》な姿に当てられて、半ば大した志もなく戦場へまっしぐら、実にあっけなく死んでしまう。それは本当にあっけなく、八人揃う場面すらない。丁々発止《ちょうちょうはっし》の活劇の末、打ち揃って勇猛果敢《ゆうもうかかん》に城に向かう先祖の八犬士の面影はそこにはない。軽妙なモノローグの陰に隠れて見逃しがちだが、これは悲壮な話なのである。

大体主人公達が大した意味もなく無造作に次々と死んで行くプロットなどそうそう採用できるものではない。こういう場合は、登場人物自体に自覚があろうとなかろうと、大抵その背後に作者の意図する深遠なテーマというのがある訳で、例えば壮大な歴史観だとか高邁《こうまい》な思想だとか——まあ何でもいいのだがその手のものがドンとあって、それを知らしめるために登場人物は死なねばならなかったりする訳だが、山田風太郎の作品を読む限り

——それはない。

全然ない訳ではないだろうが、多分殆どない。

彼らがなぜ死ぬかといえば、それは小説のために死ぬのである。

これはそういう小説なのだと、主人公達は命を張って知らしめているのだ。

事実、冒頭から出てきて結末まで生き延びる、所謂《いわゆる》主人公は本作にはいない。

八犬士の中で唯一生き残る犬塚信乃は話の途中までとても中心人物とは思えない。

つまり、山田風太郎の小説の主人公は小説自体なのである。偸閑《あからさま》なヒーローが登場する他の作品でも、多分それはそうなのだ。あくまで主体は小説自体なのである。主人公の胸のすく活躍や感動的な台詞や喜怒哀楽や数奇な運命や、そんなものは小説を面白くするための要素に過ぎぬ。ストーリーすらそれ程の意味を持たない。でも面白い。感動する。

登場人物や筋書きまでも呑《の》み込む言葉の振幅。これは小説の奥義である。斯様に山田風太郎の小説は面白い。もう、面白くするためなら何でもありである。

しかし、本当に何でもありかというと——そんなことは全然ない。

例えば、文脈の端々から実に綿密な下調べの様子が窺《うかが》える。時代考証なども確《しっか》りしたものである。当時なかったものはやっぱりないし、年表に照らしても間違ってはいない。しかしそれは然程《さほど》重要なことではないらしい。間違っていないのは寧《むし》ろ当たり前のことなのだ。そこから崩してしまったのでは最早面白くないからそうしているに過ぎぬ。

しかし出てくる忍法は目茶苦茶で何でもありだろう、と仰《おっしゃ》るご仁がいる。

それは間違いである。

勿論風太郎忍法帖に出てくるような忍者はいない。あんな忍法を使うものは伊賀にも甲賀にもアフリカにも地獄にも火星の衛星にもいない。リアルさを保証する科学的根拠も作品中に見いだすことはできないし、作品を離れたところでそれを捜すのは無理である。

ならばやはり何でもありかというと、それでもそんなことはない。

山田風太郎の作品には無闇に訳の判らぬ怪物の類《たぐい》は出てこない。

一見支離滅裂の忍法も、きちんとなぜそうなるのか説明されている。

例えば本作の『地屏風《ちびょうぶ》』という忍法は、水平と垂直を入れ替える、つまり世界を90度傾けてしまうという無茶苦茶物凄《ものすご》い忍法だが、これも幻覚の類なのかというとそんなこともなく、物理的に世界は90度傾いてしまうらしい。恐ろしい技である。これで——何も説明しなければ怪談である。理論的整合性のある現実的な解決を与えればミステリである。科学的思考の延長上にある疑似科学を説明体系に用いればSFになる。因縁を用いれば因果話になる。神仏を持ち出せば縁起談になる。洒落《しゃれ》で落せば落語になる。

山田風太郎は小説内で起きる不可解な事象の説明にそのどれをも用いず、かつ説明を放棄することもしない。

この『地屏風』は甲賀に伝わり、こともあろうに『騎乗位で交わる際に男性の自尊心を傷つけぬ』ため犬江親兵衛に伝授された技だ、と説明される。そんなもの何の説明にもなっていないと、多分大方の識者は仰るだろうが、それでも説明は説明である。文学的決着はついている。山田風太郎の小説世界は、そういう忍法がリアルに使える唯一の世界なのだ。否、世界の方が忍法に合わせて創造されているのである。そこは、一から十まで何もかも、ありとあらゆるものが山田風太郎の造り上げた——完全虚構世界なのである。

だから小説内に構築された因果律に添う限り、その説明は論理的整合性を持つ有効な説明である。粘膜が剝離《はくり》して生命活動を続けようが短時間で完全顔面整形が傷跡も残さず完了しようが何の不都合もない。反面、その因果律に添わぬ出来事は作品内では決して起こらない。何でもありが間違いだと述べたのはそれ故である。忍者は訳もなく空を飛んだりしないいし、殺された者は（不死という設定でない限り）生き返りはしない。小説とはそうしたものだと忍法帖は主張している。これは簡単なようでいて実に難儀なことなのだ。

言葉だけで築かれた虚構の中の虚構。これは小説の真髄である。

斯様《かよう》に山田風太郎は凄《すさま》じいのである。

弁士は物語世界では創造主でもあるのだ。

だから山田風太郎の語る与太話は与太ではなくなってしまうのだ。

現実にはあり得ない（SFXを使ってさえ映像化不可能な）情景がリアルに屹立《きつりつ》する。
悲劇的なプロットの背景に壮大なテーマなどなくても一向に構わない。
残酷も諧謔《かいぎゃく》も猥雑《わいざつ》も気品漂う妖《あや》しげな言葉に変換されて小説世界に奉仕する。
あれだけ破天荒なストーリーも、魅力的な人物造形の登場人物も、凡て脇役である。
そこにはありったけの言葉が詰め込まれた無闇矢鱈《やたら》に面白い小説があるだけである。
これは――
これ以上語るのは野暮の骨頂というものである。面白い小説はただ読めばいいのだ。
風太郎忍法の術中に陥っている間こそが至福の時間である。
このようなオマケの駄文など全然面白くないのだ。
解説を読んでいる時間《ヒマ》など――風太郎読者にはないのである。

この解説は平成八年二月に刊行された『忍法八犬伝』（講談社ノベルス・スペシャル）に収録されたものの再録です。

編者解題

日下三蔵

本書『忍法八犬伝』は、風太郎忍法帖の第十二作である。徳間書店の雑誌「週刊アサヒ芸能」に、一九六四年五月三日号から十一月二十九日号まで連載され、六四年十二月に徳間書店の新書判「平和新書」の一冊として刊行された。その後、徳間書店からは、無印の新書判（平和新書版の増刷扱い）、徳間ノベルズ版、徳間文庫版と、形を変えて何度も刊行され、講談社から四回、東京文芸社からも二回と、刊行回数の多さでは、全忍法帖の中でもトップクラスの人気を誇っている。

本文庫既刊『伊賀忍法帖』（「週刊漫画サンデー」連載）と、ほとんど並行して書かれた作品で、この年には他に、『忍法相伝73』（「週刊現代」連載）も同時に執筆されている。また、『伊賀』が終わると『自来也忍法帖』、『八犬伝』が終わると『魔天忍法帖』が、すぐに同じ雑誌でつづけて始まり、さらに新聞では『おぼろ忍法帖』（『魔界転生《てんしょう》』）の連載もスタートと、それまで、年に一〜二作ペースだった忍法帖の発表数が、飛躍的に増えている。

これは、六三年十月から刊行された講談社「山田風太郎忍法全集」の大ヒットによって、忍法ブームが巻きおこったためで、さすがにこの年以降、年に六作品ということはなかったが、途中に時代小説の大作『妖説太閤記』をはさんで、忍法帖の連載は七〇年までつづくことになる。

「馬琴の『南総里見八犬伝』は、徳川期から明治にかけて最大のベストセラーであったが、今ではほとんど読まれない。現代人には、読み通すことさえできない。その文章のみならず、ストーリーそのものに、もはや読んで愉《たの》しむことを拒否するものがあるからである。

しかし、かつては何百万という人が血を湧《わ》かせた物語であったということも事実なのである。私はいくたびか『八犬伝』を——現代語訳でなく——物語そのものを私流に書き直して見ようという志を立て、しかもついに不可能であった。それでもあきらめきれず、これはそれを一種のパロディに変形させることによって、その望みの一端を果そうとした作品である」

これは、本書の徳間ノベルズ版（76年11月刊）のカバーそでに載った文章である。山田風太郎は、『八犬伝』の語り直しを試みて、「ついに不可能であった」と嘆いているが、実は本書の発表から十八年後の八二年、何とも奇想天外な方法で、風太郎版『八犬伝』の創造に成功しているのだ。朝日新聞の夕刊に連載された、その名もズバリ『八犬傳《でん》』（後に『八犬傳』と改題、現在は、廣済堂《こうさい》文庫）がそれだ。

この作品では、まず「虚の世界」の章で、『八犬伝』のストーリーが語られる。この部分は、原典に忠実で、要するに山田風太郎の文章で『南総里見八犬伝』が読める訳だ。ところが、つづく「実の世界」の章に入ると、一転して作者である曲亭滝沢馬琴のストーリーになってしまう。こちらでは、「虚の世界」の章は、滝沢馬琴が浮世絵師・葛飾《かつしか》北斎に語って聞かせた物語、という設定になっているのだ。こうして、交互に描かれる「虚の世界」と「実の世界」が徐々に進行していき、最終章で見事な融合を遂げることになる。

まず驚かされるのは、「虚の世界」で繰り広げられる『八犬伝』の物語が、べらぼうに面白いこと。もちろん、山田風太郎の語り口がうまいこともあるのだが、それだけではない。伝奇小説の元祖らしく、波瀾《はらん》万丈という言葉がぴったりの展開で、読み始めたら止められなくなってしまう。

しかし、後半に入ると、馬琴も息切れしてきたのか（『八犬伝』は、二十八年間にわたって書き継がれている）、ストーリーは冗長で退屈になってくる。山田風太郎もその点は充分承知の上で、無駄な部分を大幅にはしょって見せたりするのだが、それとは対照的に、「実の世界」での馬琴の生活が、鬼気迫るものになっていくのである。盲目となりながら、字が読めない長男の嫁・お路に口述筆記させて『八犬伝』を書きつづける様は、凄絶《せいぜつ》というしかない。

「虚の世界」と「実の世界」を交互に描く、という秀逸な構成で、『八犬伝』の「物語そのものを私流に書き直」すことに成功したもう一つの風太郎八犬伝、まだお読みでない向きは、本書を楽しんだ後に、ぜひ手をのばしていただきたいと思う。

さて、という訳で、前後が逆になってしまったが、本書である。掲載誌「週刊アサヒ芸能」では、連載に先立って、前号（4月26日号）に、次のような「作者の言葉」が掲載されている。

「おことわりするまでもなく、馬琴の『南総里見八犬伝』を忍法小説化してみようという試みである。八犬士が忍者として登場する。

しかし、私が馬琴から借りるのは八犬士の名前だけで、おそらくまったく別個の『八犬伝』を独創することになるだろう。第一、馬琴の八犬士のもっていた珠《たま》は仁、義、礼、智、信などであったが、私の八犬士の珠は？

あとは、ただご愛読を願うばかりである」

「私の八犬士の珠は？」とあるが、本書に登場する八犬士たちの珠は、以下のとおりである。なんとまあ人を喰《く》った珠であることか！（犬村角太郎は、原典では後に改名して犬村大角となる）

八犬士	先祖の珠	新しい珠	幼名	職業

犬塚信乃	孝——弄《ろう》	犬塚小信乃	軽業師
犬飼現八	信——淫《いん》	犬飼現五	女郎屋者
犬川壮助	義——戯	(不明)	狂言師
犬山道節	忠——惑	(不明)	香具師《やし》
犬田小文吾	悌《てい》——悦	犬田大文吾	乞食《こじき》
犬江親兵衛	仁——狂	犬江子兵衛	六方者
犬坂毛野	智——盗	(不明)	盗賊
犬村角太郎	礼——乱	犬村円太郎	軍学者

安房里見家に代々伝わる八顆《はっか》の宝珠。将軍家に献上される予定だったこの珠が、服部半蔵ひきいる伊賀《いが》組の手によって盗まれてしまう。里見家の取り潰《つぶ》しを狙う幕府の重鎮・本多佐渡守の陰謀である。期日までに珠を取り返さなければ、お家断絶は免れない。犬士たちの子孫である八人の老人は、甲賀卍谷へ忍法修行に出た息子たちに後を託すが、子どもの頃から、仁義礼智忠信孝悌の八字をやかましくいわれ、すっかり嫌気がさしていた彼らは修行を途中で放擲《ほうてき》し、江戸で気ままな生活を送っていたのだった……。

主家の危急を知らされても、まるでやる気のない八犬士たちだったが、御年十七歳の奥方・村雨姫に直々に救いを求められ、徒手空拳《くうけん》で天下に聞こえた服部忍軍に挑むことになる。なにしろ途中で修行をやめた彼らとちがって、伊賀者たちのほうは本職（？）だ。内部にいるものを絶対に逃さない鉄壁の包囲網「外縛陣《げばくじん》」をはじめ、逆に外からの侵入を許さない「内縛陣」、捕虜の口を必ず割らせる壮絶な忍者問い「陰舌」と、奇怪な忍法を自在に駆使する魔の集団に、犬士たちはどう立ち向かうのか？

軽業師、盗賊、女郎屋者、軍学者と、一見バラバラにみえた彼らの職業が、この「伊賀甲賀珠とりの忍法争い」に、抜き差しならぬ必然性をもって絡んでくる点は、さすが山田風太郎である。ちなみに、船虫や玉梓はいうまでもなく、朝顔、左母、牡丹といったくノ一たちのネーミング、また、小幡屋敷に身を隠した村雨が名乗る浜路という名前なども、すべて『八犬伝』の原典からのものだ。また、年代が全然合わないにもかかわらず、里見家の忠臣として滝沢瑣吉、すなわち後の馬琴が登場している（馬琴は一七六七年生れ）が、これも作者のサービスであろう。

現代の天才作家が、伝奇小説の嚆矢《こうし》『八犬伝』を、縦横無尽に料理した奇想天外の忍法譚《たん》、最後までじっくりとお楽しみいただきたい。

なお、『忍法八犬伝』の刊行履歴は、以下のとおりである。本書には、徳間文庫版の中島河太郎解説と講談社ノベルス・スペシャル版の京極夏彦解説を再録した。

64年12月　徳間書店（平和新書）

67年7月　講談社（風太郎忍法帖5）
69年4月　講談社（ロマン・ブックス）
73年6月　東京文芸社
75年3月　東京文芸社
76年11月　徳間書店（徳間ノベルズ）
82年2月　徳間書店（徳間文庫）
96年2月　講談社（講談社ノベルス・スペシャル／山田風太郎傑作忍法帖〈第2期〉2）
99年2月　講談社（講談社文庫／山田風太郎忍法帖4）
10年12月　角川書店（角川文庫／山田風太郎ベストコレクション）　※本書

原作・倉田英之、作画・山田秋太郎のコンビで「週刊少年チャンピオン」に連載された時代活劇マンガ『サムライイジ』（03～04年／少年チャンピオンコミックス／全4巻）には、主人公の敵役として八犬士が登場するが、なんと彼らの持っている珠は、本書と同じ、「狂・戯・乱・盗・惑・淫・弄・悦」なのだ。掲載紙を読んで驚き、あわてて関係者に問い合わせてみたところ、実は原作者、マンガ家のいずれも山田風太郎の大ファンとのことで、この設定には本書に対するオマージュが込められているという。作品自体も忍法帖のテイストを色濃く受け継いだアクションものとなっており、機会があればご一読をお勧めしておきたい。

（本稿は講談社文庫版の解説を基に加筆いたしました）

本書は、平成十一年二月に刊行された『忍法八犬伝』（講談社文庫）を底本としました。

本文中には、きちがい、片輪、めくら、唖など、今日の人権擁護の見地に照らして不当・不適切と思われる語句や表現がありますが、作品発表当時の時代的背景を考え合わせ、また著者が故人であるという事情に鑑み、底本のままとしました。

編集部

忍《にん》法《ぽう》八《はっ》犬《けん》伝《でん》

山《やま》田《だ》風《ふう》太《た》郎《ろう》ベストコレクション

山《やま》田《だ》風《ふう》太《た》郎《ろう》

平成22年 12月25日　初版発行
令和7年 9月25日　10版発行

発行者●山下直久

発行●株式会社KADOKAWA
〒102-8177　東京都千代田区富士見2-13-3
電話　0570-002-301（ナビダイヤル）

角川文庫 16607

印刷所●株式会社KADOKAWA
製本所●株式会社KADOKAWA

表紙画●和田三造

●お問い合わせ
https://www.kadokawa.co.jp/（「お問い合わせ」へお進みください）
※内容によっては、お答えできない場合があります。
※サポートは日本国内のみとさせていただきます。
※Japanese text only

ISBN978-4-04-135665-4　C0193

角川文庫発刊に際して

角川源義

第二次世界大戦の敗北は、軍事力の敗北であった以上に、私たちの若い文化力の敗退であった。私たちの文化が戦争に対して如何に無力であり、単なるあだ花に過ぎなかったかを、私たちは身を以て体験し痛感した。西洋近代文化の摂取にとって、明治以後八十年の歳月は決して短かすぎたとは言えない。にもかかわらず、近代文化の伝統を確立し、自由な批判と柔軟な良識に富む文化層として自らを形成することに私たちは失敗して来た。そしてこれは、各層への文化の普及滲透を任務とする出版人の責任でもあった。

一九四五年以来、私たちは再び振出しに戻り、第一歩から踏み出すことを余儀なくされた。これは大きな不幸ではあるが、反面、これまでの混沌・未熟・歪曲の中にあった我が国の文化に秩序と確たる基礎を齎らすためには絶好の機会でもある。角川書店は、このような祖国の文化的危機にあたり、微力をも顧みず再建の礎石たるべき抱負と決意とをもって出発したが、ここに創立以来の念願を果すべく角川文庫を発刊する。これまで刊行されたあらゆる全集叢書文庫類の長所と短所とを検討し、古今東西の不朽の典籍を、良心的編集のもとに、廉価に、そして書架にふさわしい美本として、多くのひとびとに提供しようとする。しかし私たちは徒らに百科全書的な知識のジレッタントを作ることを目的とせず、あくまで祖国の文化に秩序と再建への道を示し、この文庫を角川書店の栄ある事業として、今後永久に継続発展せしめ、学芸と教養との殿堂として大成せんことを期したい。多くの読書子の愛情ある忠言と支持とによって、この希望と抱負とを完遂せしめられんことを願う。

一九四九年五月三日

角川文庫ベストセラー

山田風太郎ベストコレクション
伊賀忍法帖
山田風太郎

自らの横恋慕の成就のため、戦国の梟雄・松永弾正は淫石なる催淫剤作りを根来七天狗に命じる。その毒牙に散った妻、篝火の敵を討つため、伊賀忍者・笛吹城太郎が立ち上がる。予想外の忍法勝負の行方とは⁉

山田風太郎ベストコレクション
戦中派不戦日記
山田風太郎

激動の昭和20年を、当時満23歳だった医学生・山田誠也（風太郎）がありのままに記録した日記文学の最高峰。いかにして「戦中派」の思想は生まれたのか？作品に通底する人間観の形成がうかがえる貴重な一作。

山田風太郎ベストコレクション
幻燈辻馬車 (上)(下)
山田風太郎

華やかな明治期の東京。元藩士・干潟干兵衛は息子の忘れ形見・雛を横に乗せ、日々辻馬車を走らせる。2人が危機に陥った時、雛が「父（とと）！」と叫ぶと現われるのは……風太郎明治伝奇小説。

山田風太郎ベストコレクション
風眼抄
山田風太郎

思わずクスッと笑ってしまう身辺雑記に、自著の周辺のこと、江戸川乱歩を始めとする作家たちとの思い出まで。たぐいまれなる傑作を生み出してきた鬼才・山田風太郎の頭の中を凝縮した風太郎エッセイの代表作。

山田風太郎ベストコレクション
忍法八犬伝
山田風太郎

八犬士の活躍150年後の世界。里見家に代々伝わる八顆の珠がすり替えられた！　珠を追う八犬士の子孫たちに立ちはだかるは服部半蔵指揮下の伊賀女忍者。果たして彼らは珠を取り戻し、村雨姫を守れるのか⁉

角川文庫ベストセラー

山田風太郎ベストコレクション
忍びの卍
山田風太郎

三代家光の時代。大老の密命を受けた近習・椎ノ葉刀馬は伊賀、甲賀、根来の3派を査察し、御公儀忍び組を選抜する。全ては滞りなく決まったかに見えたが……それは深謀遠大なる隠密合戦の幕開けだった！

山田風太郎ベストコレクション
地の果ての獄（上）（下）
山田風太郎

明治19年、薩摩出身の有馬四郎助が看守として赴任した北海道・樺戸集治監は、12年以上の受刑者ばかりを集めた、まさに地の果ての獄だった。薩長閥政府の功罪と北海道開拓史の一幕を描く圧巻の明治小説。

山田風太郎ベストコレクション
魔界転生（上）（下）
山田風太郎

島原の乱に敗れ、幕府へ復讐を誓う森宗意軒は忍法「魔界転生」を編み出し、名だたる剣豪らを魔人として現世に蘇らせていく。最強の魔人たちに挑むは柳生十兵衛！　手に汗握る死闘の連続。忍法帖の最大傑作。

山田風太郎ベストコレクション
誰にも出来る殺人／棺の中の悦楽
山田風太郎

アパート「人間荘」に引っ越してきた私は、押し入れの奥から1冊の厚いノートを見つけた。歴代の部屋の住人が書き残していった内容には恐ろしい秘密が……ノワール・ミステリ2編を収録。

山田風太郎ベストコレクション
夜よりほかに聴くものもなし
山田風太郎

五十過ぎまで東京で刑事生活一筋に生きてきた八坂刑事。そんな人生に一抹の虚しさを感じ、それぞれの犯罪に同情や共感を認めながらも、それでも今日もまた新たな手錠を掛けてゆく。哀愁漂う刑事ミステリ。

角川文庫ベストセラー

山田風太郎ベストコレクション
風来忍法帖
山田風太郎

山田風太郎ベストコレクション
あと千回の晩飯
山田風太郎

山田風太郎ベストコレクション
柳生忍法帖 (上)(下)
山田風太郎

山田風太郎ベストコレクション
妖異金瓶梅
山田風太郎

山田風太郎ベストコレクション
明治断頭台
山田風太郎

豊臣秀吉の小田原攻めに対し忍城を守るは美貌の麻也姫。彼女に惚れ込んだ七人の香具師が姫を裏切った風摩党を敵に死闘を挑む。機知と詐術で、圧倒的強敵に打ち勝つことは出来るのか。痛快奇抜な忍法帖！

「いろいろな徴候から、晩飯を食うのもあと千回くらいなものだろうと思う」。飄々とした一文から始まり、老いること、生きること、死ぬことを独創的に、かつユーモラスにつづる。風太郎節全開のエッセイ集！

淫逆の魔王たる大名加藤明成を見限った家老堀主水は、明成の手下の会津七本槍に一族と女たちを江戸に連れ去られる。七本槍と戦う女達を陰ながら援護するは柳生十兵衛。忍法対幻法の闘いを描く忍法帖代表作！

性欲絶倫の豪商・西門慶は8人の美女と2人の美童を侍らせ酒池肉林の日々を送っていた。彼の寵をめぐって妻と妾が激しく争う中、両足を切断された第七夫人の屍体が……超絶技巧の伝奇ミステリ！

役人の汚職を糾弾する役所の大巡察、香月経四郎と川路利良が遭遇する謎めいた事件の数々。解決の鍵を握るのは、フランス人美女エスメラルダの口寄せの力!?意外なコンビの活躍がクセになる異色の明治小説。

角川文庫ベストセラー

山田風太郎ベストコレクション
おんな牢秘抄
山田風太郎

小伝馬町の女牢に入ってきた風変わりな新入り、竜君お竜。彼女は女囚たちから身の上話を聞き出し始め……心ならずも犯罪に巻き込まれ、入牢した女囚たちの冤罪を晴らすお竜の活躍が痛快な時代小説！

山田風太郎ベストコレクション
くノ一忍法帖
山田風太郎

大坂城落城により天下を握ったはずの家康。だが、信濃忍法を駆使した5人のくノ一が秀頼の子を身ごもっていると知り、伊賀忍者を使って千姫の侍女に紛れたくノ一を葬ろうとする。妖艶凄絶な忍法帖。

山田風太郎ベストコレクション
人間臨終図巻 (上)(中)(下)
山田風太郎

英雄、武将、政治家、犯罪者、芸術家、文豪、芸能人など下は15歳から上は121歳まで、歴史上のあらゆる著名人の臨終の様子を蒐集した空前絶後のノンフィクション！　天下の奇書、ここに極まる！

忍法双頭の鷲
山田風太郎

将軍家綱の死去と同時に劇的な政変が起きた。それに伴い、公儀隠密の要職にあった伊賀組は解任。替って根来衆が登用された。主命を受けた根来忍者、秦漣四郎と吹矢城助は隠密として初仕事に勇躍するが……。

山田風太郎全仕事
編／角川書店編集部

忍法帖、明治もの、時代物、推理、エッセイ、日記。多彩な作風を誇った奇才・山田風太郎。その膨大な作品と仕事を一冊にまとめたファン必携のガイドブック。

角川文庫ベストセラー

嗤う伊右衛門　京極夏彦

鶴屋南北「東海道四谷怪談」と実録小説「四谷雑談集」を下敷きに、伊右衛門とお岩夫婦の物語を怪しく美しく、新たによみがえらせる。愛憎、美と醜、正気と狂気……全ての境界をゆるがせる著者渾身の傑作怪談。

巷説百物語　京極夏彦

江戸時代。曲者ぞろいの悪党一味が、公に裁けぬ事件を金で請け負う。そこここに滲む闇の中に立ち上るあやかしの姿を使い、毎度仕掛ける幻術、目眩、からくりの数々。幻惑に彩られた、巧緻な傑作妖怪時代小説。

続巷説百物語　京極夏彦

不思議話好きの山岡百介は、処刑されるたびによみがえるという極悪人の噂を聞く。殺しても殺しても死なない魔物を相手に、又市はどんな仕掛けを繰り出すのか……奇想と哀切のあやかし絵巻。

後巷説百物語　京極夏彦

文明開化の音がする明治十年。一等巡査の矢作らは、ある伝説の真偽を確かめるべく隠居老人・一白翁を訪ねた。翁は静かに、今は亡き者どもの話を語り始める。第130回直木賞受賞作。妖怪時代小説の金字塔！

前巷説百物語　京極夏彦

江戸末期。双六売りの又市は損料屋「ゑんま屋」にひょんな事から流れ着く。この店、表はれっきとした物貸業、だが「損を埋める」裏の仕事も請け負っていた。若き又市が江戸に仕掛ける、百物語はじまりの物語。